가족을 묻다

홍양순

가족을 묻다

2017년 7월 22일 1판 1쇄 인쇄
2017년 7월 22일 1판 1쇄 펴냄

지은이 홍양순
펴낸이 정소성
편집 이연희
디자인 윤려하
관리·영업 이승순, 유지혜
펴낸곳 (주)실천문학
등록 10-1221호(1995.10.26)
주소 서울특별시 성북구 보문로 82-3, 801호(보문동 4가, 통광빌딩)
전화 322-2161~5
팩스 322-2166
홈페이지 www.silcheon.com

ISBN 978-89-392-3009-5 (00810)

이 책은 서울문화재단 '2017년 문학창작집 발간지원사업'의 지원을 받았습니다.

가족을 묻다

홍양순 장편소설

0

휘황한 다리에서 바라보는 거리는 창백하다 못해 먹먹하다. 그녀는 파카 주머니에 넣은 오른손을 꽉 쥔다. 손 안의 끈 뭉치가 이물스럽다. 여기까지 오는 길이 결코 간단했다고 할 수는 없다. 세상의 길이 만나고 나눠지고 또 마주치듯, 마음속 길도 그 못지않게 갈리고 부딪치고 돌아서다 이어지는 법이다.

몇 시나 되었을까. 집에서 나온 때가 새벽 2시가 넘었으니 지금 서너 시는 지나고 있을 테다. 집에서 다리까지야 단숨에 내달을 거리이지만 마음의 길을 굽이도느라 헤맨 시간이 제법 된다. 이미 수중에 거머쥔 죽음이라 해도 먹은 마음만큼 여의하지 않다.

그녀는 며칠 궁리했다. 방법과 장소. 집에서만큼은 절대 안 되리라. 가족이, 특히 어린 손자나 손녀가 직접 목격하게 해서는 결단코 안 되는 일이리라. 생각이 엎치락뒤치락하는 동안 그녀를 강렬하게 끌어당긴 곳이 바로 이곳, 집에서 멀지 않은 하천이었다. 활활 타오르는 가슴속 불을 이기지 못할 때마다 앉은자리를 털고 향하던 이곳. 풀숲과 억새풀 무성한 데를 골라 그 안에 고요하게 몸뚱이를 누이면 먼먼 낯선 데보단 조금은 나을 듯싶었다. 자식들에게서 너무 멀리 떨어지지 않은 곳. 지나치게 늦지 않은 때에 자신의 주검을 확인할 수 있는 곳. 그 시간은 빠르면 빠를수록 좋지 않겠는가. 궁리는 여기서 확신을 갖지 못한다. 발견된 거리만큼 자식들이 겪는 고통의 크기도 비례하진 않을까. 이웃한 곳에서 맞닥뜨리게 되는 끔찍한 소식보다 멀리서 들려온 아득한 기별이 그나마 자식들을 덜 아프게, 덜 놀라게 하지 않을까.

그럼에도, 여기였다. 그녀는 허공에 길둥그렇게 걸린 구조물을 올려다본다. 남편이 환호하던 빨주노초파남보 빛이 현란하다. 하필 이 다리를 택한 이유가 혹시 저 조명 불빛에 있었는가.

준비해 온 것들을 하나하나 호주머니에서 꺼내 발밑에 내려놓는다. 신발도 벗어 차도 쪽을 향하게 한다. 그녀가 서 있는 다리는 보행 용도로 만들어진 곳이라 왠지 그리해야 할 것 같다.

마지막으로 남은 하나, 돌돌 만 끈 뭉치를 꺼낸다. 색색 빛 아래 드러난 그걸 보는 순간 꼭 이 길을 가야만 하는가, 하는 물음이 달려든다. 가야 한다, 아니 그만 가고 싶다. 왜 그만 가고 싶은지를 정색하고 묻는다. 들숨과 날숨이 거칠다. 그녀는 목까지 차오르는 격류 같은 말들을 힘들여 삼킨다. 말할 수 없는 것을 말하려는 것처럼 헛되고 무망한 일도 없으리. 말하고 싶은 것을 말하지 않음으로써 온전하게 지켜내는 것들도 있으리. 그녀가 할 수 있는 유일한 변명이다.

그녀는 준비해 온 나일론 끈을 천천히 다리 난간에 건다.

1

어머니가 자살을 시도했다? 근데 시신은 보이지 않는다? 박명훈은 말도 안 되는 개소리를 곱씹으며 다리 중간에서 건너편을 노려보았다. 하천을 가로지르는 아치교 위로 1월의 햇살이 시리게 부서지고 있었다. 기온은 낮지만 한겨울답지 않게 쨍한 날이었다. 그래서인지 명훈은 벌어진 상황이 더 황당하고 비현실적으로 느껴졌다. 지난밤의 숙취 탓도 조금은 있을 것이다. 정신을 차리려는데 목구멍으로 와락 열기가 올라왔다. 발작처럼 부아가 치밀었다.

"형은 이게 말이 된다 생각해요? 엄마가 왜요?"

"암튼, 가 보자."

아까 이른 오전, 지구대 소속 경찰과 이미 현장답사를 끝낸 그의 형 박명재가 다리 상판 데크를 건너며 명훈을 재촉했다. 명훈이 구로동에서 역촌동으로 오는 동안 명재 혼자 치른 일이었다. 명재가 사는 다가구주택에서 고작 2킬로미터도 되지 않는 장소에 그의 어머니 최정순이 어이없는 흔적만 남기고 감쪽같이 사라졌다. 사라진 시각은 짐작할 수 없었다. 막연히 차량이나 행인이 뜸할 때였을 것으로 추정할 뿐이다.

경찰은 8시쯤 신고를 받고 현장 주변을 수색하는 동시에 연고자를 찾아 명재에게 연락했다. 담당 경찰관은 집집마다 노인들 문제가 보통 심각한 게 아니라고, 자식 노릇하기도 부모 노릇하기도 힘든 시대라고 시부렁거렸다고 했다. 어머니의 경우를 실종으로 구분하게 될지 자살사고로 처리하게 될지는 알 수 없다고도 했다. 변사체가 발견될 경우와 그렇지 않을 경우 얘기가 달라졌다.

명훈은 그 말에 포복절도라도 하고 싶었다. 변사체라니? 도저히 받아들일 수 없는, 함부로 발설되어선 안 되는 어휘였다. 그럼에도 뒤통수를 잡아끄는 어떤 느낌, 그러니까 사건의 내막, 그 안에 끔찍한 무엇이 포진해 있는 건 아닐까, 은밀히 다가드는 불안을 떨칠 수 없었다. 그만큼 어머니의 느닷없는, 납득할 수 없는 행보는 뭔가 탁하고, 끈적이고, 불온했다. 그렇다고 어머니의 행방을 죽음과 연결 짓게 된다는 뜻은 절대 아니다. 뭐, 변사체라고? 삶은 소가 다 웃겠다. 어머니는 올해 66

세로 경찰이 말하는 것처럼 노인 축에 낄 나이가 아니었다. 가사도우미 일도 나갈 만큼 건강하고 독립적이었다. 무엇보다 요즘같이 집안이 평화롭고 희망적이고 생기 넘쳤던 적도 없었다. 굳이 아버지의 고통스러운 기억만 들춰내지 않는다면 말이다.

사실 어젯밤 어머니한테서 부재중 통화를 한 통 받긴 했다. 11시쯤이라 강의는 끝난 시간이었으나 학원에서 회식이 있었다. 원장을 포함해 국영수 전문 강사가 세 명인 소규모 보습학원이었다. 명훈은 그곳에서 국어과목을 맡았다. 벨은 딱 두 번 울리고 끊겼다. 유능한 강사는 학부모와의 유대관계도 좋아야 했기에 그는 휴대폰 수신에 신경을 쓰는 편이었다. 어제는 모처럼 사랑하는 예나가 합석한 터라 액정 화면에 '울 어마니'라는 글자가 떴다가 사라지는 걸 무시했다. 막 예나가 보쌈을 그의 입에 넣어 주는 참이기도 했다. 용건 있으면 메시지라도 날리겠지, 명훈은 가볍게 생각했다. 반찬 안 떨어졌니? 밥은 제때 잘 먹고 있어? 쉬는 날 한번 다녀가 등등, 간혹 있는 일이기도 했다. 어머니 나름의 막내아들에 대한 사랑이고 안타까움이고 미안함이었다. 여덟 살이나 터울 진 맏이한테 치여 본의 아니게 집 밖으로 나도는 그를 두고 어머니는 늘 발을 굴렀다. 더욱이 막내한테 사귀는 여자가 있는 줄 알면서도 혼사를 미룰 수밖에 없는 형편에 속만 태우고 있었다. 명재가 지금 명훈의 나이와 같은 서른다섯일 때는 쌍둥이 조카 도란, 도영이 벌써 다섯 살이었다. 누나 박명희 또한 조은을 이미 낳은 때였다. 그의 결혼이 늦어지는 건 분명했다.

난간과 보도에 흰 페인트로 표시된 사건 현장은 명훈이 있는 곳에서도 선명하게 알아볼 수 있었다. 어머니의 합성피혁 슬리퍼와 주민등록증과 난간에 묶인 나일론 끈과 유서는 명재가 보내준 채팅방 사진을 통해 확인했다. 액정 화면으로 명훈이 들여다본 바로는, 어머니의 신발코가 가지런히 차도 쪽을 바라보고 있어 당장 어디론가 먼 길을 떠날 차비를 마친 것 같았고, 그 옆에 경찰이 유서라고 이름 지은 흰 종이, 그 위에 주민등록증, 또 그 위를 바람에 날아가지 않도록 주먹만 한 돌멩이로 눌러 놓았다. 지금 지구대 경관들이 그것의 주인을 찾아 가까운 천변을 수색하고 있을 것이다. 경찰에서는 자살을 꾀하던 자들이 계획에 실패하면 다른 장소를 골라 다시 시도하는 경우가 가끔은 있다고 했다.

어머니의 휴대폰은 행방이 묘연했다. 집에서도 찾을 수 없다고 했다. 행불된 어머니가 소지하고 있는 건지 아니면 사건 현장에 놓고 간 걸 누가 집어 가버린 건지 알 도리가 없었다. 형제들은 사건 발생의 진원지를 찾아 서로를 탐색했다. 어머니의 아슬아슬한 심기를 건드린 자, 어머니를 하천 다리로 치닫게 만든 장본인이 누구인지 따져 물었다.

“정말 엄마랑 아무 일 없었어? 엄마한테 뭐 심하게 궁시렁거린 거 없냐구?”

“그러는 누난? 엄마 말에 뭐 팍팍 대든 일 없어?”

“형하곤 짐작되는 일이 뭐 있었을 거 아녜요?”

“너야말로 근래 어머니와 짚일 만한 일 뭐 없었냐?”

하나같이 질문 속에 ‘뭐’라는 대명사를 말뚝처럼 박아 놓고 신경질적으로 상대를 추궁했다. 명훈은 간밤의 부재중 통화에 대해서는 입을 다물었다. 원망이란 놈이 조금이라도 기우는 쪽을 향해 물꼬를 틀려고 할 게 뻔했다. 그것의 빌미를 찾아 지금 눈들을 울부라리는 것 아니겠는가. 아버지의 사건 때도 그랬지만 그가 총알받이가 될 마음은 추호도 없었다. 부모가 빈 쭉정이 신세가 된 것도, 부모의 삶이 세상 구석에 패대기쳐진 것도, 결코 그의 탓이 아니었다. 각자 혐의를 밝히는데 실패하자 다들 손가락이 얼얼하도록 어머니와의 통화를 시도했다. 어머니의 휴대폰에서는 전원이 꺼져 있다는 열불나는 멘트만 계속 흘러나왔다.

명훈은 여기로 오는 내내 형이 보내준 사진들을 꼼꼼하게 들여다보았다. 어머니의 단서를 추적하느라 도착할 쯤엔 눈알이 다 빠질 것 같았다. 조카 누군가의 공책이었을 게 분명한

종잇장에는 어머니의 삐뚤빼뚤 수줍은 필체로 '내 뼛가루는 서해에 뿌려 다오'라는 가당찮은 주문이 적혀 있었다. 하필 또 그놈의 서해 바다였다.

아버지 박길수는 1년 8개월여 전에 서해에서 행방불명되었다. 시신은 끝끝내 찾지 못했다. 살아 있었더라면 올해 67세, 아버지의 영혼이 어머니를 불렀다면 모를까 기가 막혔다. 결국 아버지는 일주일 전, 서울서부지방법원으로부터 실종선고 심판확정 판결을 받았다.

경찰에 의하면 대개의 익사체는 물속으로 가라앉는다고 했다. 물론 가라앉지 않거나 금방 떠오르는 경우도 있었다. 입고 있는 옷에 공기가 들어가 부력이 높아지거나 폐에 공기가 많이 찼을 때가 그랬다. 또한 비중이 높은 바닷물에서도 가라앉지 않을 확률이 높다고 했다. 행여 가라앉는다 해도 얼마간의 시간이 지나면 해수면 위로 떠올랐다. 부패가 바로 진행되지 않으면 오랫동안 떠오르지 않고 물 중간에 떠 있는 경우도 없지 않았다.

가라앉은 주검이 다시 떠오르는 시기는 부패에 가장 큰 영향을 미치는 수온에 따라 달라졌다. 수온이 높으면 2, 3일 만에 떠오르기도 하고 겨울같이 추울 때는 2, 3개월 후에 떠오를 때도 있다고 했다. 바닷물은 비중이 높아 일찍 떠오르기도 하지만 염도 때문에 부패 진행이 늦어져 그렇지 않을 수도 있었다.

아버지가 낚싯배에서 떨어진 시기는 4월 초였다. 익사체가 쉽게 떠오를 확률은 여건상 반반이었다. 해경은 헬리콥터를 띄워 주변 바다를 훑었다. 특수 수색대 잠수부들을 배가 정지해 있던 바다로 투입시키기도 했다. 혹시 시신이 해수면 아래를 떠다니고 있지 않을까 해서였다.

경찰은 일주일 만에 수색을 포기했다. 여러 경우의 수가 있다 하더라도 경찰이 아버지의 사건에만 매달릴 순 없는 노릇이었다. 가족들의 아쉬움이 컸지만 한낱 국민으로 그 일에 불만을 가질 수 없었다. 그럼 어머니는, 본인의 답답한 속내를 알아줄 것을 주장하느라 극단의 방법을 택했다? 설마하니, 이런 식의 막무가내 분별없는 어머니는 결코 아니었다. 명훈으로서는 어머니의 벗은 뒤꿈치라도 훔쳐볼 수 있어야 이 어처구니없는 게임이 조금이나마 공정할 것 같았다. 하지만 난간에 너풀거리는 끈에서는 알 수 없는 성마름만 읽힐 뿐이었다.

명재가 건너편에서 다시 독촉했다. 표정과 몸짓에 조바심이 가득했다. 터져 나오려는 분통을 눌러 참는 것 같기도 했다. 비쩍 말라 툭 튀어나온 광대뼈 위의 시선도 쉴 새 없이 흔들렸다. 명재의 모습에 짜증이 솟구쳤고, 어머니가 절망감에 휩싸여 머물렀을 시간을 살펴볼 엄두도 나지 않아 명훈은 맞서

듯 꼼짝하지 않았다. 아버지 또한 마지막 시간이 있었을 것이다. 이승을 손아귀에 꽉 그러잡은, 결코 물러설 수 없는 절체절명의 시간. 아버지가 가족에게 집착이 강한 사람이라는 걸 모르는 자식은 없었다.

명훈이 아버지 박길수를 마지막으로 본 것은 실족사당하기 열흘 전이었다. 그가 본가에서 짐을 싸서 나온 날이기도 했다. 집에서 독립해야겠다는 결심은 순전히 충동적이었다.

그날 명훈은 예나와의 특별한 데이트로 약간 설레고 있었다. 만난 지 4년이나 되었지만 두 사람은 동네 호프집이나 극장을 벗어난 적이 거의 없었다. 남루까지는 아니더라도 여유롭지 못한 연인인 까닭이었고 둘 다 소탈한 때문이기도 했다. 그렇다 할 스펙도 그렇다 할 야망도 없는, 특별할 배경도 없는 그저 그런 흔해 빠진 청춘들이었으니 그런 것에 크게 불만을 갖지도 않았다. 삼청동 이탈리안 레스토랑에서 정통 스파게티를 먹어보자고 카카오톡을 날린 건 예나였다. 그래, 먹자! 명훈은 바로 맞장구쳤다. 벚꽃도 한창 필 시기였다. 젊은 남녀가 봄바람 맞으며 비싼 밥 한 끼 우아하게 먹는다 해서 세상이 끝장날 일은 없을 것이다. 끝장은커녕 두 사람이 너무 안 먹어 줘서 나라 경제가 안 돌아갈 판이라는 생각마저 들었다. 더욱이 다음 주부터는 중간고사 준비에 돌입해야 했다. 미리 한숨 돌려 두는 것도 나쁘지 않았다. 편집디자이너 예나 역시, 회사에서 지역 신문을 새로 두 군데나 수주해 앞으론 주말에도 바쁠 것이다. 예나가 신이 나는지 잽싸게 오케이 이모티콘과 함께, 오빠, 골목골목 갤러리와 산책로가 끝내준대, 하고 덧붙였다. 아무려나 좋았다. 예나만 좋으면 얼싸절싸 다 좋았다. 그와는 한 살밖에 차이가 안 나는데도 예나는 입에 늘 오빠가 달라붙었다. 긴 생머리에 발랄하고 야무진 여자였다. 야리한 몸매도 품 안에서 맞춤해 예나를 안고 있으면 혀끝에 단물이 돌았다. 얼굴도 예쁘장해 어느 모로 보나 그에게는 과분한 상대였다.

폼 남직한 옷을 고르느라 행거에 걸린 몇 안 되는 셔츠들을 입었다 벗었다 하는 차에 아버지가 방문을 열었다. 아파트 경비 일을 하고 있는 걸로 알고 있는데 아직 출근 전인가 보았다.

"어디 나가니?"

"예, 친구 좀 만나려구요."

"네 형과 형수 지금 온댔는데, 너하고 의논할 일이 좀 있다고."

통보나 부탁이라면 모를까, 그를 앉혀 놓고 의논할 일이 있다는 건 어불성설이었다. 예감이 좋지 않았다. 살아오면서 터득한 촉에 의하면 집안에 또 무슨 우환이 벌어지고 있다는 징

조였다. 좋지 않을 거리가 더 남아 있기나 한지도 의심스러웠지만 말이다. 토요특강을 핑계하고 내빼버릴까 하다 싸한 분위기에 마음을 주저앉혔다. 구태여 명훈을 참석시키는 걸 보면 그와도 관계된 일일 듯했다. 설마 푼푼이 모으는 결혼자금이라도? 순간 신경 얼개가 얽힌 듯 머리가 복잡해졌다. 결코 그럴 리 없다곤 생각했지만 생이 그에게 호의적이지 않다는 걸 알고 있었다. 부모의 의지와는 다른 방향이었다.

"형한테 또 무슨 일 생겼어요?"

"명훈아, 거실에 좀 나와 볼래?"

어머니가 조심스레 그를 불렀다. 거실이랄 것도 없는, 고작 16평도 안 되는 다가구주택의 좁은 공간이었다. 명훈은 잠깐 생각했다. 어머니가 주말에 도우미 일을 쉬었던가? 잘 생각나지 않았다. 다만 얼마 전에 백내장 수술을 했다는 얘기를 들은 기억은 있었다. 아직 회복이 안 되었나? 명훈은 잠시 죄송한 마음이 들었다. 아버지가 문턱에서 비켜섰다. 어머니는 벌써 바닥에 자리를 잡고 있었다. 새삼스레 아버지의 반백 머리와 어머니의 염색한 머리가 십년 이상 나이 차가 있어 보였다.

아버지가 엉거주춤 어머니 옆에 정좌했다. 부모가 자식의 눈치를 보며 민망해하는 모습은 짜증과 동시에 연민을 일으켰다. 명훈은 차마 자리를 박찰 용기가 나지 않았다. 아버지의 고집스러운 어깨가 여전히 단단해 그나마 다행이었다. 상박

근과 척주 기립근이 발달한 아버지는 단신임에도 그 근력으로 고단한 삶과 대결하는 것 같았다. 어떻게든 제 삶을 지켜내야 한다는, 누구도 자신의 성을 허물 수 없다는, 아쉽게도 성주는 본인이 아닌 두 아들과 딸이었다. 그중 큰아들 명재의 성은 더 웅장하고 난공불락의 요새여야 했다. 그의 긍지이며 자랑이었던 명재가 무참히 허물어지는 모습을 지켜보는 심정이 어땠으리라는 건 짐작이 가고도 남았다.

깍지 낀 손가락만 내려다보며 말을 꺼내지 못하는 어머니를 대신해 아버지가 입을 열었다.

"형네 식구가 들어오기로 했다."

도무지 뜬금없는 소리였다.

"접때 형이 검문 걸려 구속됐을 때 급전 끌어온 거, 결국 이리할 수밖에 없겠구나."

아버지의 목소리가 칼칼하게 갈라졌다. 명훈은 문득 그만 자립해야겠다는 생각이 들었다. 그러잖아도 집안 사정을 아는 예나가 자기 원룸으로 들어오라는 말을 여러 번 했다. 농담을 내세운 진담이라는 걸 서로 모르지 않았다. 지금 당신 집으로 이사할 거야, 삼청동은 담에 가자. 그가 다짜고짜 카카오톡을 날린다 해도 예나는 놀라지 않을 것이다. 신혼 전세금을 조금이라도 더 모으고 최대한 부모의 지원도 얻어내 떳떳하게 결혼하리라 생각했는데, 계획을 내려놓기로 마음먹자 거칠게 없었다. 예나만 있다면, 예나와 함께라면.

명재에게 서른다섯 살은 이상의 아이가 질주하는 막다른 골목이었다. 시 오감도의 무서운 아이들과 무서워하는 아이들은 바로 명훈을 일컬었다. 존재의 절대 위기에 내몰린 아이들, 곧 그 자신이었다. 결정을 내리고 나니 홀가분해지면서 오히려 늦은 감마저 들었다. 안 되는 일을 갖고 너무 시간을 끌었다. 솔직히 미다스 손인 줄만 알았던 부모를 바라보는 데도 지쳤다. 누나 명희 역시 아파트 대출금을 감당하지 못해 부모의 둥지에 얹히고 싶어 한다는 걸 모르지 않았다. 그의 눈치를 보느라 쉽사리 말을 꺼내지 못한다는 것도.

"내가 나갈게요."

"그러라는 게 아니잖아. 니가 이래저래 속상해하는 거 엄마도 다 알아. 너한테 정말이지 면목 없어. 그치만 어떡하니? 형이 애를 둘씩이나 달고 길거리에 나앉게 생겼는데. 불편하겠지만 좀만 더 마음 쓰고 도영이 데리고 자면 안 되겠어? 도란인 우리가 데리고 있을게."

어머니가 급하게 나섰다. 파르라니 핏기 없는 얼굴이 꼭 목소리만 살아서 떠다니는 듯 실체감이 없었다. 피로감이 전신으로 몰려왔다. 부모라고 자식들 뒷감당만하며 살고 싶을까. 형에 대한 반발이 불끈했다. 제 밑은 제가 닦아야 하는 거 아냐? 자기가 싸고 뭉갠 밑을 언제까지 부모 앞에 들이밀 건데?

그러나 입에서는 딴 말이 흘러나왔다.

"형네는요?"

"여기 요렇게 문 달면 돼. 원래 미닫이문 달아서 방으로 쓰는 데야. 우리가 좁아서 떼어 놓았던 거지."

어머니가 가리키는 방향을 돌아보았다. 여태 알지 못한 마호가니색 문틀이 벽과 천장과 바닥에 커다란 액자처럼 고정되어 있었다. 갑자기 가슴이 답답해왔다. 그 네모난 공간 안에 들어갈 가족이라는 그림, 그들에게도 알콩달콩 달곰하던 시기가 있었던가. 서로에게 힘이 되고 꿈이 되고 갈채가 되던.

"형네나 잘 챙겨 주세요."

말을 하고 보니 묘하게도 빈정거리는 투였다. 문득 가슴이 쓸쓸하고 묵직했다.

명훈은 천천히 이삿짐을 쌌다. 캐리어에 아끼는 책을 차곡차곡 담고 배낭과 보스턴백에 옷들을 착착 접어 넣었다. 캐리어와 45리터들이 배낭은 어학연수를 위해 준비했던 것인데 제 구실도 못해 보고 엉뚱한 여정을 같이하게 되었다. 아르바이트 일이 자꾸 틀어졌고, 연수비 말을 꺼내지 못해 차일피일 미루는 사이 아버지의 퇴직과 함께 물거품이 되고 말았다. 물건에게도 제 운명이 있는 것인지, 주인의 운명에 편승하느라 그리되는 것인지는 알 수 없었다. 어쨌든 꿈을 갖고 마련했던 가방이 삶의 중요한 길목에 동행하게 된 건 우연 같지 않았다.

아주 나쁘지 않은 선택이야, 누군가 응원해 주는 것 같다고나 할까. 어쩌면 예나 때문인지도 몰랐다. 짐을 다 챙기고 마지막으로 노트북 가방을 어깨에 멨다. 어렵고 골치 아프게만 보이던 삶이 꽤 단출하게 느껴졌다.

집을 나설 때 자취하는 동료 강사와 같이 지낼 테니 걱정 말라는 말은 남겼다. 작은 사죄였다. 예나의 존재에 대해선 서로가 함구했다. 어머니는 눈물이라도 훔치는지 방에서 나와 보지 않았다. 아버지가 골목 밖까지 따라 나와 떠나는 아들을 묵묵히 배웅했다. 아버지와는 그것으로 끝이었다.

아버지가 돌연 황천으로 떠나는 배에 오르고, 어머니가 자식들을 책망이라도 하듯 증발해 버렸지만 1월의 태양은 무심히 쨍쨍했다. 다리 철제 난간에 반사된 햇빛이 눈부셨다.

다리 못미처에서 택시 하나가 급정거를 했다. 용산에서 달려온 명희가 넘어질 듯 택시에서 내렸다. 쇼핑몰 오픈마켓을 관리하는 일이 쉽게 자리를 비울 수 없는 걸로 알고 있는데 점심시간도 되기 전에 용케 빠져나왔나 보았다.

"오빠! 여기서라고?"

하얗게 질린 명희가 소리를 질렀다. 명재한테로 달려가는 몸짓이 황황하고 위태했다. 명재가 바닥과 난간의 표시를 가리키며 뭔가를 설명했다. 명희는 난간 너머로 상체를 내밀어

내려다보고는 곧 어머니의 신발이 놓였던 데크 바닥에 쪼그렸다. 차도 쪽으로 시선을 돌리던 그녀가 그제야 명훈을 알아봤다.

"넌 왜 거기 있는 건데? 거기에 뭐 또 있어?"

고함을 치던 명희는 쏟아지는 빛을 못 이기겠는지 두 눈을 감았다. 돌연 그녀의 눈꺼풀 위로 검은 형상이 가만히 부풀어 오르는 듯했다. 명훈은 세 남매의 허기진 영혼을 엿보는 것만 같아 황급히 고개를 돌렸다. 다리 난간에서 내려다보이는 하천은 겨울 가뭄 탓인지 수량이 적고 거무스레했다. 어머니도 한순간 저곳으로 시선을 두었을까. 한강으로 흘러갈 지류였다. 한강은 서해로 통했다.

2

박명재의 등허리로 덥고 습한 기운이 흘렀다. 지구대에서부터 열화를 주체하지 못했다. 그는 패딩점퍼의 지퍼를 거칠게 내렸다. 명희와 명훈, 두 동생을 직장으로 돌려보낸 건 역시 잘했다. 아버지 때도 그랬지만 형제들과 피 말리는 시간은 정말 더 못 견디겠다.

내딛는 걸음이 더뎠다. 보도블록 하나하나에 갈퀴진 마음이 턱턱 걸렸다. 잇새로 쓰디쓴 조소가 비어졌다. 제 어미를 파먹는 새끼거미보다 나을 것 없는 불효자, 쭈그러지다 못해 폭파된 가장, 거래한 재화의 대가를 치를 능력이 없는 신용불량자, 아무짝에도 쓸모없는 잉여인간, 그가 자신을 수식할 수 있는 말은 얼마든지 더 있었다.

어머니의 휴대폰은 여전히 묵묵부답이었다. 천변을 수색하는 팀 쪽에서도 이렇다 할 소식이 들려오지 않았다. 그쪽은 쳐다보고 싶지도 않았다. 어머니가 자살을 재시도할 수 있다는 경관의 말이 내내 거슬렸다.

어머니가 평소에 어느 곳을 다녔는지 명재는 잘 알지 못했다. 일주일에 여섯 번 도우미로 나가는 집이 있다는 것 말고 정말 아는 게 없었다. 고령의 외할머니 방문 차 일요일에 출행이 잦았지만 그곳 역시 연락처는 알지 못했다. 충남 대천 근방이라는 것만 머리에 입력되어 있었다. 그것도 아버지의 실종지와 가까운 곳이라 다행히 기억을 했다.

지구대의 경관도 그를 보며 딱해했다. 막내 명훈보다 어려 보이는 앳된 순경이었다.

"보통 외종 몇 정도는 알고 지내지 않나요? 집안의 경조사를 알려야 하는 경우도 있고요. 친가 쪽은 아예 없다 하시지만."

"그러게요. 그렇게 됐네요."

말하고 보니 잠시 지구에 불시착한 외계인이라도 된 기분이었다. 아니면 대인관계를 원만히 유지 못하는 관계부적응자이거나. 둘 다 썩 반갑지 않은 경우였다. 경조사라! 집안이라 할 만한 가계도 없지만 그런 일은 아버지나 어머니가 알아서 하는 일로 치부했다. 사업을 시작하고 정리하고 수렁에 빠져 있는 동안은 눈길을 딴 데로 돌릴 여유가 없었다.

"바쁘시더라도 휴대폰 통화내역 먼저 떼어 보면 안 되겠습니까? 통화 기록을 보면 어머니의 행적을 파악하기가 쉬울 거 같은데."

이미 명훈과 알아본 결과 통신사에서는 본인 아니면 내역 확인이 불가하다고 했다. 가입자가 아닐 경우 본인 동의서와 본인 휴대폰 인증이 꼭 필요하다고, 가입자가 아무리 위급한 상황이라 하더라도 구체적인 건 경찰서에 문의해 봐야 한다고, 수사와 관련해 통신비밀보호법이 어떻게 적용되는지 정확히 안내해 드릴 수가 없다고, 공손하게 설명했다. 상담원은 도움이 못 되어 죄송하다는 말도 덧붙였다.

"그게 그리 간단한 게 아닙니다. 이런 표현을 써서 유감이지만 변사체가 발견되지 않으면 실종으로 처리되는데요. 최정순 씨 경운 명백히 자살 의도가 담긴 유서를 남겨 놓았기 때문에 통신 사실 조회를 청구할 조건이 안 됩니다. 실종 심의위원회에서 납치 등 위급하다 판단될 때만 가능하니까요."

머리가 어질했다. 전혀 예상하지 못한 일로 어머니의 흉보를 들었을 때에 버금가는 충격이었다. 경찰에서는 무조건 통화 내역이 열람되는 줄만 알았다. 더욱이 목숨을 끊으려 한 사람이 행방불명된 상황이었다. 명재의 목소리가 다급해졌다.

"지금 저희 어머니 경우가 위급 상황 아닌가요? 꼭 납치 같은 범죄하고만 관련돼야 위급한 겁니까? 아니, 국민의 생명이 자의냐 타의냐에 따라 위급하다, 위급하지 않다, 그렇게 결정될 수 있는 거예요?"

어린 순경이 미간을 찌푸렸다.

"진정하세요. 그런 뜻으로 말하는 건 아니잖습니까."

"그런 뜻 아니면 뭡니까?"

"국민에겐 사생활 보호법이란 것도 있어요."

"그럼 국민의 생명은 어디서 보호받아야 하나요? 목숨과 사생활 중 어느 게 상위개념이죠? 경찰은 국민의 생명부터 챙겨야 하는 게 임무 아닌가요?"

"저희도 주민이 원하는 걸 다 도와 드리고 싶지만 법이 그러한 걸 어찌합니까? 그건 경찰이 임의로 할 수 있는 부분이 아니라 법원에서 허가를 해줘야 저희도 가능한 일이라니까요. 최정순 씨의 핸드폰 위치 추적은 벌써 의뢰해 놓았습니다. 근데 핸드폰이 꺼져 있어 그것도 기대를 접는 게 좋을 거예요. 발신기지국만 밝혀지면야 반경 오 키로 내 모든 순찰차를 출동시켜 수색이라도 해볼 텐데, 지금 상황이 그렇지 않잖습니까? 가족분이 애타는 심정 충분히 알겠으니 이러시지 말고 댁에 돌아가 계세요. 결과 나오면 바로 연락드릴 테니."

전화기가 꺼져 있는 경우 위치 추적이 불가능하다는 설명은 이미 119를 통해 들었다. 그쪽 또한 마지막 통화 위치라도 알려 달라는 요구에 개인정보보호를 이유로 불가하다고 나왔다. 본인의 부모가 사라져도 저렇게 태연하게 거절할 수 있을까 싶을 만큼 어조가 무덤덤했다. '그래도 구조 요청을 신청하시겠습니까?'라는 소방관의 민원 확인에 명재는 그럼 뭘 신청하고 뭘 들어주겠다는 거냐고 소리를 질렀다.

순경은 시선을 책상에 박고 고개를 들지 않았다. 민원데스크 너머 그의 꼭뒤가, 일이 터져서야 가슴 치지 말고 평소 부모 속 좀 헤아리며 살지 그랬소, 비난을 쏟아내는 것 같았다. 명재는 맥이 풀렸다. 발밑이 허공인 듯 아스라했다.

하천 위로 검붉은 노을이 내려앉았다. 바람도 수면 위로 서서히 일어섰다. 갈대숲이 조금씩 수런거렸다. 결국 이곳이었다. 피하고 피해도 종내 이곳이었다. 여기로 오기까지 오래도록 집과 이마트를 중심으로 동네를 돌았다. 어머니가 밟았을 길일 것이라 여기며 하천 쪽으로 돌아가는 시선을 붙잡아 앉혔다.

동생들이 수시로 전화를 해 댔다. 내일 집으로 오라는 말을 남긴 후로 그들의 연락은 무시했다. 받아본들 할 말이 없었다. 더욱이 잔뜩 기대하는 통화내역에 대해 열람조차 할 수 없다는 소식을 결코 전할 수 없었다. 계속 전화를 받지 않자 명훈이 카카오톡까지 보내왔다. '형, 통화 내역 신청하는 거 잊지 않고 있죠???' 그렇다고 할 수도, 그렇지 않다고 할 수도 없어 실로 난감했다.

아버지의 실종선고 심판청구를 하지 않을 수 없었다. 아버지 박길수의 명의로 생명보험 여러 건이 가입되어 있었다. 보험회사 생활설계사인 아내의 권유였을 게 뻔했다. 명재의 사업이 궤도에 오를 때까지 힘을 보태겠다고 시작했던 일이 그가 휘청거리는 동안, 고꾸라지고 나서는 완전히, 가계의 생업이 되어 있었다. 아내는 실적이 달릴 때마다 부모 형제들에게 도움을 청했다. 가끔은 손해 보는 차액을 본인이 지급해 가면서까지 계약을 중도 해약케 하고 새로 가입시키는 눈치였다.

명재는 돈이 필요했다. 긴요하고 절실하게 목돈이 필요했다. 명훈도 명희도 오매불망 돈을 소원했다. 어머니 역시 절절하게 돈을 기다렸다. 아버지를 잃은 대가였지만 다들 어쩔 수 없었다.

아버지의 보험금 수익자는 어머니를 포함해 자식들에게 미리 나뉘어 있었다. 아내의 말에 의하면 그건 전적으로 아버지의 뜻이었다고 했다. 명재의 몫으로 가장 많이 지정되어 있었다. 금융기관 보증을 이행치 못해 신용불량자로 전락하게 만든 주범 3억 원과 개인 부채 1억 원을 다 갚을 액수였다. 명희 앞으로는 2억5천, 명훈 앞으로는 5천. 이만큼의 수령액이라면 매달 지급되는 아버지 연금의 대부분을 보험 불입금으로 쏟아부었을 것이다. 물론 아내를 돕고자 하는 마음이 컸겠지만 혹시 나중에라도 자식들에게 보탬이 되지 않을까 하는 속궁리도 없지 않았을 테다. 지극히 아버지다운, 아버지만의 극진한 자식 사랑이라 할 수 있겠다. 거기에 아버지만큼 명재의 사업을 지지한 가족도 없었으니 얼마간의 책임감도 분명 있었을 터였다. 아버지라면.

명재가 사업계획서를 설명하는 동안 어머니의 얼굴은 수심으로 가득했다. 아버지는 침착했다. 차분히 귀 기울이던 아버지가 계획서의 마지막 페이지에 가서야 입을 열었다.

"청년들한테 취업에만 목매달지 말고 벤처사업 쪽에도 눈을 돌리란 기사를 보긴 봤다. 네 뜻이 정 그러하면…. 물론 애비로서 걱정이 안 된단 뜻은 아니다. 걱정이야 되지. 아무렴, 되고말고. 그래도 널 믿고 잘해보라 응원하고 싶다."

역시 아버지였다. 자식에 대한 믿음과 기대가 컸던 만큼 혹시 염려도 깊지 않을까 하던 걱정이 순식간에 날아갔다. 명재가 어떤 도움을 바라는 건 아니었다. 백 프로, 이백 프로, 그를 믿어주는 아버지의 격려에 힘입어 자신의 의지를, 용기를 북돋우고 싶을 뿐이었다.

"자식은 부모의 자랑거리라는데 아버진 네가 항상 든든하고 얼마나 으쓱한지 모른다. 네 뜻을 적극 지지하마. 독립해서 널 증명해 보이는 것도 나쁘지 않지. 보란 듯이 말이다. 제대로 개발만 해내면 사장님이 전적으로 구매해 줄 의사가 있으시다니 더 말할 필요도 없고."

"정말이지 길이 훤히 내다보이는데 꽉 막힌 시선들이 답답해요. 왜 한 끗 차이라는 말이 있잖아요. 개발전담부서에선 그 마지막 단계 하나를 보지 못해요. 비례제어 시스템에 어느 방식을 적용하면 완전히 다른 컨버터를 만들어 낼 수도 있는 건데, 아무리 설명해도 이해들을 못하더라고요. 윗 실무진들에서 자꾸 부정적인 말이 나오니 사장님 혼자 어찌해 보시지도 못하고."

"나야 네 일을 설명해도 알아들을 턱이 없지. 아무튼 자금조달은 어찌할 생각이냐?"

마침 그 부분을 마저 설명하고 계획서를 덮을 참이었다.

"정부의 창업지원과 개발지원자금을 이용할 생각이에요. 기술력을 평가해서 받는 무담보 신용보증기금이란 것도 있던데 그것도 활용할 거고요. 그 외에 기술개발 정책자금이란 것도 더 있어요. 몰라서 그렇지 자금 동원 방법은 여러 경로로 많이 있더라고요. 그쪽들과 어느 정도 얘기도 끝내 놓은 상태니까 그 부분은 걱정하지 않으셔도 돼요."

"나도 나랏밥을 먹었지만 우리나라 차암, 좋다. 많이 발전했다는 게 실감 나. 그래도 퇴직금 일부 받아 놓은 거 있으니 급하면 갖다 써라. 명훈이 결혼 때 내놓으면 된다."

명재는 고개를 끄덕였다. 하지만 그것에는 손대지 말아야겠다고 다짐했다. 넉넉하지 않은 형편에 명재가 사교육 혜택도 더 누렸다. 명훈이 재수를 포기한 것이, 어학연수를 포기한 것이 꼭 그의 탓은 아니겠지만 명훈에게 작은 부채감 비슷한 게 없지 않았다. 사업만 잘되면 동생들을 적극 도와주고 싶었다.

"그런 건 위험하진 않니?"

어머니가 근심스럽게 물었다. 분명 사업 자금에 대한 위험성을 묻는 것일 터였다.

"명재가 알아서 잘할 테니 당신은 쓸데없이 마음 쓰지 말어. 애 부담돼."

"어떻게 마음이 안 쓰여요? 사업이 아무나 하는 거예요? 월급 받아먹고 사는 게 젤루 안전하고 속편한 건데."

아버지가 혀를 차며 못마땅해 하는데도 어머니는 불안한 기색을 감추지 못했다. 명재는 어머니까지 반기고 나설 거라 기대하진 않았다. 자식의 일이라면 노심초사 안달이 심해 얼마만큼은 부담스러운 면이 있기도 한 어머니였다.

아버지는 자식에 대한 프라이드가 유난했다. 욕심도 있는 편이었는데 최고를 강압하는 쪽은 아니었고 자식의 일에 한없는 긍정을 보내고 힘을 더하는 아버지였다. 오로지 자부심,

오로지 긍지. 명재가 서울 상위권 대학 이공계에 들어갔을 때도 당신 아들이 대단한 걸 이루어낸 줄로 감격해 마지않았다. 그의 합격증을 받아들고 눈물까지 글썽글썽했으니 모르는 사람이 봤다면 명문대를 수석으로 붙은 줄 알았을 것이다. 그날 식구들을 몰고 비싼 토종 한우마을로 가서 대학 붙은 턱이라며 등심도 양껏 주문했다. 구두 한 켤레로 십 년 이상을 버티는 가장으로서 한껏 부린 호기였다.

아버지는 일찍부터 스스로 삶을 책임져야 했다. 아버지의 아버지, 즉 할아버지는 평생 술에 절어 지내다 대천 쪽의 작은 포구에서 파도에 휩쓸려 시신도 거두지 못했다. 그날도 만취상태였다고 했다. 할머니는 고등학교에 갓 입학한 아버지를 데리고 단걸음에 서울로 올라왔다. 살아 있는 동안은 절대 뒤돌아보지 않겠노라 작정한 걸음이었다고 했다. 바닷가에서 여인네가 돈벌이할 게 빤했고 할머니는 무엇보다 그곳을 지긋지긋해 했다고 했다. 마침 소식을 들은 할머니의 외사촌이 자신이 운영하는 고깃집 일을 도와 달라고 청했다.

아버지가 서울에 처음 둥지를 튼 곳은 할머니의 일터와 가까운 뚝방 동네였다. 근처에 안양천이 흐르고 지금은 아파트 숲으로 바뀌어 학군이 좋기로도 유명한 목동이 막 개발될 때였다. 아버지는 공부에 취미가 많았던 까닭에 나름 학교 성적이 좋아 대학 진학도 꿈꿨다. 고등학교라도 다니는 걸 다행으로 알라던 할머니는 급성 간염인 줄 모르고 참다가 병원에 실려 간 지 이틀 만에 숨을 거뒀다. 아버지가 고등학교 2학년 때였다.

아버지는 학교가 파한 뒤 외당숙 식당에서 불판 닦는 아르바이트를 하며 겨우 학교를 졸업하고 공무원 시험을 준비했다. 외당숙 부부는 고등학교를 마치고도 식당일을 그만두지 않으려는 아버지를 달가워하지 않았다. 출근하는 아버지를 바라보는 외숙모의 서늘한 눈초리와 주급 아르바이트 임금을 건넬 때의 탐탁지 않은 손길을 지금도 꿈에서 느낄 적이 있다고 했다.

"시험공부 한다는 말을 믿지 않는 눈치였어. 귀찮을 일이 생길까 봐 경계했을 수도 있겠지."

아버지가 옛일을 말하던 끝에 그들을 변명했다.

"동사무소에 출근하면서부터 연락을 끊었다. 그럴 필요까진 없었는데. 제 주눅을 이기지 못한 탓이야."

아버지의 첫사랑이었던 어머니 최정순이 여상을 졸업하고 구로의 공장에 취업해 서울로 올라온 이유도 있었다. 아버지는 어머니가 당신을 잊지 못해서 찾아온 것이라 하고, 어머니는 아버지가 편지마다 하도 애걸복걸 사정해서 할 수 없이 올라온 것이라 하는, 밉지 않게 서로 티격태격하는 대목이었다.

"스물셋, 일찍이 살림을 차렸어. 대강 면사포 씌워 사진만 찍고 혼인신고를 했지."

아버지가 민망한 듯 웃었다.

"별말도 다 하우. 웃사람들까지 와서 같이 저녁 먹고 축하해 주고 그만하면 괜찮았구만. 그때 참 좋았어. 네 아버지가 공무원인 게 큰 벼슬을 딴 것마냥 속으로 얼마나 뻐겼다구. 굉장히 출세한 것 같았다니까."

어머니가 신혼 시절 얘기가 나오자 배시시 미소를 지으며 당시의 상황을 보충 설명했다.

"그러니 생각나는구만. 그때 동장님 아들이 대학 졸업하자마자 대기업 들어갔다며 얼마나 자랑을 하는지 나도 아들 낳으면 꼭 그리 만들어야지, 요새 말로 롤모델로 삼았어. 그 양반이 술 담배도 안 하고 자식들한테 참 극진한 사람이었거든. 지극하면 이루지 못할 게 뭐 있나, 내 신조를 그리 삼은 거야. 아이들이 그만하면 잘 커줬지. 아이 셋 다 서울에 있는 사년제 대학 들어가기가 어디 쉬워? 난 세상 아무도 안 부러워."

"어휴, 남 앞에선 그런 소리 하지 말아요. 팔불출도 저런 팔불출 없다고 손가락질 당할 테니."

"내가 없는 말해? 나만큼만 애들 잘 키우라 해. 나도 애써서 이만큼 잘 키운 거야."

아버지는 생의 마침표를 확실하게 찍음으로써 당신의 본성을 완결했다. 자식들에 대한 맹목적인 지극함. 아버지의 삶을 돌이켜보면 인간은 본성의 힘에 이끌려 자신의 운명을 사는 게 아닌가 하는 생각이 들었다. 아버지가 우연히 치러낸 죽음이 그러했다.

아버지의 사망보험금에 관한 얘기는 명희가 먼저 꺼냈다. 물론 실종선고 심판을 청구하자는 말을 꺼낸 것도 명희였다. 보나 마나 아내가 뒤에서 부추겼을 게 뻔했다. 명재도 아내를 통해 보험금에 관한 내막은 들었다. 또 아내가 넌지시 아버지의 실종선고를 받으면 보험금 수령이 가능하다고 충동질도 했다. 하지만 명재가 그 말을 꺼낼 수는 없었다. 아무리 정신줄을 놓고 있다 해도 그만큼의 아버지에 대한 애도마저 없진 않았다.

보험금은 아내의 발 빠른 대처로 얼마 전에 벌써 지급받았다. 명훈이 수익자로 되어 있는 상해보험금을 제외한 금액이었다. 며느리 강혜자에게서 평소 보험의 필요성을 잘 교육받은 아버지는 낚시를 떠나면서 상해보험도 가입해 놓았다. 아무튼 아버지가 일어날지 모를 삶의 위협에 주도면밀하게 대비한 덕분에, 보험에 관해선 날고뛰는 아내가 가르쳐 주지 않은 보험금 2억도 명훈이 곧 수령하게 되었다.

보험회사에서 필요하다는 서류들은 아내의 명에 따라 신속하게 모아졌다. 명희와 명훈이 할당받은 액수에 서운해 하는 눈치였지만 대놓고 속내를 드러내지는 않았다. 그가 안 보는 데선 어땠는지 알 수 없었다. 서류들을 제출하는 날 명훈이 뼈있는 농담을 한마디 날리긴 했다.

"아버진 귀신이 돼서도 형을 보살피려 할 거예요."

아내가 단박 나섰다.

"그래도 삼촌이 현실적으론 형보다 큰 부자예요. 우린 빚 갚고 나면 남는 거 없어요. 아니, 고모가 제일 부자네. 전세금만 빼주면 서울의 삼십 평 대 아파트를 소유한 자산가가 되는 거잖아요."

대출금이 아직 남았다며 명희가 퉁명스레 내뱉었다. 매부 허용만도 헛기침을 했다. 자산가라는 표현은 그에게도 공허하게 들렸다. 대한민국 중산층의 일반적 기준이 무엇인가. 부채 없는 아파트 30평 이상 소유에 월 급여 500만 원 이상은 받아야 하고, 2,000CC급 중형차는 물론 예금 잔고 1억 원 이상을 보유해야 하는, 거기에 1년에 한 차례 이상 해외여행을 떠날 수 있는 계층임을 아내는 정녕 모르는가. 물론 아내의 말을 이해 못하는 건 아니었다. 자산가는커녕 중산층에도 한 발 걸치지 못하는 명희네였지만 그들의 형편과 비교할 때 무척 부러웠을 것이다. 아버지의 보험금은 그의 신용불량을 벗어나는 일에 사용하고 나면 아내 말대로 남을 게 없었다. 사회인으로 온전하게 제 구실을 하려면 듣기에도 말하기에도 심히 불량하고 거북한 '신용불량'이란 단어를 떼어 내는 일이 우선이었다.

어머니는 어젯밤 당신의 몫을 굳이 명재에게 넘기려 했다. 자그마치 2억이나 되는 큰 금액이었다. 아내는 퇴근 전이었다. 지금 생각해 보니 통장을 내놓을 때 어머니의 눈빛은 텅 비어 있었다. 그때 알아봤어야 했다. 명재는 어머니의 의사를 거절하는 데만 급급했다. 명재는 진심으로 그 돈을 받고 싶지 않았다. 형제들도 그것만큼은 순순히 받아들이려 하지 않을 터였다. 꼭 형제들의 따가운 눈총 때문은 아니었다. 아버지! 그토록 맏이를 믿어주었던 아버지를 위해서였다. 어머니를 향한 아버지의 알뜰한 마음까지 꺾고 싶지 않았다. 어머니는 언제 넣었는지 그의 재킷 주머니에 통장을 두고 집을 나갔다. 도장도, 비밀번호도 함께였다. 거기에는 동생들을 부탁한다는 메모도 같이 있었다. 아직 아내한테도, 형제한테도, 경찰한테는 더욱이 발설하지 못한 내용이었다. 왜 말을 못하고 있는지는 자신도 알 수 없었다.

어느덧 한강 합수머리였다. 걷는 내내 저도 모르게 수풀 속을 기웃거렸다. 경찰이 훑고 간 자취일 수 있었지만 조금이라도 길을 낸 흔적이 보이면 정신없이 억새풀 더미를 헤쳤다. 고개를 들이밀 때마다 심장이 졸아들고 가슴이 덜컹거렸다. 아무리 그럴 리 없다고 버둥거려도 어머니의 주검이 가까이에서 손짓하는 것만 같아 동작을 멈출 수 없었다. 다행히 아직까지 수색 팀에서는 아무 연락이 없었다.

1월의 해가 일찍 서해 너머로 기울어 사위가 검푸르게 어두워졌다. 눈앞에 나타난 성산대교가 붉고 하얀 조명으로 서럽게 빛났다. 집으로 돌아가야 했다. 명재는 점퍼 깃을 여몄다.

3

어제 자리 비운 일로 종일 상사의 핀잔을 들으며 업무를 마친 명희는 퇴근하자마자 조은을 이끌고 친정으로 달려왔다. 집 안은 온통 괴괴한 어둠에 잠겨 있었다. 골목의 가로등 불빛에 명재가 사용하는 거실방만 격자 유리문 사이로 희미했다. 친정나들이에서 어머니가 없었던 적이 이번만은 아닐 텐데 오늘따라 어머니의 부재가 덩그렁했다. 명재가 계속 전화를 받지 않는 걸로 보아 경찰 쪽에서도 별 진전이 없는 듯했다.

"할머니이!"

딸아이가 안방 문을 열어젖히며 할머니를 찾았다.

"엄마, 할머니 방에 없어."

이제 딸은 외가에 와도 할아버지를 찾지 않았다. 외할아버지의 부재를 의아해하는 아이에게 실종의 의미를 설명했지만 이해하지 못하는 눈치였다. 적당히 저 편한 대로 할아버지는 이제 만날 수 없다, 그냥 죽음으로 받아들이는 것 같았다.

어머니는 아버지의 선고 판결을 앞두고 아버지의 장례를 치르자고 고집했다. 의외로 강경했다.

"가묘를 쓰더라도 아버질 모시잔 말야. 어떻게든 장례는 치러서 보내 드려야 할 거 아니니?"

"시신도 없는데…. 주변에 부조금 챙기려 한단 말 듣진 않을까요?"

명재가 조그맣게 중얼거렸다.

"누가 부좃돈 받자고 그러자 한다니? 넌 뚫린 입이라고 말도 우습게 한다!"

어머니가 버럭 성을 냈다. 형제들이 단 한번도 들은 적 없는, 또 본 적도 없는, 어머니의 속된 표현과 험상궂은 표정이었다. 금방이라도 튀어나올 것처럼 눈망울이 번들번들 탱탱했다. 명재가 뜨거운 것에라도 덴 듯 화들짝 물러났다. 어머니도 순간 당황했는지 목을 큼큼 가다듬었다.

"아무한테도 안 알리면 되지. 우리끼리 조용히 치르면 되잖아. 그럼 아버지 이대로 보낼래? 그러면 니들 맘 편하겠어?"

열에 떠 자식들을 벌겋게 다그치는 어머니의 얼굴이 심하게 상해 있었다. 명희의 눈에는 당장 어머니부터 송장치레할 것 같았다. 그러잖아도 자그마한 몸피가 조은이 크기로 졸아들어 있었다. 아버지의 결과를 인정하는 일에 단단히 진을 뺐는가 보았다. 왜 그러지 않았겠는가. 실종선고는 아버지의 사망을 선고받는 자리였다. 아무리 이성적으로는 아버지의 사고사를 받아들였다고 하더라도 말이다.

"엄마 몸부터 챙겨야 할 것 같아. 아빠 장례 문젠 차차 생각해. 왜 식사 전혀 못 하세요? 완전 해골이 되셨네. 어쩌자고…."

명희가 마뜩찮게 명재와 올케언니 혜자를 돌아보았다. 명희의 매운 눈초리에 혜자가 볼멘소리로 쏘아붙였다.

"고모는 몰랐어요? 대천 외할머님한테 다녀오고선 이리 되신 건데. 같이 있으면서 설마 안 챙겨 드렸겠어요. 그동안 어머니랑 통화도 안 해 보신 거예요?"

비난의 화살이 명희한테로 돌려졌다.

"그만해라, 내가 얘한테 말 안 했어. 니 언니 말이 맞아. 혼자 있는 노인네 병수발 좀 해주느라 힘들었어서 그래."

"거의 한 달 만에 어머니 들어오시는데 놀라 나동그래지는 줄 알았어요. 아주 초주검이 돼 오셨더라구요."

혜자로부터 일격을 맞은 명희가 툴툴거렸다.

"전엔 외가 찾아다니지도 않았잖아요. 인연이 아예 끝난 관계라며? 난 재가했다는 그 할머니 본 적도 없어."

"나이 들어가면 그리 돼. 마음에 걸리는 게 자꾸 생긴다고. 내 마음에 원을 없애려 하는 거니까 니가 참견할 일 아냐."

"자기 몸은 돌보면서 뭘 해도 해야지. 그쪽엔 자식 없어요? 젊은 나이에 재가했다면 그쪽에도 자식이 있을 거 아녜요?"

"이붓오라비가 하나 있긴 한데 한가한 사람이 아니라 그래."

"골고루 하네, 어쨌든 또 하필 대천이에요?"

"그러게, 또 하필 대천이네."

어머니가 대답 끝에 회오리 같은 긴 한숨을 내쉬었다. 문제의 근본은 결국 아버지였다. 수시로 달려드는 상실감을 이길 재간이 없나 보았다.

명희는 어머니 방의 전등 스위치를 눌렀다. 형광등빛이 파리하게 어머니의 살림을 비췄다. 최소한의 가구들만 놓인 방은 간소하다 못해 처량한 느낌을 주었다. 방바닥엔 명재와 혜자가 들쑤셔 꺼내 놓았는지 이런저런 물건들로 어수선했다. 벽에 거울을 달아 화장대로 쓰는 서랍장 한 칸도 내장을 보이듯 잡동사니를 드러낸 채였다. 결코 어머니의 흔적은 아니었다. 어머니는 손끝이 야무졌다. 싱크대 안은 늘 크기별로 그릇과 플라스틱 통들이 가지런했고, 모든 물건들은 상자 안에 종류별로 보관되었다. 냉장고도 칸칸마다 어머니만큼 용도와 보관 날짜를 분명하게 따지는 주부도 없을 것이다. 또 어머니만큼 도시락을 정갈하고 예쁘게 싸준 엄마도 드물었다. 은박지로 칸을 만들어 반찬국물이 섞이는 걸 미리 조심하고 꼭 콩이나 팥, 녹두로 밥 위에 모양을 꾸몄다. 소풍 날 어머니의 김밥 숫거리 개수를 이겼던 친구는 단 한번도 없었다.

"엄마, 할머니도 없고 오빠 언니도 없고, 이힝, 재미없게 이게 뭐야."

열 살 조은이 아기처럼 칭얼거렸다.

"할머닌 어디 간 거야?"

"도란이랑 도영이 올 때까지 저 방 가서 컴퓨터 켜서 놀고 있어."

조은이 컴퓨터라는 말에 군소리 없이 명훈이 쓰던 방으로 달려갔다. 명희는 어머니의 손때가 묻은 물건들을 하나하나 더듬어 나갔다. 아버지의 옷과 용품이 거의 눈에 띄지 않는 걸 보면 생각보다 마음을 많이 정리한 것 같았다. 어머니의 내부에서 하루하루 벌어졌을 힘겨루기가 충분히 짐작되었다. 자식들을 향한 원망은 왜 없었겠는가. 아버지의 갑작스러운 낚시행이 장남 식구들이 본가로 합류한 시점이었다. 또 결혼도 하지 않은 막내아들이 항의하듯 독립을 선언하고 집을 뛰쳐나간 얼마 뒤였다. 아귀 같은 자식들만 아니었으면 아버지가 마음을 다스리러 낚시를 떠날 일도, 어머니가 지금처럼 허위

허위 세상 어딘가로 내닫지 않아도 되었다. 그녀의 애물단지 아파트 또한 아버지의 행방에 일조하지 않았다고 할 순 없었다.

"아빠, 난 우리 아파트만 생각하면 숨이 콱 막혀요. 명의만 내 집이지 들어가 살 수도 없고 팔아 치울 수도 없고…."

가양동 아파트만 떠올리면 명희는 어디에서건 주책없이 한숨과 넋두리가 나왔다. 갖고 있는 돈을 탈탈 털어 4억5천이나 주고 산 집이었다. 명재가 사업을 시작하는 걸 보고 명희도 뭔가 삶에 한 획을 그어야 하지 않을까 하는 조바심에 내몰렸다. 아파트 가격이 이제 바닥이다, 아직 아니다, 전문가들의 의견이 팽팽히 엇갈렸지만 명희가 그렇다, 쪽으로 마음을 몰아갔던 건 순전히 명재의 용감한 창업에서 비롯되었다. 명재가 몇몇 제품 개발에 성공하는 걸 보면서는 당장 주택을 구입하지 않으면 집을 마련하는 일이 요원할 것만 같아 초조했다. 명희는 집만 마련하고 나면 행복하고 풍요로운 삶이 보장될 것이라 믿었다. 쾌적하고 안락한 아파트, 그녀가 선망하는 세상으로의 진입이었다.

어느 날 명희는 남편 용만을 불러 앉혀 삶의 단계를 조목조목 짚었다. 명재와 동갑인 용만도 그녀의 의견에 동의했다. 처남이 도약을 위해 발을 구르는데 그라고 가만히 앉아 있지 못했다. 은행에서 2억5천을 빌리고 살고 있는 집의 보증금을 더

하면 특별히 어려울 것도 없었다. 다만 선택하느냐, 선택하지 않느냐, 결단의 문제였다. 용만이 다니던 회사가 법정관리에 들어가 일 년 넘게 무급 휴직하게 될 줄 그때 아무도 알지 못했다. 회사가 청산 수순을 밟게 되고 새로운 일자리를 얻지 못할 줄은 더욱 몰랐고, 명재가 생각지 않은 갑질의 핵폭탄을 맞게 될 줄은 더더욱 몰랐다. 명재의 생존 위협은 명희의 생존 위협과 맞물렸다. 부모의 지원은 장자 우선 원칙에 따라 명재에게 쏠렸다.

명희는 그때 생각했다. 인생은 본질적으로 불공평한 건지 모른다, 금수저를 물고 태어난 팔자까지 거론하진 않더라도 어떤 부모에게서 태어나느냐에 따라 애초 삶의 향방이, 삶의 질이 결정된다. 주위를 둘러보면 확실히 그랬다. 경제 능력이 있는 부모들은 딸이라고 특별히 차별하지 않았다. 결혼하면서 거침없이 자택에서 시작할 수 있느냐 없느냐는 온전히 양가 부모의 능력에 달렸고, 자식의 성별 같은 건 상관이 없었다. 고작 하나나 둘만 낳는 세태에서 한쪽 부모만 여유가 있어도 출발 조건 자체가 달랐다. 부모로부터 독립해 새 길을 출발하는데 자전거로 달리는 자와 승용차로 달리는 자가 어찌 여건이 같겠는가. 자전거는커녕 부모가 물려준 몸뚱이 하나만 달랑 앞세워 터벅터벅 자갈길을 걸어가야 한다면? 인생에서 '만약'이라는 가정처럼 소모적이고 무용한 단어도 없을 테지만 만약 자신의 부모가 넉넉한 자산을 지녔더라면, 솔직히 명희가 그런 아쉬움을 갖지 않았다면 거짓말이다.

명희로서는 살던 아파트를 전세 놓고 작은 연립주택으로 물러앉을 수밖에 없었다. 명희의 수입이 뻔했고, 마땅한 정규 일자리를 구하지 못한 용만이 물류회사 일급 아르바이트로 힘을 보탰지만, 거치기간이 끝난 주택담보대출 원리금을 갚으면서 생활을 유지하기엔 턱없이 부족했다. 집값은 살 때보다 8천만 원이나 떨어져 마음대로 처분할 수도 없었다. 완전히 빚의 올가미에 걸려 집의 하녀로 전락한 꼴이었다. 은행에서 돈만 빌려주지 않았어도, 나라에서 빚내서 집 사도 좋다고 부추기지만 않았어도, 원망이 갈 곳을 몰라 가슴을 찢었다.

부모의 집에 얹힐 수만 있어도 한숨을 돌렸겠는데 부모의 둥지는 명희가 주저하는 사이 명재가 귀퉁이를 차지해 버렸다. 명재 가족이 밤도망 나오듯 보따리 싸서 부모의 집으로 쳐들어온 날, 명희는 소용에 닿지 않을 말을 사태의 원흉이라도 되듯 아버지를 향해 퍼부었다.

"난 아파트 팔아도 대출금이랑 전세보증금을 갚긴커녕 빚만 남아요. 사 년 넘게 은행 이자만 갚다가 이러지도 저러지도 못하는 신세가 돼버렸다구요! 내가 왜 그 동넬 떠나지 못하는지 아세요? 그 아파트 꼴도 뵈기 싫어 확 떠버리고도 싶지만 떠나면 정말 돌아갈 수 없을 거 같아 이 악물고 버티는 중이에요! 아파트 턱 밑에다 자리 잡고요. 우리 연립 창문만 열면 내 집 베란다가 한눈에 척 들어와요! 일부러 거기서 뻰대는 거라구요! 아빠, 한밤중 그 집에 환하게 불 켜진 걸 바라보는 마음이 어떤지 알기나 하세요? 가슴에 얼음장 같은 물이 그득하게 차올라요. 이 목구멍까지요."

검지 끝으로 목을 탕탕 두들기며 어머니에게도 탓을 돌리지 않을 수 없었다.

"그니까 빌라로 이사하기 전에 엄마네가 우리 아파트에 같이 합치면 좋겠다 했잖아. 집 팔아 오빠 급한 불 꺼줬으면 됐지, 내 말 들었으면 나도 덜 힘들고 엄마네 전세금도 아직 살아 있고, 그랬다면 지금 서로 얼마나 좋아요! 꽉 움켜쥐고 있으려 해도 어디로 간 줄도 모르게 사라져버릴 돈이었는데!"

명재가 발행한 당좌수표가 다 해결되었다고 믿었는데 뒤늦게 한 장이 더 나타나 부모의 몇 푼 안 되는 빌라 전세금마저 홀랑 삼켜버렸다. 지금의 다가구주택으로 옮겨 앉을 때 기어이 어머니는 눈물을 보였다. 포장이사는 꿈도 꿀 수 없어 명희가 이삿짐 싸는 걸 도우며 원망을 퍼부은 끝이었다.

어머니는 어디쯤을 달리고 있을까. 지금쯤 맨발에 신발은 꿰어 신었을까. 하늘을 나는 새도 제 둥지를 찾아드는 시간인데 자식들과 연락을 끊으면서까지 어디를 내닫고 있는가. 어머니의 하얀 뒤꿈치가 자꾸만 흰 새의 날갯짓처럼 눈앞에 아른거렸다. 명희는 어머니의 옷가지들을 들췄다. 시금 달금한 냄새가 주위에 퍼졌다. 어머니의 냄새였다.

"엄마!"

빈 방에 명희의 목소리가 낯설었다. 명희는 어머니의 몸을 만지듯 스웨터를 오래 쓰다듬었다. 어머니의 보드라운 가슴이, 따스한 뱃살이 명희의 손끝에서 몰랑몰랑했다.

"엄마, 지금 어디를 다니는 거야?"

설움처럼 눈물이 솟구쳤다. 돌연 아버지의 보험금이 원망스러웠다. 어머니를 거리로 내몬 게 꼭 그것 때문인 것 같았다. 보험금을 수령하자마자 세입자에게 집 빼 달라고 기세등등 통보한 주둥이를 비웃고 싶었다. 철없이 패밀리 레스토랑으로 달려간 두 발모가지를 경멸하고 싶었다.

허겁지겁 서랍장을 뒤지기 시작했다. 휴대폰과 지갑은 아무리 찾아도 없었다고 했다. 수중에 돈은 좀 갖고 있는지, 먼먼 길을 떠나려 작정한 사람이 여윳돈을 챙겼을 리 만무하다는 생각이 들었지만 어머니가 돈이라도 넉넉하게 지니고 나섰기를 바라고 또 바랐다.

아, 통장. 아버지의 보험금을 받은 통장은 어찌 되었는가. 명희의 손길이 바빠졌다. 명재나 혜자는 그 부분에 대해 정보를 주지 않았다. 어머니와 무슨 일이 없었느냐고 서로를 탐색

할 때 잠깐 그 통장이 떠오르지 않은 건 아니었지만 차마 물어볼 수 없었다. 아무리 경황없는 중이라 하더라도 예민한 부분이라는 걸 모르지 않았다. 그러잖아도 자산가 운운 하는 이야기까지 나오는 지경에, 그녀의 말이 형제들에게 좋지 않은 파장을 불러올 게 뻔했다. 명희로서는 오직 소재가 궁금했다. 적지 않은 액수였다. 그것이 어디에 있는지에 따라 어머니 행방에 대한 추적의 방향도 달라질 것이다.

서랍장 위에는 별다른 게 없었다. 모이스처 로션과 바셀린 바디로션, 물파스, 티슈 상자, 원형의 면봉 통, 손톱깎이와 노란 고무줄과 열쇠고리 등이 담긴 작은 정리함바구니가 전부였다. 그러고 보니 어머니의 화장한 얼굴을 본 기억이 까마득했다. 아마 명재의 사업이 휘청거리면서부터 외모를 가꾸지 않았지 싶다. 그즈음부터 가사도우미도 시작했을 것이다.

어머니가 즐겨 들고 다니던 체크무늬 손가방을 뒤엎었다. 손수건, 휴지, 립밤, 치과의원 광고가 새겨진 물티슈, 치약 칫솔, 둘둘 말린 스카프가 쏟아졌다. 립밤은 어머니의 입술이 까슬까슬 튼 걸 보고 명희가 얼마 전 건네준 거였다. 스카프는 혜자가 생일선물로 사 온 것인 듯했다. 스카프를 치운 자리에 웬일로 맨드라미, 봉숭아 꽃씨와 고추, 상추, 쑥갓 씨앗 봉지들이 노란 고무줄에 두툼하게 묶여 있었다. 가끔 슈퍼에서 봄맞이 판촉이나 사은품으로 꽃씨를 나눠주기도 하지만, 어디에 심을 용도로 이렇게 두루두루 챙겨 놓았는지 어머니가 아프게 감춘, 시린 그리움을 들여다본 느낌이었다.

서랍장을 아래서부터 하나하나 뒤졌다. 아래 칸들은 옷들로 허허롭게 차곡했고 제일 위 칸은 반으로 나누어 한쪽에 플래시, 송곳, 드라이버 같은 가정용 물품이 정리되어 있었다. 나머지 반은 전자제품사용설명서, 서류 봉투, 앨범 들이 자리했다. 명희는 앨범으로 손이 가다가 누런 봉투 하나를 집어 들었다. 그 안에는 부동산 계약서와 등기부 등본이 들어 있었다. 저도 모르게 눈이 번쩍 띄었다. 부모형제 중 누구의 명의로도 부동산이 있을 턱이 없었다. 그녀는 지번을 확인하는 순간 기운이 빠졌다. 그건 부모가 평생에 단 한번 마련했던 집의 주소였다.

형제들이 십 대와 이십 대를 보낸 홍제동 붉은 벽돌의 이층집. 명희가 이층에 살고 싶어 했지만 늘 세입자가 차지해 있던 집이었다. 토지대장, 건물대장과 함께 그 집을 살 때의 계약금과 중도금, 잔액을 지불했던 영수증들과 여러 해에 걸쳐 다 갚아 잔액이 0인 대출금 통장도 있었다. 그리고 사진 무더기. 모두 그 이층집이 배경인 사진이었다. 어머니는 본인의 깔끔함으로 기억의 흔적까지 한곳에 갈무리해 두었다.

손에 쥔 무더기에서 사진 한 장이 툭, 떨어졌다. 명희는 허리를 굽혀 그것을 집어 들었다. 열서너 살 정도의 명재가 대문 위로 늘어진 빨간 덩굴장미 앞에서 눈을 찡그리고 있었고 명훈이 강아지를 안고 혀를 날름 내밀고 있었다. 명희는 귀 양쪽에 장미꽃을 꽂은 채 명재와 명훈 사이를 비집고 새치름히 카메라를 바라보고 있었다. 장미를 뽐내려는 듯 그녀의 두 손은 양양하게 귓불을 받쳤다. 햇살이 쨍하게 머리 위로 쏟아지고 세 아이들의 발치로 검은 그림자가 길게 뻗어 있었다. 카메라 셔터를 누가 눌렀는지는 기억나지 않았다. 그림자의 주인은 누구였을까.

4

조은보다 두 살 더 많은 도란, 도영이 학원에서 돌아오고 혜자와 명재에 이어 명희의 남편, 용만이 도착했다. 마지막으로 명훈이 현관을 들어섰다. 밤 열 시가 넘은 시각이었다. 명훈 뒤로 예나도 슬그머니 고개를 내밀었다. 제 딴에는 예비 시모가 걱정되어 쫓아온 모양이었다.

"그래, 예나도 어서 와."

명희는 얼른 그녀를 맞아들였다.

"걱정 많으시죠?"

목소리에 물기가 배어 있었다.

"그래, 고마워."

예나에게서 전염이라도 된 듯 명희도 눈시울이 젖어들었다.

바깥의 기척에 명재와 용만도 얼굴을 내밀어 눈인사로 예나와 명훈을 맞았다. 명재는 말하는 법을 잊어버린 것처럼 아까부터 침묵으로 일관했다. 누구의 충격이 더 큰가를 수치로 따질 수 없으니 그런 명재를 뭐랄 수도 없었다. 용만 혼자 주절주절 좁은 집 안을 서성이며 안절부절못했다.

"동서 왔어?"

혜자는 아예 동서라는 호칭으로 친밀감을 표시했다. 언젠가부터 예나도 집안 행사에 참석하고 있었다.

아버지를 급작스레 잃고 아버지의 생일을 맞은 자리였다. 주인공이 없는, 뭐라 이름 붙이기도 불경스럽고 조심스러운 모임이었지만 어머니가 원해서 생일을 기념했다.

"돌아가신 분이라 해도 예전엔 생신 차례상을 모시는 게 자식들 도리였어. 얼마간은 이렇게 해 드리자."

아버지의 죽음이 예사롭지 않았으므로 누구도 어머니의 뜻에 반대하지 않았다. 예나가 그날 케이크를 준비해 아버지의 나이만큼 초를 켰다. 예비 시가 식구들과는 첫 대면인 날이었다.

"아버님, 생신 축하드립니다."

예나가 불을 붙이며 한껏 목소리를 높였다.

"새아기 될 아이가 첫인사하는데 어디에 있더라도 기껍게 받으시우."

어머니가 발랄하게 인사하는 예나를 바라보며 쓸쓸하게 말했다. '어디에 있더라도'라는 구절에서 식구들이 잠시 숙연했다. 어쩌면 차가운 바닷속을 부유하는 시신을 연상했거나 황천으로 가지 못해 떠도는 영혼을 떠올렸을지도 몰랐다. 너나 할 것 없이 표정들이 굳어졌다.

촛불은 식구들의 의견으로 다 같이 불어서 껐다. 어머니가 너무 입바람을 힘차게 보낸 탓에 어머니 쪽의 두 개가 쓰러질 듯 기울었다. 어머니가 그걸 보더니 자지러지게 웃었다. 그 모습이 너무나 섬뜩해 식구들 눈이 휘둥그래졌다. 명재가 그런 어머니를 쳐다보다 얼굴을 돌렸다. 눈물을 참느라 그러는 것 같았다. 명희가 급히 어머니의 팔을 붙잡았다. 혜자가 어머니, 하고 부르다 입을 다물었다. 어느 순간 어머니가 울고 있었다.

명훈의 도착 시간을 연락 받은 터라 거실방 문을 치운 자리에 교자상을 펴고 저녁을 차려 놓았다. 아이들은 명희가 찬밥을 볶아 먼저 먹였다. 할아버지의 부재가 실감 안 났듯 할머니의 부재에도 아이들은 별달리 반응하지 않았다. 각자 방구석을 차지하고 앉아 제 부모의 불안을 힐긋거리며 휴대폰 게임만 했다.

된장찌개와 밥, 밑반찬으로만 꾸려진 소박한 밥상이었지만 누구 하나 그 앞에 앉을 생각을 하지 않았다. 어머니가 지금 어느 길바닥을 헤매고 있을지 모른 판에 다들 목구멍으로 밥알을 넘기지 못할 것 같은가 보았다. 어머니는 아버지 때와 정황이 달랐다. 아버지는 불가항력적인 사라짐, 즉 죽음의 뒤편을 짐작하지 못했기에 가족들은 내밀었던 손을 거둘 수밖에 없었다. 그러나 어머니는 잘 벼린 의지를 남기고 몸을 감췄으니 자식들이 도무지 적응할 수 없었다.

밥상을 비켜난 바닥에는 어머니의 소지품들로 어지러웠다. 명희와 혜자가 가족들이 도착하기 전 단서가 될 만한 것들을 찾아냈다.

"제일로 이상한 건 어머니가 보령시 웅천읍 부동산 명함을 하나 갖고 있었다는 거예요."

혜자가 먼저 말을 꺼냈다.

"그쪽 부동산 명함이 뭔 필요가 있었을까요?"

용만이 뜨악하게 물었다.

"그러니깐 말예요. 고모부 보기에도 이상하시죠?"

"보령시? 거긴 대천시랑 합쳐진 데잖아요. 그게 뭐 이상해요? 그냥 길에서 나눠주는 걸 생각 없이 받아 넣을 수도 있는 건데. 아버지 땜에 우리가 그쪽을 좀 돌아다녔어요?"

명훈이 패스하자는 제스처를 썼다.

"그래요, 언니. 전화도 해봤잖아요. 엄마 이름 대고 물으니까 전혀 모르는 사람이라 했다면서요. 정 마음에 걸리면 다시 확인해 봐요. 대천 어디에서 명함을 나눠주기도 하는지."

"부동산들 지금 시간까지 문 여나?"

용만이 또 떠름하게 물었다. 벌어진 상황이 못내 못마땅한 눈치였다.

"당신은? 밑져야 본전이지. 왜 핸폰에다 사무실 번호 연결시켜 놓기도 하잖아. 답답하니까 지금 해봐."

"그래. 하나씩 짚어보자. 번호 불러봐."

명재가 꾹 닫았던 입을 떼며 휴대폰을 열었다. 그리고 혜자가 부르는 대로 번호를 눌러 나갔다. 통화가 연결되자 명훈의 추측한 내용을 물었다.

"아, 그러기도 한다고요. 예, 알겠습니다. 감사합니다."

명재가 통화를 끝내며 고개를 끄덕였다.

"명훈이 말이 맞아. 버스터미널이랑 대천역, 여객선터미널 쪽에서 주말에 그러고 있대. 여행객이 많이 몰리는 곳이니 투자처 홍보하느라고. 여객선터미널 부근이야 우리가 몇 날 며칠 이 잡듯 했잖아."

"난 슈퍼 영수증이 더 이상해요."

명희가 동의를 구하듯 혜자를 쳐다보다가 명재 쪽으로 고개를 돌렸다.

"오빠, 슈퍼 영수증도 두 개 발견했는데 명함이 나온 자켓과 바지 주머니에서야. 하나는 날짜가 재작년 오월 칠일이고, 또 하나는 지금부터 석 달 전, 작년 시월 십오일 날짜야. 슈퍼마켓 주소를 봤는데 둘 다 보령시 쪽이고. 근데 주소와 상호는 달라. 그니까 같은 슈퍼는 아니라는 얘기지. 손가방엔 약국 영수증도 하나 있었어. 한 달 전쯤의 거고."

"근데 어머니 통장은 안 보여요."

혜자가 불쑥 나섰다.

"엄마 통장은 없다고요?"

"그래, 언니랑 한참 찾아봤는데 아무 데도 없어."

"어떻게 된 거지? 엄마가 그건 갖고 가셨나?"

명훈이 이상하다는 듯 고개를 갸웃했다. 명재는 자신이 갖고 있다는 말을 꺼낼 수 없었다. 발설되는 순간 과녁을 찾지 못한 화살이 그의 심장으로 날아들 것만 같았다. 통장까지 그한테 넘긴 걸 보면 어머니가 진심으로 독한 마음을 먹었지 싶다. 명재의 애가 바작바작 탔다. 혹시 저도 모르게 허술히 지나쳐버린 하천의 다리는 없었는지, 교각 주변 으슥한 구석 같은 데 말이다. 아니면 자주 다니던 북한산 둘레길은? 아니면?

"영수증, 어디 줘봐."

명훈의 말에 용만과 명재도 동시에 손을 내밀었다. 세 사람은 명희가 나눠주는 영수증을 하나씩 받아들었다.

"오월 거부터 봐봐."

명희의 말에 세 사람이 자기 손에 들린 영수증을 확인했다. 예나도 명훈 옆에 바짝 붙어 들여다보았다.

"내 거네. 오월 칠일, 주소는 충남 보령시 주산면 하나로마트."

명희가 용만의 말을 끊고 나섰다.

"당신, 거기 구매 품목 읽어봐. 아니, 줘봐. 내가 읽을게."

명희가 용만의 것을 빼앗아 줄줄 읽어 내렸다.

"만세보령 쌀, 깨끗한나라 사십미터 삼십롤, 수퍼타이, 돈육이랑 야채는 그렇다 하고라도, 도루코 일회용 면도기랑 팔팔라이트 담배도 있어. 면도기와 담배, 이상하지 않아?"

"외할머니란 분이 담배를 피시나? 왜 노인네들 더러 피잖아."

"노인이 담배 피우는 게 이상할 건 없을 거 같아요."

명훈이 단정적으로 말했다. 명재가 느닷없이 입을 다셨다. 담배를 피우진 않지만 연속되는 긴장에 흡연 욕구가 일어나는지 몰랐다. 아버지를 닮아서인지 명재와 명훈은 담배를 가까이 하지 않았다. 어머니가 가족을 말하는 중에 가장 좋아하는 대목이었다. '우리 집은 담배 태우는 사람이 없어 얼마나 좋은지 몰라. 일 다녀보면 담배 태우는 남자 있는 집은 현관 들어설 때부터 공기가 달라. 참 희한도 하지. 그렇게 깨끗이 비우고 쓸고 닦고 하는데도 영 냄새가 가시질 않거든. 아마 냄새 중 젤루 지독한 게 담배 냄새일 거야.' 그런 말을 할 때마다 어머니의 낯빛이 흐뭇했다. 찰밥처럼 쫀득쫀득한 웃음기도 입가에 매달았다. 박길수의 가계 남자들이 담배를 피우지 않는 탓에 유일한 허 씨 남자인 용만이 최정순과 명희로부터 당하는 구박이 이만저만 크지 않았다. 명절 때면 가끔 강혜자와 아이들도 가세했다.

"혹시 장모님은 아닐까? 마음을 달래려 늦게 배웠을 수도 있잖아."

"말도 안 돼. 울 엄마가 담배 피운다면 내가 당신한테 십만 원 건다. 꼭 본인 같은 생각만 하고 있어."

용만의 표정이 샐쭉했다.

"그래, 어머닌 아닐 거야. 그랬다면 집에서 조금이라도 냄새가 났지."

명재의 말에 용만이 이때다 싶게 호주머니를 뒤지며 일어섰다. 아무도 그에게 신경을 쓰지 않았다.

"그럼 면도기는 어떻게 설명할 수 있어? 여자 노인네가 그게 왜 필요해? 엄마도 마찬가지고."

"면도긴 정말 이상해요."

혜자도 고개를 갸우뚱했다.

"당신도 내 일회용 면도기 어쩌다 쓰지 않아? 얼굴에 있는 솜털 가끔 밀잖아. 화장이 어쩐대나 하고. 안 그래?"

조금이라도 부정하는 말을 하면 용납하지 않을 기세로 명재가 혜자에게 물었다.

"나야 생각나면 겨드랑이도 밀고 다리도 밀긴 하지. 그치만 할머님이? 아니면 어머니가? 좀 상상이 안 되는데."

"외가 쪽 누군가가 필요했을 수도 있지 않을까? 작은 거에 매달리다 보면 중요한 걸 놓칠 수도 있어."

"그럼 오빠가 생각하는 중요한 건 뭔데? 우리가 지금 큰 거, 작은 거 가릴 입장이 아니지 않아? 이상하다 싶으면 먼지 한 톨이라도 다 들춰 봐야지. 난 여자라서 그런지 면도기가 자꾸만 이상해."

명희의 뾰족한 반응에 명재가 뒤통수를 긁었다.

"꼭 미궁 속으로 들어가는 거 같아. 외할머니란 분 연락처만 알면 아무것도 아닌데. 어머니 전화 계속 꺼져 있죠?"

혜자의 말에 아무도 입을 열지 않았다. 침묵이 길어지자 명재는 눈을 감아버렸다. 생각이 복잡한 듯 그의 얼굴이 수시로 일그러졌다. 실룩거리는 낯빛에서 뭔가 석연찮음이 전해왔다. 명훈이 황망히 물었다.

"참, 엄마 통화내역은 신청해 뒀죠? 수사 관련해선 경찰에서 조사한다고 통신사에서 그랬잖아요. 그거 잊지 말라고 하려고 여러 번 전화했는데…. 카톡도 보냈고."

명재가 눈을 뜨고 명훈을 서름하게 바라보다가 시선을 피했다.

“뭐가 잘못됐어요?”

“어머닌 본인이 유서를 남겨 놓아 청구할 조건이 안 된대. 범죄와 관련해 위급하다 판단될 때만 가능하다고. 법원에서 허가가 떨어지지 않는다 했어.”

자의로 집을 나갈 경우 인권과 관련해 국가가 제도적인 장치를 마련해 주는 것도 의무라는 데에 명훈의 생각이 미쳤다. 문득 일이 잘못 되어 간다는 느낌이 강하게 들었다. 저만치 걸어가는 어머니를 아무리 좇아도 끝내는 놓칠 것 같은 초조감이었다.

“저기요, 제가 퍼뜩 든 생각인데요. 엉뚱하다고 야단맞을지도 모를 얘기에요.”

얌전하게 앉아 있던 예나가 별안간 끼어들었다.

“말해 봐, 동서.”

그 호칭을 어색하게 생각하는 사람은 없었다.

“아버님 덕분에 가족들이 보험금을 많이 받았잖아요.”

“그래서요?”

명재가 날카로운 쇠붙이에라도 찔린 듯 화들짝 예나 쪽으로 고개를 돌렸다.

“혹시 어머니도 그런 마음을 잡수신 건 아닐까 해서.”

“그러고 보니, 여보! 도란아빠!”

혜자가 입을 가리며 헉, 숨을 들이마셨다.

"왜 그래?"

"어머니가 일전에, 보험금 받고 바로 얼마 뒤일 거예요. 설거지하는데 이상한 걸 물어봤어요. 자살한 사람도 보험금을 탈 수 있냐고. 왜 인제야 생각났지?"

"뭐라고? 그래서?"

"어떡해, 어떡하믄 좋아."

"그래서 뭐라고 그랬냐고?"

"첨엔 뭔 그런 흉측한 말을 물어보냐고 싫은 내색했어요. 근데 자꾸 궁금해 하길래 귀찮아서 보험 들고 이 년만 지나면 나온다고 말씀드렸죠."

"뭐라고? 당신 미쳤어?"

"언니, 정말 미쳤어요? 어떻게 엄마한테 그런 말 할 수 있어요? 아빠 거 받으면서도 마음이 찝찝해 죽겠는데. 우리 엄마한테 무슨 일 있으면 다 언니 책임예요!"

"고모 어떻게…. 그럼 어머니가 정말 나쁜 마음을 먹는 거란 말예요?"

명훈이 벌떡 나섰다.

"진짜 형수님도 바보시네요. 그런 말을 하면서 엄마가 이상한 걸 물어본다, 느낌이 이상하다, 조금도 의심쩍은 생각이 들지 않았어요?"

"그럼 다 나 때문인 거예요?"

혜자가 울음을 터뜨렸다. 도란 도영이 혜자의 울음소리에 놀라 안방에서 뛰어나왔다.

"너흰 들어가 있어!"

혜자의 울음이 더 높아졌다. 밖에 나가 있던 용만이 현관문을 황급히 열고 들어왔다. 그의 손가락엔 아직 다 피우지 못한 담배 개비가 들려 있었다. 예나가 조심스레 또 입을 열었다.

"어머니가 아버님 때문에 삶의 희망을 잃었다고 가정하면 제 상상이 무린 아닐 거 같아요. 아버님 경우를 보면서 기왕이면 자식들에게 도움이 되는 방법을 택하자, 그리 생각하셨을 수도 있잖아요. 근데 여의치 않으셨던 거죠."

"우리 엄마 어떡해? 설마 우리 엄마가 그러려는 건 아니겠지? 오빠, 명훈아, 우리 엄만 아니지?"

"참, 엄마 통장! 집에 없다면 갖고 간 거잖아. 진짜로 그런 마음을 먹었다면 엄마가 왜 그건 갖고 갔겠어? 지갑도 안 보인다며?"

명재가 명훈을 손으로 거칠게 제지했다.

"당신이 그 따위 멍청한 소리만 안 했어도 어머니가 이러시진 않을 거 아냐!"

"완전 나 때문인 거네!"

혜자가 눈물범벅인 얼굴을 들어 누구에겐지 모르게 악을

쳤다.

"진정들 하세요. 누구 탓한다고 해결될 일도 아니고."

용만이 어느 틈에 담뱃불을 끄고 명재의 손에 들린 영수증을 빼앗아 갔다.

"보령시 청소면, 델몬트 바나나, 맛있는 두유, 형님, 여긴 딱 두 가지뿐인데요."

"날짜가 언제랬죠?"

"석 달 전."

"청소면은 어디지?"

명재의 말에 명훈은 자신이 들고 있는 영수증을 들여다보았다. 용만의 말대로 누구 탓만 하고 있을 계제가 아니었다.

"이건 한 달 전 건데, 보령시 웅천읍…. 은영약국, 타이레놀, 화이트벤코푸, 누가 감기에 걸렸나 본데요."

"이번엔 또 웅천읍이야? 미치겠네. 거기가 외할머닌지 누군지 있는 덴가? 이런 식으론 안 되겠어. 뭐 다른 좋은 생각들 없어?"

명희의 말에 예나가 또 나섰다.

"현수막도 달고 전단지 만들어 주위에 뿌려 보면 어떨까요? 왜 미아 찾기나 교통사고 목격자 찾을 때도 그렇게들 많이 하잖아요."

"그래, 오빠! 예나 말대로 그렇게라도 하자. 이 동네에서도 나누고, 보령 주산면인지 청소면인지에 가서도 나누고. 난 내일부로 회사 그만두고 엄마 찾는 일에 올인할 거야. 명훈이 넌 어떻게 할래?"

"대타라도 구해 놓고 나와야지, 당장은 애들 안 돼. 마땅한 사람 물색할 동안 원장한테 말하고 오전엔 합류할게."

"일단 밥부터 먹자. 기운이 있어야 정신도 차리고 기동력 있게 움직이기도 하지. 참, 그러고 보니 우리 중에 자동차 가진 사람 하나 없네. 이렇게 자식들이 주변머리가 없으니 엄마가 무슨 생각을 못하겠어. 이참에 중고차라도 한 대 장만해요. 조은아빠, 당신 친구 중에 중고 자동차 파는 사람 있잖아. 그이한테서 괜찮은 거 하나 몰고 와. 너무 오래된 건 말고."

명희가 재촉하듯 방 안을 둘러보았다. 약속이나 한 듯 다들 명희의 시선을 좇았다. 집 안이 휑뎅그렁했다. 어머니의 빈자리가 크고 넓은 탓이었다. 흠칫 놀란 명재가 앉은걸음으로 급하게 밥상으로 다가갔다. 그리고 재게 숟가락을 집어 들었다. 꼭 누구엔가 아니면 무엇엔가 쫓기는 사람 같았다. 어머니가 사라진 밤이 콜타르처럼 검고 끈끈하게 깊어갔다.

5

명훈은 부엌에서 달그락거리는 소리에 소스라치게 깼다. 밤새 뒤척이다 새벽녘에야 겨우 잠이 들었나 보았다. 지난밤 예나의 말이 다시 귓가에 살아났다. 왼쪽 관자놀이에서 시작한 두통이 욱신욱신 두피 전체로 퍼졌다. 어머니가 불민한 자식들에게 복수할 작정이 아니라면 절대로 이럴 순 없었다. 밤새 예나의 말을 되짚었다. 아무리 명훈이 아니라고 반발해도 예나의 추리를 부정할 도리가 없었다. 사실 그 역시 그러한 의구심을 애써 외면하고 있었다. 고개를 돌려라, 고개를 돌려, 결코 그러진 않았을 것이다, 어디 그럴 리가 있겠느냐! 명훈은 폭풍처럼 달려드는 화를 이기지 못해 벌떡 일어났다.

통장과 유서, 도대체가 조합이 맞지 않는 구성이었다. 거액이 예치된 통장을 지니고 나가는 사람이 유서를 남겼다! 어떻게 접근해야 추론이 가능하겠는가 말이다.

예나와 같이 원룸으로 돌아갔다가 아침에 이쪽으로 건너와도 되었지만 사정하다시피 예나를 혼자 보낸 건 주체 못하는 분노 때문이었다. 예나야, 오늘만 너 혼자 집에 가면 안 되겠어? 그 말에 예나가 어처구니없는 표정을 지었다. 명훈은 어머니의 방에서 찬찬히 생각을 정리하고 싶다고, 왠지 꼭 그래야만 할 것 같다고, 전철역까지 바래다주며 예나를 다독였다.

명훈은 주위를 둘러보았다. 이틀 전만 해도 어머니가 머물던 방이었다. 홍제동 집에 화사하게 걸렸던 자잘한 꽃무늬 커튼이 창문을 가린다기보다 벽 전체를 덮고 있었다. 어머니는 온전한 커튼을 잘라내기 아쉬워 원래의 것을 그대로 달아놓았다. 그 집으로 돌아갈 날을 꿈꾸고 있는지 몰랐다. 침대는 이사하는 날 명훈이 직접 대형폐기물 스티커를 붙여 집 앞에 내놓았다. 나사를 하나하나 풀고 일일이 분해해 비닐 끈으로 묶었다. 멀쩡한 걸 내다 버리는 것도 아까워 죽겠는데 돈까지 내고 버려야 해서 그때는 약이 많이 올랐다. 혼자 매트리스를 끙끙거리며 끌어낼 땐 저절로 욕이 나왔다. 장롱도 본래는 세 짝이 한 세트였는데 옷장 하나를 단돈 삼만 원에 옆집 아가씨에게 분양했다. 어머니가 망설이고 또 망설인 끝에 마음에서 떼어낸 한 짝이었다. 어머니는 그걸 내보내기 직전까지 이별이 서러운 양 모서리를 한참 쓰다듬었다. 급기야 상실감을 이기지 못한 어머니가 아버지의 등에 대고, 생전 처음 가져본 브랜드 가구예요, 하고 내쏘았다. 대단할 것도 없는 동서가구에서 나온 세미엔틱형 장롱이었다. 아버지는 못 들은 척 옮기는 걸 서둘렀다. 문리대 출신 명훈이 취업에 실패하고 학원 강사로 눈을 돌린 때였고, 명재가 골리앗과의 싸움에서 마지막 고투를 치르던 시기였다. 단신인 명재는 옛이야기와 달리 거인 골리앗을 이기지 못했다. 아니 처절하게, 철저하게, 완패했다. 설화가 시대에 맞게 조응하려면 명재는 단연코 단신이지 말았어야 했다. 결국 박명재의 실패가 부모의 유전인자에서 기인했다고 말한다면 형에 대한 지나친 자조일까, 명훈의 입가가 일그러졌다.

명훈이 이불을 걷으려고 하는데 누가 방문을 두드렸다.

"삼촌!"

도영이었다. 어젯밤 같이 자고 싶어 하는 걸 쫓아버린 게 생각났다.

"왜?"

명훈이 무뚝뚝하게 대답했다. 같은 동성의 남자라고 나름 친근하게 달라붙는 조카한테 미안한 감이 없지 않았지만, 기분이 좋지 않은 터라 말이 부드럽게 나가지 않았다.

"엄마가 식사하래요."

"알았어."

"곧 나올 거죠?"

"알았다니까!"

도영이 빠끔 문을 열고 고개만 들이밀어 겸연쩍게 웃었다.

"나 들어가도 돼요?"

"그 자식 정말! 왜 그러는데?"

"나도 삼촌만큼이나 할머니 걱정돼요, 뭘. 그래도 삼촌이 우리 집에서 자니까 좋다."

어느 틈에 도영이 명훈의 코밑에서 그를 올려다보았다.

"할머니도 멀리 아무도 모르는 데 간 거예요? 할아버지처럼 안 와요? 할머니가 할아버진 꼭 돌아올 거라 그랬는데. 삼촌, 죽고 싶지 않은 사람은 안 죽을 수 있대요. 아니, 못 죽는 거래요. 난 할머니 말 믿을 거예요. 그래서 할머니도 할아버지도 꼭 돌아와요."

명훈은 피식 웃었다. 영화의 명대사 같은 말을 어머니가 진심으로 도영한테 했는지 믿기지 않았다. 어린 손자를 통해 당신의 염원을 투사하고 확인하고 신앙하고 싶은 건 아니었는지. 도영이 겨울방학이 끝나면 곧 육 학년이 되고 이르면 벌써 사춘기에 들어섰을 나이였다. 순진한 건지 덜떨어진 건지 도란에 비하면 두세 살은 어린 동생 같았다. 도영이라면 어머니의 말을 아무 의심 없이 수긍하고 동의했을 것이다. 어머니의 간절한 바람이 읽혀짐과 동시에 녀석에게도 짠한 마음이 일었다. 도영이 살아가는 동안 골리앗에 치이지 말기를, 또래에 비해 도영의 체구가 작은 게 걱정이 되었다. 마음의 힘만이라도 골리앗이기를, 명훈은 도영의 어깨를 토닥이며 진정으로 소망했다.

"삼촌, 일어났으면 식사해요."

혜자가 부엌에서 명훈을 불렀다. 그녀의 목소리에 정신이 번쩍 들었다. 이번 사태의 주범이 그를 부르고 있었다. 모든 울분과 원한이 그녀에게로 향했다.

"엄마한테 가서 삼촌 밥 안 먹는다고 해."

"삼촌은 왜 밥 안 먹어요?"

"전하라면 전해!"

도영이 머쓱해서 일어나더니 슬며시 방을 나갔다. 녀석은 문턱을 나서자마자 발소리를 쿵쿵 울리는 걸로 그의 처사에 못마땅함을 표시했다. 명훈은 형수에게 대거리라도 하듯 벌렁 드러누웠다. 그리고 이불을 확 끌어당겨 머리끝까지 뒤집어썼다.

"삼촌 아침 안 먹는대."

도영이 불퉁거리는 소리가 멀리서인 듯 들렸다. 혜자가 뭐라고 하는 것 같았지만 내용은 들리지 않았다. 지난밤처럼 어머니가 이리하시는 게 몽땅 자기 때문인 거냐고 쫑알거리고 있는지도 몰랐다. 형수 때문이 아니면? 명훈은 혀끝을 지그시 깨물었다. 통증이 혀가 아니라 심장으로 전해졌다. 진짜는 그게 아니지 않아? 꼭 형수 때문만이겠어? 진실이 항의하는 통각 같았다. 그때 난데없이 도란의 앙칼진 목소리가 이불 속을 파고들었다.

"조은이네 아파트로 이사 간대! 우린 언제 가! 이제 할머니네 집 지겨워!"

"이눔의 계집애가! 철딱서니가 그렇게 없니? 암만 어린애래도 눈치가 그렇게 없어? 분위기 파악도 못하겠냐고?"

"몰라! 조은이가 어제 막 자랑했단 말야. 자기 방도 생길 거라고! 고모가 예쁜 침대도 사준댔대!"

명훈이 이불을 걷어 젖히며 벌떡 일어났다. 어머니는 어쩌자고! 돌연 눈물이 핑 돌았다. 어머니의 방이 깊은 물속에라도 잠긴 듯 어른어른했다.

연일 날이 맑았지만 겨울이라 그런지 옥상은 을씨년스러웠다. 날씨마저 흐렸다면 느낌이 더 살벌했을 것이다. 예나의 원룸으로 들어가고부터 명훈이 집에 들러도 이곳에는 올라올 일이 없었다.

북한산이 멀리 올려다보였다. 너럭바위 사이로 소나무들이 검파랬다. 활엽수들은 황적색으로 누렇게 붉었다. 가을엔 산

국의 진노랑과 싸리나무의 보랏빛이 고운 산이었다. 이곳에 이사 온 뒤로 가끔 아버지 어머니를 따라나섰다. 집에서 십여 분 걸으면 아파트 단지를 돌아 등산로가 열렸다. 예나를 만나기 전이었고 그의 부모는 누군가의 위로가 절실히 필요한 때였다. 명훈 역시 보잘것없을 미래를 위무하는 시간으로 산행이 나쁘지 않았다. 인생에서 그가 거머쥘 수 있는 폭은 너무나 좁았다. 그나마 산길에서는 그런 것들을 잠시 내려놓을 수 있었다.

스티로폼 상자가 아버지가 없는 시간만큼 낡은 채 구석에 방치되어 있었다. 다가구주택의 옥상은 세입자들이 가끔 담배나 피우러 올라올까 대부분 아버지가 텃밭으로 가꾸는 데 활용되었다. 백합, 국화, 상추, 부추, 아욱, 오이, 박하 등이 봄부터 가을까지 옥상을 푸르게 물들였다. 그것들은 하루하루가 충만한 듯 싱싱하게 잘 자랐다. 빨랫줄 한쪽에 끈을 타고 올라가는 색색의 나팔꽃은 여름내 장관이었다. 화창한 휴일, 꽃그늘 아래 의자를 내어놓고 책을 읽기에도 안성맞춤이었다.

그러고 보니 어머니의 꽃씨와 씨앗 봉지들은 무엇인가. 올해부터 아버지 대신 농사를 시작할 생각이었다면 무엇이 어머니를 이런 지경으로 몰아쳤는지, 진짜 예나 말대로 손에 쥐어보기 힘든 거액의 보험금 유혹 때문인가. 어머니 앞으로도 보험이 가입되어 있을 게 분명했다. 머리끝이 쭈뼛했다. 그럼 통장은? 지난밤 명훈도 어머니의 방을 샅샅이 뒤졌다. 명희와 혜자의 말대로 통장은 보이지 않았다. 가슴 쓸어내리는 안도만큼 근거 모를 두려움이 그를 압박했다.

명훈은 골목 쪽 난간으로 다가갔다. 하천이 저 멀리 검은 줄기로 내려다보였다. 또 하천이었다. 어머니의 자취를 최종으로 확인한 곳, 어머니가 자식들을 벼랑 아래로 떠밀어버린 곳, 가슴이 텅 비어왔다. 고개가 절로 꺾였다. 소용만 있다면 세상에 두 무릎을 꿇고 깨끗이 항복하고 싶었다. 두 손이라도 싹싹 빌고 싶었다. 예기치 않은 큰돈은 재앙의 원천임을, 께름칙한 도발임을 미처 알지 못했다.

골목 끝으로 앞집의 지하방 독거 할머니가 구부정하게 나타났다. 여전히 낡은 유모차를 밀고 있었다. 그 위에는 폐휴지와 폐박스, 재활용품들이 아슬아슬했다. 아들이 둘이나 있지만 십 년째 연락이 끊겼다고 들었다. 자식에게 버림받은 경우라도 부양의무자가 엄연히 생존해 있기에 국민기초수급자에 해당되지 않는다고 했다. 어머니는 그녀의 반찬거리를 대주는 눈치였다. 간혹 쌀 포대 같은 무거운 심부름을 명훈에게 시킨 적도 있었다. 모두 명훈이 이곳에 살 때의 일이었고, 아버지가 사고를 당하기 전 일이었다. 이후 어쩌다 마주치면 그녀는 아버지의 부재를 누구보다 안타까워했다.

"법 없이도 살 양반이었는데."

그녀가 보내는 아버지에 대한 절대적인 찬사였고 어머니에 대한 깊은 애도였다. 어머니조차 실종되었다는 걸 안다면 그녀는 어떤 표정을 지을까. 그녀를 만나는 일이, 설명해야 하는 일이 두려웠다.

그녀의 굽은 등이 차츰 가까워졌다. 떼어내 버리지 못하는 혹처럼 고단한 삶이 그녀의 등에 무게를 더했다. 플라스틱 털신 뒤꿈치가 질질 시멘트 바닥에 끌렸다. 그녀의 지하방으로 내려가는 입구는 온통 재활용더미였다. 그녀는 아침 일찍 물어온 모이를 그것들 위에 하나씩 쌓아 올렸다. 그녀의 가쁜 숨소리가 옥상에서도 들리는 듯했다. 시선을 돌리는데 또 골목 끝으로 눈에 익은 남자가 들어섰다. 이번엔 등이 아니라 어깨가 구부정했다. 손가락 끝만 살짝 대어도 고꾸라질 것처럼 빈약하고 조그마했다. 그를 부르려는데 시선이 마주쳤다. 둘은 잠시 할 말을 잃었다. 명재가 천천히 명훈 아래로 다가왔다.

"천변을 돌아다녀봤어."

명재가 묻지도 않은 말을 올려다보며 대답했다. 또다시 천변이었다.

"지구대에서 연락 왔는데 나와서 실종 신고 하랜다. 그만해도 나쁘지 않은 소식이지?"

어머니의 행방이 이제 대책 없이 늘어지나 해서 가슴이 철렁했다.

"그만해도 다행 아니냐?"

명재가 확인하듯 목소리를 높였다.

"당연한 거 아네요?"

도대체 질문의 의도가 짜증스러웠다.

"그렇지? 당연하지?"

명재가 스스로 수긍하듯 깊이 고개를 끄덕였다.

"그만해요! 형은 엄마가 뭐 어떻게 되길 바란 거예요?"

명훈이 벌컥 역정을 내지르자 명재가 눈을 휘둥그렇게 떴다. 일순 그의 검은자위 뒤로 뭔가 후다닥 몸을 감추는 듯했다. 그의 죄책감인지 공포인지는 알 수 없었다. 오직 명재 그 자신만 알 수 있을 것이다.

명훈과 명재는 어깨를 나란히 하고 좁은 골목을 빠져나갔다. 명훈의 머리가 명재의 어깨보다 우뚝 높았다. 명훈은 곁눈으로 형의 키를 가늠했다. 그가 남자로서 보통 키 안쪽인 걸 보면 명재는 작아도 한참 작을 것이다. 형의 키가 백육십은 넘을까, 명훈이 명재를 힐긋거렸다. 어머니를 닮아 체구까지 작고 마르다 보니 명재의 존재가 한없이 가냘프게 느껴졌다. 명훈 역시 부모의 유전자 탓으로 크지 않은 키였지만 아버지를 닮아 체격만큼은 차돌처럼 단단했다. 그러니 명재보다는 그가 상대적으로 건장해 보였다. 아버지는 형의 어떤 면에 그토록 신뢰를 보냈는지 궁금했다. 명석하고 치밀하고 빈틈없고, 지구력과 인내심 강하고, 모두 명훈이 미치지 못하는 덕목이긴 했다. 충분조건으로 삶에서 성공할 승산이 명재가 아주 높다는 뜻이었다. 그 결과에 맞게 명재는 공부도 더 잘했고, 전공에 맞춰 취업도 바로 했다. 회사에서도 실력을 인정받는 연구원이었다고 들었다. 그 부분을 명훈이 무진장 부러워하고 의기소침했다.

대체 형은 어느 지점에서 잘못된 선택을 한 것일까. 샐러리맨으로 안주하지 못하고 섣불리 제 능력을 과신해 사업을 시작한 것? 이제껏 명훈은 형이 큰 존재인 줄만 알았다. 작은 거인! 형한테 딱 맞는 말이었다. 명훈이 언제나 명재보다 한발 뒤처져 있었으므로 질투하는 마음도 조금은 있었다. 집안의 서열과 역량 면에서 밀리는 건 어쩌면 당연지사였다. 그런 명재가 오늘 따라 그지없이 초라하고 볼썽사나웠다.

일방통행의 이면 도로가 이어졌다. 형제 둘이서 이렇듯 어깨 겯고 걸어본 기억이 없었다. 워낙 나이 차가 많은 탓이었고 걷는 길이 달랐던 까닭이었다. 하지만 이젠 어머니 최정순의 아들들로, 형제는 우애 좋게 거리를 톺아 더듬어, 사라진 어머니를 찾아내야 했다. 단단히 마음먹었음에도 명훈은 속이 부글거리는 걸 참을 길이 없었다. 여간해서 가라앉지 않을 부아였다.

일방통행로를 거슬러 날렵한 푸조 한 대가 쏜살같이 그들 옆을 지나쳤다.

"야! 외제차만 탈 줄 알지 한글은 못 읽냐?"

명훈이 차 뒤꽁무니를 향해 삿대질을 했다.

"사고나 나서 콱 뒈져라."

명훈은 깜짝 놀라 걸음을 멈췄다. 명재가 입속말로 웅얼거린 터라 처음엔 잘못 들었나 싶었다. 하지만 의심할 나위 없이 그 말이 분명했다.

"혀엉!?"

"왜? 난 이딴 말 쓰면 안 되냐? 어쨌거나 너도 예나 씨 말 부정 못하고 있지? 결국 어머니도 아버지처럼 사라지려 한다는 거. 우린 그래서 신고하러 가는 거고. 아, 씨발."

"형까지 정말 왜 이래요?"

"몰라! 뭐가 뭔지 모르겠어! 아버지야 얼결에 당한 일이지만 어머닌 어떻게 된 거야, 지금 어쩌고 있는 거야? 뭐, 사라진다고? 어떻게 사라질 수 있어? 한마디로 죽음을 맞이하겠다는, 아니, 하고 있다는 뜻 아냐?"

바로 그때 뾰로롱, 명훈의 카카오톡이 울렸다. 미리보기 창으로 오빠, 잘 잤어? 난 출근^^, 예나의 애교스런 글이 떴다. 명재의 충격적인 반응만 아니었다면 반갑고 미안한 마음에 명훈도 척 답을 날려주고 싶었다. 하지만 이맛살을 찌푸려 명재를 노려보는 일밖에 할 수 없었다. 그러잖아도 머릿골이 지끈거려 죽을 판인데 명재까지 정신 사납게 굴어 더욱 부아통이 터졌다.

옆에서 전해지는 명재의 체취가, 팔이 닿을 때마다 느껴지는 체온이 심히 거북했다. 명훈은 명재를 뒤로하고 성큼 앞섰다. 불편해하는 낌새를 챘는지 명재가 말없이 뒤를 따랐다.

전철역을 오른쪽으로 꺾어 돌자 어머니의 짐꾼이 되어 자주 오가던 이마트 앞이었다. 건물 앞 특설매장은 인파들로 북적였다. 산지에서 올라온 농산물들을 직거래하는 행사였다. 어머니는 주로 바깥 매대 위에 깔린 물건들을 구매했다. 명훈은 주부 위주의 고객들을 잠시 바라보다 걸음을 재촉했다. 발끝에 어머니의 부재가 아렸다.

사거리를 지나 횡단보도 건너편에 지구대가 보였다. 차가 오지 않는 틈을 타 명훈이 무단 횡단했다. 명재도 명훈을 뒤따르나 했더니 금세 앞장섰다. 초행인 그를 의식하는 듯했다. 정작 지구대 앞에 가서는 멍청하게도 고정된 문을 열심히 열었다.

"거긴 고정문이라고 씌어 있잖아요. 이쪽이 출입문이고."

명재가 돌아보며 아둔한 표정을 지었다. 명훈이 짜증나 출입문을 확 밀었다. 이번엔 '옆문으로 들어오세요'라는 안내표지가 그들을 가로막았다. 내부가 훤히 들여다보이는 유리로 복도를 구분해 놓은 탓이었다. 유리벽을 따라가다 막다른 곳에서 몸을 트니 그제야 실제 출입문이 나왔다. 맞닥뜨리는 소소한 장애에 기분이 좋지 않았다. 유리문 너머 경찰복이 주는 위압감 때문일지도 몰랐다.

"저어, 최정순 씨 실종 건으로 왔는데요."

명재의 말에 무궁화봉오리 두 개를 어깨에 얹은 순경이 민원데스크에서 고개를 들고 아는 척했다.

"어제 한강까지 싹 뒤졌지만 영 흔적이 없으세요. 일단 정식으로 신고를 받겠습니다."

"알겠습니다."

명훈이 명재 옆에 서서 지구대 안을 둘러보았다. 다들 순찰을 나갔는지 명재를 대하는 순경과 사무실 안쪽의 책상에 한 사람이 더 앉아 있을 뿐이었다. 그는 이쪽으론 눈길도 주지 않았다. 태극장무궁화 두 개, 아마 지구대장쯤 되는 것 같았다. 앉은키가 제법 컸다. 빼빼 마른 몸에 눈매와 입매가 날카로웠다. 일선 경찰직보다 프로파일러처럼 범죄 심리를 분석하는 일이 더 어울릴 타입이었다.

"성함은 최정순, 일구오일 년생 맞으시죠?"

순경이 손 빠르게 인적 사항을 컴퓨터에 입력해 나갔다.

"개인정보 활용 동의서 한 부 작성해 주시겠어요? 최정순 씨 신상 기록을 열람해도 좋다고 보호자가 동의하는 거예요."

순경이 서류 한 장을 민원데스크 위에 올려놓았다.

"읽어 보고 체크하시고, 보호자 인적 사항이랑 날인도 해주세요."

그제야 지구대장일 것 같은 경관이 그들 쪽을 흘끔 쳐다보았다. 일말의 동정심도 연민도, 관심조차 없는 건조한 눈빛이었다. 명훈은 그의 눈길을 피했다. 명훈이 기를 써도 다다를 수 없는, 훼손되지 않은 어떤 세계가 그 안에 있었다.

6

명훈을 돌려보내고 명재는 다시 천변에 섰다. 절망스럽게 여기 말고 달리 갈 곳이 없었다. 이곳은 그가 만난 세상의 끝이고, 다시금 걸어야 할 세상의 시작이었다. 여기에 도착하기까지 생에서 취한 선택들이 유기적인 우연들을 만들어 냈을 테다. 또한 그것이 필연의 옷을 입고 종내는 어머니를 이곳으로 몰아왔을 터였다. 명재는 그 필연이 휘두르는 감사나운 주먹을 확연히 알아봤다. 어떠한 변명도 핑계도 허락하지 않겠다는 서슬 퍼런, 그 뒤에 어머니가 있었다.

오후로 들어서면서 해가 뿌옇게 가려지고 시야가 탁했다. 스모그인지 황사인지 손바닥을 내밀면 고운 모래가 서걱거릴 것만 같은 날씨였다. 이번 겨울은 유난히 눈이 없었다. 그렇다고 비가 자주 온 것도 아니었다. 맹렬하게 추웠던 적도 지난 연말 잠깐 말고는 생각나지 않았다. 올겨울이 춥고 길 것이라는 기상예보가 엇나가고 있는 게 분명했다. 과학과 논리의 세계에서도 이렇듯 입력과 출력이 어긋났다. 예상하고 기대했던 생이 무참하게 묵살되었다고 해서 눈 동그랗게 뜨고 의아해할 건 없었다. 다만, 부모와 관련해 숨 멎을 것 같은 서스펜스가 이어지는 데에는, 두 손 번쩍 들고 아무에게나, 무엇에게라도, 깨끗이 투항하고 싶었다. 아까 오전에 전단지와 현수막을 준비하면서도 그랬다.

'실종된 어머니를 찾습니다.'

'어머니가 사라졌습니다.'

'저희 어머니를 찾아주세요. 가족들 애간장이 끊어지고 있습니다.'

명훈과 기획사 직원이 쉴 새 없이 문구를 만들어 냈다. 명재는 차라리 구체적이고 사실적으로, 우리 어머니는 하천 다리 난간에 목매달려고 했습니다, 아마 사망보험금을 욕심내는 것 같습니다, 제발!!! 저희 어머니, 아니 시신이라도 보신 분은 아래 번호로 연락 주시면 후사하겠습니다, 라고 써서 내걸고 싶었다. 제발, 제발, 제발!!! 모든 걸 생략하고 오히려 '제발'을 강조하는 게 더 절절한 호소가 될 것이었다.

직원이 마우스를 몇 번 클릭하자 전단지와 현수막에 실릴 어머니의 얼굴이 모니터에 등장했다. 어머니는 가벼운 농담처럼 아들 형제를 향해 살포시 웃고 있었다. 명훈이 옥상 텃밭에서 찍었다고 했다.

편집 직원은 명재가 갖고 간 사진들을 못마땅해 했다. 홍제동 이층집 마당에서 찍은 필름 사진이었다. 인물이 너무 조그맣게 찍혀 확대하고 나면 얼굴이 흐릿할 것이라 했다. 홍제동 이후의 사진은 한 장도 없었다. 아예 찍지 않은 것인지 찍어놓은 걸 없애버린 것인지 찾을 수 없었다. 휴대폰으로라도 어머님 사진을 찍은 적이 없느냐는 직원의 핀잔에 명훈이 부랴부랴 폰을 뒤져 하나를 찾아냈다. 막내아들이 어머니의 뒷모습을 애잔해했나? 막 상추를 한 줌 뜯어 쥔 그녀를 향해 엄마, 여기 좀 봐, 하고 불렀을 것 같은 장면에 어머니가 가만히 뒤돌아보며 수줍게, 사랑옵게, 웃는 사진이었다. 그 생생한 현장감과 선명한 존재감에 명재는 소름이 돋았다. 그가 삶으로부터, 세상으로부터, 부모로부터 완전히 등 돌려진 사실을 인정해야 했다.

하천 가장자리로 죽은 청둥오리 십여 마리가 둥둥 떠 있었다. 어떤 못된 인간이 천변에 독극물을 뿌려 놓았는지 아니면 주변 공장에서 몰래 폐수를 방류했는지 원인은 알 수 없었다.

먼 길을 날아온 저들의 행로가 안타까웠다. 날갯짓을 억누르는 폭풍우와 드센 맞바람, 오직 목표한 곳을 향해 날고자, 도달하고자 하는 의지만을 앞세워 다다랐을 이곳, 명재 자신도 저들과 다를 바 없는 신세였다. 한순간에 그 또한 삶의 궤도 밖으로 내던져졌다.

명재는 공장 자동화 시스템 업체에서 개발팀을 총괄했다. 당시만 해도 시스템에 들어가는 주요 부품들을 거의 수입에 의존했다. 수입 단가가 높아 명재는 부품이 입고되는 날만 되면 입맛이 썼다. 충분히 국내 개발이 가능할 것 같은데 개발전담부서에서 늘 회의적으로 나왔다. 명재가 아무리 개발계획서를 꼼꼼하게 준비해 제출해 봤자 소소한 아이디어로 묵살돼 버리곤 했다. 비용 면에서나 공정의 실리에서 손금 들여다보듯 훤한 긍정적인 그림이 그들 눈엔 보이지 않는가 보았다. 의견이 좌절될 때마다 명재는 갈급증으로 속이 탔다. 자존심의 문제였을지 몰랐다. 결단코 본인이 틀리지 않았다는, 아니 꼭 이루어내고 싶다는 열정 같은 것. 결국 명재는 창업을 결심했다. 개발부서와 개발팀 간의 갈등을 고민하던 사장의 적극적인 권유도 있었다. 사장은 튼튼한 뒷배가 되어 주겠노라고 역량을 맘껏 발휘해 보라며 그를 독려했다. 일흔의 나이에도 사업 일선을 의욕적으로 지휘하고, 일에 있어서도 의리와 소신을 제일로 삼는 기업가였다.

"내가 자네 같은 인재를 우리 회사에서 내보내긴 정말 아까워. 허나 소를 잃고 대를 얻자, 대승적인 차원에서 윈윈하는 쪽을 택하는 거야. 내가 내 앞의 밥그릇을 그냥 뺏길 위인은 절대 아니거든."

일식집에서 저녁을 사주면서 사장은 너털웃음을 웃었다. 명재 역시 그만두기 아쉬울 만큼 정이 든 회사였다. 대학을 졸업하고 대기업에서 삼 년 남짓 일하다 옮긴 중견업체로 십여 년 넘게 몸을 담았다. 대리에서 부장에 오르기까지 젊은 패기를 묻은 곳이었다. 동료와 부하직원들과는 물론이고 상사들과도 모나지 않게 회사생활을 잘 해왔다고 자부했다. 하지만 기술 문제에 있어서만큼은 연구자로서 명재도 고집이 있었다. 한눈에 꿰어지는 원리들이 오류의 과부하에 걸렸을 때 명재는 한 발도 물러설 수 없었다. 결국 기술을 둘러싼 충돌이 분쟁으로 이어지는 경우가 잦자 사장이 특단의 대책을 내렸다. 명재에게 독립의 기회를 제공한 것이다.

엠앤시스템. 명재가 창업한 회사였다. '엠'은 명재의 이니셜에서 따왔고, 모기업의 '시스템'을 연계해 회사의 이름을 지었다. 비록 구로 쪽 아파트형 공장에 입주한 소규모 사업체였지만 명재의 꿈과 의지로 설립했다. 회사는 사무를 보는 여직원과 연구원 두 명, 엔지니어 두 명, 명재를 포함해 여섯 명으로 조촐하게 꾸렸다.

명재는 모기업에 근무할 당시 원했던 제품 연구에 밤낮없이 매달렸다. 공장 자동화에 꼭 필요한 비례제어 시스템의 프로그램 컨버터를 개발하는 일이었다. 비례제어 시스템 컨버터만큼은 전량 수입되고 있었다. 겨우 일요일에나 잠깐 집에 들렀을 뿐 연구원들과 사무실에서 네 시간 이상 자본 적 없는 강행군이 이어졌다. 시간과 자본과 끈기를 입력하는 만큼 반드시 요구하는 수치의 제품이 출력될 것이라 믿었다. 여섯 달 동안 실험을 거듭한 결과 기대했던 프로그램 변환 수치가 나왔다. 대단한 쾌거였다. 직원들이 얼싸안고 얼마나 환호성을 질렀는지 관리실에 신고가 들어갈 정도였다. 당장에 모기업 사장을 향해 팡파르를 울렸다.

"그거 봐, 자네가 해낼 줄 알았어. 역시 내 판단이 틀리지 않았단 말이지. 저녁에 이쪽으로 건너와. 축하주 한 잔 하세. 자네 의견 반대했던 기술이사들 코도 한번 눌러줘야 하지 않겠어?"

사장은 마치 혈육에게라도 하듯 명재를 치하해 주며 통쾌해했다. 그날 아버지한테도 곧바로 낭보를 알렸던가. 그 자리에 아버지는 없었지 싶다. 두려움의 시간은 아버지와 같이했지만 성공에 취한 시간은 오로지 일과 이해관계에 있는 사람들하고만 나눴다. 마땅히 아내 혜자의 자리는 명재와 동일한 시간 안에 마련되었다. 아내는 정말 당신 해냈구나, 전화기 너머로 울먹이며 말을 잇지 못했다.

모기업 사장은 약속대로 명재가 개발한 컨버터를 납품하도록 했다. 3년 후엔 단가를 낮춘다는 단서가 붙긴 했지만 수입품과 맞먹는 조건이었다. 그뿐이 아니었다. 동종업계 시장에 판촉 마케팅도 도와주겠노라며 발 벗고 나섰다. 명재로서는 탄탄대로가 예견되었다. 당연지사 시스템 컨버터가 인지도를 높이면서 엠앤시스템은 명실공히 안정적인 중소기업으로 인정받기 시작했다. 예상치 못한 악연이 그의 호방한 기세를 잡아채지만 않았다면 명재가 지금 이곳, 스산한 겨울 천변에서 쩔쩔맬 일은 결코 없을 것이었다.

성격이 운명을 만든다는 말이 있지만 어떤 하나를 선택한 일도 피할 수 없는 운명이 되었다. 강한 자기력에 끌리듯 명재는 컨버터의 여세를 몰아 시스템 반도체인 마이크로 콘트롤러 개발에 뛰어들었다. 지금 생각해 보면 하필 그 품목에 아이디어가 떠올랐는지, 또 무엇에 근거한 결단력과 실행력으로 그것을 밀고 나갔는지, 스스로 원망스러울 뿐이었다.

엠앤시스템은 시스템 반도체 개발을 위해 연구원을 더 보충했다. 연구실은 한밤을 대낮처럼 밝히고 야식이 쉴 새 없이 배달되었다. 연구원들은 늘어가는 복부 둘레를 고민하며 연구와 실험에 몰두했다. 나중에 악의 화신이 될 줄을 몰랐지만 당시는 행운이라고 여겼던 여신이 그때도 명재를 그냥 지나치지 않았다. 시스템 반도체 개발은 성공적이었다. 특히 고도로 정밀한 데이터 샘플링과 실시간 측정 및 제어 가능한 반도체 콘트롤러에 대한 업계의 반응이 뜨거웠다. 혜성같이 등장한 벤처기업이라는 찬사와 함께 여기저기서 러브콜이 답지했다. 그 가운데 운명의 큐엔지니어링이라는 회사가 있었다.

기계식 수도계량기를 생산하고 있던 큐사는 디지털 계량기로의 전환을 꾀했다. 선진국에서는 전자식 수도계량기의 보급이 일반화되는 추세였다. 당장 손쉽고 확실한 방법은 외국기업과 협약하여 기술을 도입하면 되었다. 처음에 큐사는 부품을 수입해 국내에서 제작하는 쪽으로 가닥을 잡았다. 하지만 협력 파트너인 독일 기업에서 핵심 부품에 터무니없는 금액을 요구했다. 한국이 그 방면의 기술에 크게 뒤처진다는 걸 알게 된 까닭이었다. 제작 기술이전에는 난색까지 표했다. 부품 단가를 더 높이는 조건이라면 한번 고려해 보겠다고 얄팍한 포석을 깔고서였다. 기술이전 비용도 따로 청구된다고 했다.

큐사는 독일과의 협약에 채산성이 낮다고 판단해 국내에서 그 분야의 기술을 가진 업체를 찾아 나섰다. 그러던 중 한창 주목받기 시작한 명재의 회사를 만났다. 명재는 그날을 분명히 기억했다.

명재 회사의 연구원들과 미팅하는 자리에 나온 큐사의 황 전무는 오십대 후반으로 기골이 장대한 사내였다. 잿빛 광택이 도는 싱글 정장 차림으로 우뚝 서서 두터운 손을 내밀었을 때 명재는 저도 모르게 움찔했다.

"시제품이 어느 정도만 독일제를 커버할 수 있어도 좋겠어요. 박명재사장님만 믿습니다. 이쪽으로 종결자가 될 분이라는 풍문이 자자하던데."

황 전무가 호탕하게 웃었다. 웃을 때마다 그의 구레나룻이 살아 있는 생물체처럼 실룩거렸다.

"저희야 연구원들이니까요. 큐사와의 일이 잘 되면 의뢰받은 저희 회사로선 더없는 영광입니다."

명재의 말은 진심이었다.

"아, 그놈들 선진 기술 좀 있다고 얼마나 뺀대는지요. 정작 필요한 기술은 감질나게 넘길 거면서 부품들은 비싸게 팔아먹으려 눈 벌겋게 달려들어요. 우리가 후딱후딱 고급 사양 제품과 기술들을 개발해야지, 원."

"그러게 말입니다. 중견기업들이 외국으로만 눈 돌리지 말고 국내 중소업체들에도 기회를 주면 좋을 텐데요. 글로벌 경쟁력 차원에서도 그렇고요."

"박사장님 말대로 기업 마인드랄까 기업문화가 바뀌어야

하는 건 맞아요. 도전하는 젊은이들에게 길을 열어 줘야 나라 경제에도 희망이 있는 거고. 우리부터도 이렇게 된통 시행착오를 겪었잖습니까. 그러니까 엠앤시스템에서 테이프를 잘 끊어 보세요."

그 말에 황 전무를 보좌하느라 동석한 기술 부장이 끼어들었다.

"그러고 보니 생각나는 일이 하나 있습니다. 전무님이 우리 회사에 영입해 오시기 전 일인데요. 정수장에 들어가는 계측기 몇 대를 미국 회사와 계약을 했더랬어요. 독일 것도 있었고요. 고가품이었는데 계약서 잉크도 마르기 전에 아이엠에프가 터져버린 거예요. 환율이 미친 듯 뛰어오르는데 어휴, 팔백 원 하던 게 순식간 이천 원이 넘었어요. 회사에 완전 초비상이 걸렸죠. 오 억짜리 공사를 십억이나 들여 하게 생겼으니 눈들이 튀어나오지 않겠어요? 한두 군데 걸린 것도 아니고 회사가 하루아침에 망해 먹게 생겼잖아요."

"첨 듣는 얘긴데, 그래서?"

"하늘이 회사를 도왔죠. 정부 측에서 멍청하지 않게 움직였다고 하는 게 옳겠지만."

그가 빙긋 웃었다. 말의 완급을 다룰 줄 아는 사내였다.

"김 부장은 다 좋은데 꼭 주요 대목에서 말을 끊는 버릇이 있어."

황 전무가 가볍게 눈을 흘겼다.

"죄송합니다. 제가 말의 효과를 노리느라, 이것도 농담입니다. 어쨌든 일개 회사가 비상사태인데 정부 차원에서야 어땠겠어요. 당장 각 회사들로 공문 내려 보내길, 국산 신기술 개발품이 있으면 그걸로 수입제품을 대체하여 최대한 외화 유출을 억제케 하라, 했다는 거 아닙니까. 부랴부랴 업체를 수소문했는데 국내에도 쓸 만한 제품을 생산하는 데가 정말 있었어요. 얼마나 반갑던지요."

"그럼요, 있을 거예요. 있고말고요."

명재가 즐겁게 동의했다.

"완전 죽다 살아난 기분이었어요. 공문서와 제품 사양서를 감리단에 제출해 승인 받고, 그때부턴 일사천리로 나아갔죠. 휘파람 날리며 오 억짜리 공사를 깔끔하게 이억 오천에 마무리 도장을 쾅 찍었어요. 얼마나 신났겠어요. 거기에 사장님이 부서 직원들한테 두둑하게 포상도 챙겨주셨으니 금상첨화가 따로 없었죠. 단체로 가족까지 동반시켜 괌에도 보내주셨고요. 그땐 살아난 정도가 아니라 구름 타고 하늘을 나는 기분이었어요. 지금도 가끔 생각하는데, 그때 그 공문을 누가 소홀히 다뤄 파지로 쓰레기통에 버렸다면? 어이구, 끔찍해요."

"만약 그랬다면 나나 자네나 지금 이 자리에 없어. 회사 사활이 그 서류 한 장에 걸려 있는 거였잖아. 암튼 국내 제품들로 대체할 수 있다면야 공사비 반으로 절감시키는 건 일도 아니지. 자체 생산할 수 있으면 더더욱 좋고."

황 전무가 본인 말에 만족스러운지 킬킬 웃었다.

"근데 진짜 본론은 이거예요. 아이엠에프가 끝나자 하나같이 국산들을 외면하더란 겁니다. 시공사에서도 어쩔 수 없는 게, 실무 책임자들이 국내 제품들을 신뢰하지 않아요. 수입품만 최고로 받든다 이겁니다. 그래서 도로 원위치로 돌아갔어요. 상부상조의 밀월 관계가 아쉽게 끝나버린 거죠."

"그게 한계입니다. 국내 업체들 쪽에서도 더 분발해야겠지만 총체적으로 의식들이 바뀌어야 하는데 말예요."

명재의 말에 모두가 수긍했다. 이때까지만 해도 나쁘지 않았다. 명재가 황 전무란 자와 개인적으로 얽힐 일은 없었기에 그저 사업 동반자로 계약 내용만 잘 이행하면 되는 일이었다.

명재의 회사는 디지털 시스템 반도체 개발에 착수한 4개월여 뒤 드디어 시제품을 내놓는 개가를 올렸다. 계획한 일정보다 두어 달 빠른 시점이었다. 큐사의 황 전무도 시제품을 테스트하는 현장에 같이 참석했다.

"어, 대단하네요. 수입품에 결코 빠지지 않아요. 수치가 정확하게 나오는데요. 이거, 박명재사장님 한 건 제대로 올렸습니다. 우리 큐사로서는 횡재를 만났네요. 진작 이랬으면 시간,

재원, 다 절약되는 거였는데 헛길을 돌아도 한참 돌았어요."

황 전무의 말대로 시험 삼아 만들어 본 제품은 오차 없이 정확한 데이터를 내놓았다. 명재 측에서도 눈에 보이는 성과에 무척 놀랐지만 황 전무도 내심 크게 놀라는 눈치였다. 그의 얼굴엔 네까짓 것들이 해내면 얼마나 해내겠느냐, 어느 정도만 비슷하게 나와도 아쉬운 대로 받아 주마, 했는데 진짜로 너희들이 한 거 맞니? 믿지 못하겠다는 표정을 애써 감추고 있었다. 한쪽으로는 중견기업의 명함을 손에 쥐고 자존심에 상처를 입은 것도 같았다.

납품계약은 큰 문제없이 진행되었다. 컨버터만큼의 높은 단가는 아니었지만 명재는 수입제품 가격의 60%라면 아주 나쁘진 않다고 생각했다. 하지만 컨버터의 단맛을 본 연구원들은 반발하고 나섰다.

"사장님, 칠십 프로대면 몰라도 육십 선은 좀 그래요. 제품 퀄리티가 빠지는 것도 아니고 저들 원하는 대로 값이 확실하게 부응하잖아요."

"장기적으로 볼 때 물량 대비 섭섭한 조건은 아닌 거 같은데, 생산 공정에 좀 더 신경 쓰면 단가를 낮출 수도 있지 않겠어요?"

시제품 개발에 매달리는 동안 투자한 금액이 적지 않았다. 꾸물거릴 시간이 없었다. 자금이 원활하게 돌아가도록 사내

환경을 만드는 게 경영 책임자로서 급선무였다. 황 전무는 납품에 앞서 프로그램의 설계도면도 같이 요구했다.

"에이에스까지 엠앤시스템에서 맡을 순 없잖습니까? 우리 인력을 갖고 다이렉트로 움직여야 일처리도 빠르고 제품 만족도도 높고요."

그 말에 별 의심을 품지 않았다. 사실 명재로서는 회사에 AS 파트를 따로 두는 일이 부담스러운 것도 사실이었다. 그런 이유로 큐사의 요구를 호의적으로 받아들였다. 컨버터가 안정적으로 납품되고 있었지만 그건 딱 회사 살림을 운영할 만큼의 이윤밖에 되지 않았다.

2년 뒤, 재계약을 앞둔 큐사가 뜻밖의 제안을 해왔다. 10%의 단가 인하를 요구하면서 전자식 원격 검침 계량기를 공동개발해 보면 어떻겠냐는 내용이었다. 관심을 두는 업체가 두어 군데 있긴 하지만 시작 단계라 국내 생산을 도모해 볼 만하다고 했다. 선진국에서는 벌써 통용되고 있다는 말에 귀가 솔깃했다. 곧 국내에서도 상용화될 선진시스템으로 선발 주자가 승산이 클 터였다. 큐사에서는 단가 인하에서 발생하는 차액을 개발비로 투자하고 연구원도 일부 지원하겠다는 조건을 제시했다. 개발에 성공해 제품 출시가 이루어지면 마케팅은 큐사 쪽에서 담당하겠다고 했다. 기존 연구원들은 도전 쪽으로 의견을 모았다. 지분과 관련한 구체적인 조항들은 차차 더 협의해 나가기로 하고 명재는 계약서에 도장을 찍었다. 큐사에서 연구원 두 명이 합류하면서 새 연구팀이 꾸려졌다.

그로부터 1년여 뒤, 느닷없이 큐사가 디지털 계량기의 발주량을 50%나 줄였다. 판매 저조가 이유였다. 이미 엠앤시스템의 설계도면을 이용해 중국 업체에서 개발하고 있는 줄 그때는 알지 못했다. 큐사는 그것으로도 모자라 개발이 더디다는 핑계로 원격 검침 계량기의 공동 개발 또한 계약을 철회하겠노라 통보해왔다. 순조롭게 잘 진행되어 왔고 지금 완성 단계인데 무슨 말이냐고 항의했지만, 큐사 쪽에서는 더 투자할 수 없다며 파견 연구원까지 철수시켜버렸다. 아무리 서면과 공정거래위원회를 통해 협상을 벌여 봐도 소용이 없었다.

디지털 계량기의 발주량은 또 절반으로 줄었다. 그마저도 오래 가지 못하고 큐사는 자체 생산하겠다는 계약해지와 함께 납품 오더를 끊고 말았다. 당시 명재의 회사는 디지털 계량기의 시설투자 대출금은 물론 시스템 반도체 재고품과 부품을 2억 원어치나 갖고 있었다. 공룡과의 게임은 그렇게 끝이 났다.

파워의 승부에서 밀린다고 판단했는지 연구원들이 하나둘 큐사로 빠져나갔다. 연구원 중의 하나는 일찍부터 설계도면 자문에 응해왔다는 소문도 돌았다. 명재는 그 말만은 믿고 싶지 않았다. 그럼에도 지진이 나기 전 위기를 감지한 쥐나 고양이들이 집에서 사라져버린다는 말이 떠오르는 것도 어쩔 수 없었다. 비둘기들은 진도 3의 약한 지진에도 다른 곳으로 떠난다고 했다. 비둘기처럼 유난히 감도 예민한 인간들이 없지 말라는 법은 없었다. 만일 그들이 큐사의 제안을 당당하게 거절했더라도, 페어플레이를 포기한 큐사가 엠앤시스템을 잡아먹겠다고 작정한 이상 그건 어디까지나 시간 문제였다. 언제가 되든지 포식자 육식공룡 앞에서 자유로울 초식동물은 없을 테니까. 나중에야 알았지만 명재가 동분서주하는 사이 원격 검침 계량기 또한 중국 업체를 통해 생산을 시작했고, 국내외 판촉도 이미 실시하고 있었다.

안타깝게 지켜보던 컨버터 모기업 사장이 기업 윤리를 내세워 여론몰이에 나섰다. 동종 업계의 사람들을 동원해 목소리를 모으려 했지만 동조하는 기업인은 없었다. 흔하디흔한, 뻔하디뻔한, 그렇고 그런 일에 쓸데없이 수고로울 이유가 없다는 걸 그들은 애초부터 알고 있었다. 큐사로서는 먹이사슬의 수순을 차근차근 밟았을 뿐이다. 대단원의 막은 역시 거구의 골리앗인 황 전무가 내렸다. 기획력이 뛰어나고 두툼한 손바닥 안에 공격적인 충성심을 잘 감춰둔 사내였다. 생명줄이던 모기업 사장이 때맞춰 2세에게 경영권을 물려주면서 상황은 악화 일로를 치달았다. 기세충천한 젊은 사장은 컨버터의 납품 단가를 놓고 문제를 제기했다. 그리고 검토할 기회도 주지 않고 거래처를 바꿔버렸다. 후폭풍을 견디지 못한 명재의 회사는 경영난을 겪다가 끝내 부도라는 엄정한 길을 걸었다.

당좌수표 6억 2천만 원에 대한 부정수표 단속법 위반. 명재는 형사 입건되어 구속 수감되었고, 아버지는 아들을 절대 징역 살게 할 수 없다며 급히 홍제동의 본가를 헐값에 매각했다. 본가의 매도 금액 대부분과 그의 전세금이 수표를 회수하는데 사용되었다. 그 길의 끝에 아버지를 잃었고 어머니가 실종되었다.

어머니의 휴대폰 전원은 여전히 꺼져 있고 명재는 통화 버튼을 눌러보는 일조차 겁이 났다. 좌절도 습관이 되는지 서글픈 체념이 고질처럼 들러붙었다. 죽음 중에 가장 나쁜 경우가 객사라 했던가. 어머니가 돌아오지 않을 것 같은 예감이 숨통을 죄었다. 이미 피안의 세계에 당도해 있는 것은 아닌지, 얼어붙은 한적한 산길 어딘가에 시신이 방치되고 있는 것은 아닌지, 참혹한 상상이 고통스러워 통화를 해보려 마음을 일으켰다가도 곧 휴대폰을 닫아버리곤 했다.

명재는 천변 주위를 천천히 둘러보았다. 하류로부터 뿌연 대기를 앞세운 바람이 사납게 불어왔다. 산책로를 따라 늘어선 억새 무더기가 와락 명재 쪽으로 쏠렸다. 뜨거운 분노가 사정없이 뺨을 후려쳤다.

7

어머니가 사라진 지 사 일째, 명훈은 지하철 입구를 나와 도로로 올라섰다. 보도 한쪽에 얼었다 녹았다 하는 꽃양배추가 시선을 끌었다. 아직 생명의 온기를 붙들고 있는지 속살이 선명했다. 고갱이의 여린 보랏빛과 상앗빛에 마음이 출렁했다. 자신 안에도 버둥거리고 있을 속살의 안간힘이 느껴졌다.

러시아워가 지났는데도 도로는 오가는 차량과 인파로 혼잡했다. 명훈은 분주하게 돌아가는 아침 풍경을 바라보며 쓸쓸했다. 어젯밤 예나와 같이 있으면서 외톨이가 된 느낌의 연장이었다. 꼭 예나가 회사 동료 홍을 집에 데려온 때문은 아니었다. 이따금 셋이서 뭉친 적이 없지 않아 그들과의 분위기가 생소하지도 않았다. 홍이라는 예나의 남자 동료가 그보다 훤칠

한 키에 잘 깎아놓은 듯한 이목구비를 지닌 때문은 더더욱 아니었다. 뭔가 이질감, 제 아무리 잘 맞춰 돌려도 비긋이 어긋나게 닫히는 병뚜껑처럼 예나와의 사이에 미묘한 긴장이 있었다. 이제껏 둘이 한 방향을 향해 걷고 있다고 생각했는데 서로 다른 길을 염두에 두고 있었는지 모른다는 괴리의 느낌. 앞으로 같은 곳을 향해 못 나아갈지도 모른다는 은밀한 두려움.

"나 프리로 뛰면 어떨까?"

예나가 족발을 한 쪽 집으며 갑작스레 홍에게 물었다. 명훈에게 등을 보이고 돌아앉은 자세였다. 원룸 한쪽 벽을 차지하는 기다란 앉은뱅이 탁자를 책상 겸 밥상으로 사용했다. 세 사람은 모니터와 책과 시디들을 앞에 보며 나란히 앉았다. 보통 때처럼 예나가 가운데 앉고 명훈과 홍이 양쪽에 자리했다. 예나의 꼿꼿한 등짝이 눈앞을 가로막자 명훈은 소외감이 들었다. 유치한 감정이라고 생각되었지만 어쩔 수 없었다. 그 자리에 예나와 홍만 있는 것 같은, 그의 존재가 완전히 무시되고 따돌려지는 것 같은, 오롯한 고독감이 그를 가차 없이 배척했다.

홍은 예나와 동갑으로 그녀의 입사 동기였다. 결혼을 일찍 해서 아들이 벌써 다섯 살이라고 했다. 예나가 청하는 것인지 홍이 원하는 것인지 두 사람은 곧잘 보쌈이나 족발, 삼겹살을 앞세워 예나의 원룸으로 퇴근했다. 예나는 족발을 새우젓에 담그고 이리저리 굴리기만 할 뿐 입으로 가져가지는 않았다. 등은 여전히 명훈에게서 돌린 채였다. 명훈이 짜다고, 젓국은 그만 찍으라고, 예나의 관심을 돌리려는 찰나 홍이 시큰둥하게 대답했다.

"너가?"

"왜? 못할 거 같애?"

"손가락 안 빨 자신 있어? 일감 밀어 준단 치나 있음 모를까. 혹시, 너?"

명훈이 예나의 등을 톡톡 쳤다. 일단 예나를 돌려 앉히고 나서 얘기를 해야 할 것 같았다. 예나가 고개만 돌리고 오빠, 거기 있었어? 하는 표정으로 쳐다보았다.

"너 엉뚱하게 왜 그래?"

명훈의 말투가 곱게 나가지 않았다. 예나가 홍과 같이 퇴근할 거라는 카카오톡을 날린 때부터 기분이 안 좋았다. 심사 복잡한 때에 꼭 남자동료를 집으로 데려와야 하는지 못마땅했다. 하지만 예나를 거스르고 싶지 않았다. 솔직히 말하면 어제 명훈은 많이 외로웠다. 명재에게는 혜자와 아이들이, 명희에게는 용만과 조은이 있었다. 새삼스럽게 그들이 부러웠다. 그 자리에 명훈이 비집고 들어설 틈은 없어 보였다. 그들은 부모가 없어도 헐거워진 울타리를 공고히 하며 앞날을 잘 도모해

갈 것 같았다. 명훈에게는 뚝심 있게 버티던 아버지도, 가녀리게 응원하던 어머니도 이제 존재하지 않았다. 유일한 아군인 예나까지 옆에 없다면 생각만으로도 가혹한 일이었다.

"오빠가 어떻게 해줄 일 아냐."

웬일로 예나의 눈빛이 매몰찼다. 명훈도 순간 불뚝하는 마음이 일어 맞받아쳤다.

"갑자기 웬 뚱딴지같은 소리냐고?"

본심과는 다른 반응이었다. 홍이 그런 명훈을 제지하고 나섰다.

"진짜 뭐 있는 거야? 언제 그런 탄탄한 낙하산 줄까지 마련해 놓았어? 누구야, 누구? 은근슬쩍, 거래처? 무섭다, 와! 무섭네. 참, 형도 목돈 들어올 일 있다면서요? 예나가 지난주에 편집팀 점심, 아웃백에서 턱이라며 냈는데. 부모 지원 받을 수 있는 청춘들은 요즘 선민인 거 알아요? 누구들은 부럽네."

부잣집 도련님같이 허여멀건 홍이 명훈 쪽으로 고개를 빼어 이기죽거렸다. 홍의 높은 콧날이 유난스레 도드라졌다. 세상의 호기가 다 그곳으로 모여든 듯 호방해 보였다. 제 안의 넘칠 것 같은 여유로움. 색깔이라면 강렬하면서 환하고, 냄새라면 톡 쏘게 상큼한. 명훈은 눈살이 찌푸려져 홧김에 막걸리잔을 들다가 멈칫했다. 일순 꼬챙이 같은 게 머릿골 한쪽을 예리하게 찔렀다. 예나가 그런 명분으로 한턱을 냈다고? 예나한테서 그런 얘기는 들은 적이 없었다. 이것저것 잘 조잘대는 애가 입을 다문 걸 보면 저도 한구석 켕기긴 한 모양이지만 그 돈은 그렇게 발설되어선 안 되었다. 예나가 어머니의 행보를 두고 어제의 추측을 하게 된 단초가 충분히 짐작되었다. 설마 예나가? '프리'라는 단어와 '목돈'이라는 단어가 머릿속에서 뒤엉겼다. 명훈이 얼른 예나를 쳐다보았다. 희뿌연 막걸리가 손으로 흘러내리는 것도 모른 채였다.

"부럽긴, 누가 누굴 부러워해야 하는 건데? 글고 넌 상관도 없는 쓸데없는 얘길 왜 하니?"

예나가 홍에게 바락 맞서더니 그제야 명훈에게로 돌아앉았다. 명훈은 잔을 거칠게 내려놓으며 예나의 시선을 피했다. 그의 아랫입술이 지그시 깨물리는 걸 예나도 봤을 것이다. 동시에 예나의 입술이 일그러지는 걸 명훈도 놓치지 않았다. 어이없어 하는 찰나 예나가 폭죽을 터뜨리듯 퍼부어 댔다.

"오빠, 나 서른넷이야, 자그마치 서른하고도 넷. 우리 회사처럼 구멍가게 같은 덴 남자들을 때에 따라 영업에도 투입시키고 전천후로 부려먹어. 근데 난 아쉽게도 불알 두 쪽이 아니라 가슴 두 짝 달린 여자네. 그것도 꽉 차게 묵어진! 분명 얼마 못가 내쳐질 게 뻔해. 갓 졸업한 애송이들 싼 값에 먹으려 들겠지. 팔팔하게 감각 살아 있는 애들 시장에 널렸잖아."

예나가 고개를 홱 돌리더니 이번엔 홍에게 쏘아붙였다.

"너 같은 남자들은 남아서 그런 애들 가르치며 좋아라 시시덕거릴 거고. 요즘 팀장이 날 왜 그리 잘근잘근 씹어대는 줄 알아? 내가 일해 놓은 걸 불만하는 게 아니라 위에서 월급 아깝다고 마구 쪼아대서 그래. 너 모르지? 나이 찬 여직원들 그만두는 게 아니라 밀려난다는 거."

"그거야 뻔한 얘긴데 핏대 올리고 그러냐? 개무시하고 낯짝 두껍게 버티면 되는 거지. 그냥 버텨."

"말은 쉽네. 가만둘 것 같아? 피 바짝바짝 말리려 들 텐데? 회산 맹세코 엿 먹으려 들지 않아. 고물한테 비싼 윤활유 칠려고 절대 하지 않는다구!"

"오늘 왜 이리 예민하게 구냐?"

홍이 의아한 얼굴로 예나를 쳐다보았다.

"몰라!"

"이제 곧 목돈도 생긴다 하고, 그러면 딴따딴 결혼식도 올리게 될 거고, 니가 원하는 예쁜 애기도 낳을 거고. 형이 학원을 낼지도 모른다며? 뭐가 문젠데?"

"네가 문제야!"

"뭐?"

"아무것도 모르는 네가 문제라고. 넌 결혼도 했고, 애도 낳았고, 회사에서 잘릴 걱정도 없잖아."

"암만해도 얘가 이상하네. 형, 오늘은 술빨도 안 받고 그만 가보는 게 낫겠어요."

홍이 휴대폰으로 시간을 확인하더니 주섬주섬 옷을 챙겼다.

"그냥 가면 어떡해? 우리도 힘들어! 설거지 해놓고 가!"

"넌 내가 장모 눈총 피해서 회식 핑계로 저녁 해결한 건데, 내가 니네 집 와서까지 눈치 보면서 치워야 되냐? 결혼만 하고 애만 낳으면 뭐해. 형, 재는 내가 처가살이한다는 걸 아예 까먹나 봐요. 예나, 니가 해라, 족발은 내가 사왔다는 거 잊지 말고. 대신 아량 베풀어 회사 일 하나 해줄게."

"웃기시네."

"웃기는 거 아니거든. 몰 디엠디자인 맡은 거 내가 초안 잡아주면, 됐어?"

"그 말 공수표 날리지 않기다. 팀장이 이번에도 뭐라 그러기만 해봐라. 네가 한 거라고 얼굴에다 팍 쏘아줄 테니까. 그럼 표정이 어떻게 변할까? 너한테 불똥 튀어도 난 몰라."

"맘대로 하세요. 에고, 처월드만 힘든 줄 알았더니 세상에 쉬운 일이 없어요. 암튼 형 축하해요. 원장님 되면 샐러리맨 모른 척 하지 말고. 알았죠? 예나랑 광고는 열심히 지원할게요. 재능 기부예요!"

"갈 거면 빨리 가기나 해!"

예나가 홍의 등을 떠밀었다. 명훈은 엉거주춤 현관에서 홍을 배웅하고 뒷설거지를 시작했다. 족발은 반도 넘게 남아 있고 막걸리는 따지도 않은 두 병이 그대로였다. 평소의 주량이라면 각자 한 병을 해치우는 건 일도 아니었다. 예나가 또 뭐라고 퉁바리를 놓는지 현관문 밖에서 툴툴거리는 소리가 그치질 않았다. 반지하방에서 일 층으로 올라가는 동안 홍의 뭔가를 계속 트집 잡는 것 같았다. 홍을 향한 불평이라기보다 명훈을 향한 불만일 게 뻔했다. 매사에 쾌활하고 담대하던 예나가 홍의 지적이 아니라도 요즘 날카롭게 뾰족해지는 때가 가끔 있었다. 대전에 있는 예나의 부모한테서 좋지 않은 소식이라도 있었는지 신경이 쓰였다.

예나의 아버지는 명예퇴직 후 주식과 펀드에 뛰어들었다가 부동산과 현금을 다 날렸다고 했다. 지금은 정부의 차상위계층 지원을 받으며 근근이 생활하고 있었다. 예나가 명훈을 쉽게 원룸으로 들어오게 한 것도 자포자기에서 비롯한 것은 아닌지, 그의 배경이 뻔하다는 걸 간파하고 신데렐라 따위의 도모를 지레 포기해버린. 예나의 발랄한 웃음 뒤에 가려진 스스로의 삶을 자조하는 방식이었을지 몰랐다. 결혼이라는 관문을 통과하기 위해선 마땅한 통행세가 준비되어야 했기에 두 사람 다 가난한 부모에게 소개할 엄두를 내지 못했다. 근래 들어서야 명훈이 아버지의 일이 마무리되고 나면 예나의 부모를 찾아봐도 되지 않을까 혼자 생각하고 있었다.

예나가 돌아오는 기척에 얼른 개수대 앞에 섰다. 설거지라도 해야 할 것 같았다. 현관문 닫히는 소리가 들렸지만 움직임이 전해지지 않았다. 명훈은 거품 묻은 수세미를 내려놓고 뒤를 돌아보았다. 예나가 문을 등진 채 빨간 눈으로 명훈을 노려보고 있었다.

"어머닌 꼭 이렇게 해야 하는 거야? 난 어머니가 속이 깊으신 분인 줄 알았어. 나름 얼마나 연민이 컸는데. 알고 보니 단순함의 극치셔. 어머니가 이리 나오면 우린 어떡해? 그냥 사라져버리면 어떻게 할 건데? 누가 돈 더 달래? 자식들 가슴 아플 생각은 왜 안 하는 건데? 혼기 넘도록 결혼 못하는 자식 입장도 생각해야 하는 거 아냐? 오빠만 속상한 게 아니고 난 더 많이 속상해. 홍만 해도 봐. 자긴 힘들어 죽겠다고 앙살이지만 당장 안 도와줘 그렇지 걔네 집 부동산 알부자야. 부모 믿고 걘 언제나 느긋하단 말야. 자세한 말을 안 하지만 아버지가 사채 쪽 일도 하는 거 같았어. 사채면 어떻고 고리대금이면 어때! 난 홍도, 그 와이프도 되게, 되게, 부러워. 홍이 선민 어쩌구 했지? 선택받은 사람은 우리가 아니고 홍이야. 그래서 앞뒤는 뚝 자르고 오빠네 집에서 돈 좀 보태주기로 했다고 자랑질 한번 했어. 어머니 일 생기기 전이었고. 그게 뭐 그리 잘못됐어?"

예나의 얼굴에 원망이 절절했다. 역시 어머니였다. 어머니의 부재가 그들을 낯선 세상으로 내몰아버렸다. 도무지 실감

나지 않는, 납득할 수 없는 불가지의 세계였다. 명훈은 묵묵히 돌아서 수세미를 들었다. 뒤에서 예나의 신발짝 하나가 신경질적으로 현관문에 부딪는 소리가 들렸다. 명훈의 손놀림이 빨라졌다. 막걸리를 마셨던 머그컵이, 총각김치를 담았던 접시가, 잽싸게 거품 옷을 입고 개수대 한쪽으로 치워졌다.

예나가 침대에 드러눕는 소리를 들으며 명훈은 세제 묻힌 수세미로 개수대를 구석구석 닦고 꽉 짠 행주로 물기까지 말끔히 훔쳐냈다. 개수대가 더러운 걸 못 견뎌하는 예나를 위해서였다. 보통 때 명훈이 가장 하기 싫어하는 일이기도 했다. 예나의 기분 전환을 위해서라면 지금은 그 이상의 것도 할 수 있었다. 손을 닦고 돌아서는데 배수구 덮개가 시선을 끌었다. 부모의 칭찬을 기대하는 아이가 일거리를 발견한 듯 명훈은 얼른 그것을 열어 거름망을 꺼냈다. 음식물찌꺼기를 털어내고, 욕실에서 낡은 칫솔을 찾아다 쓱쓱 싹싹 덮개와 거름망을 씻어냈다. 어떻게 그런 생각까지 할 수 있었는지 자신이 기특하기만 했다. 소독용 락스를 뿌리는 걸로 부엌일을 마쳤다. 짐을 내려놓은 것처럼 마음이 가벼웠다. 예나를 조금이나마 달래준 것 같은 흐뭇함이었다.

예나는 옹색한 침대에 벽을 향해 옹크려 누워 있었다. 만개한 모란꽃 하나가 예나의 코앞에서 얼굴을 덮을 듯했다. 오늘따라 벽지의 커다란 꽃들이 몹시 위압적으로 느껴졌다. 저런 문양을 예나가 선택하지는 않았을 것이다. 월세 방을 세입자가 도배해 들어오는 법은 없으니까. 집주인은 어쩌자고 코딱지만 한 원룸에 이처럼 호사스러운 꽃송이들을 옮겨 놓을 생각을 했는지 모르겠다. 진홍의 화려한 모란이 송이송이 예나 위로 쏟아져 내릴 듯 강렬했다. 선정적인 꽃무더기 아래 옹송그린 예나가 처연하고 안쓰러웠다. 한번도 본 적 없는 집주인에게 까닭 없는 분노가 뻗쳤다. 예나를, 아니 두 사람을 능욕하는 것만 같았다.

명훈은 예나의 어깨를 감싸며 그 옆에 몸을 누였다. 그녀의 긴 머리칼이 코끝을 간질였다. 명훈은 머리카락을 걷어 그녀의 목덜미에 얼굴을 묻고 가만히 예나를 불렀다.

"예나야."

예나는 말이 없었다. 명훈은 건반을 두드리듯 검지와 중지로 살짝살짝 예나의 어깨에 리듬을 실었다. 미안한 마음이 손끝을 통해 감미롭게 전해지기를 바랐다.

"누구 도와준단 사람 진짜 있는 거야? 프리도 나쁘진 않은데 일감 받는 문젠 진지하게 접근해야 돼. 형 경우 보니까 일거리가 계속 연결된다는 보장이 없드라. 형이 그거 하나 믿고 덤벼들었다가 저렇게 박살난 거잖아. 난 네가 더 다치는 게 싫어."

예나가 홱 일어났다. 명훈도 서슬에 벌떡 일어나 앉았다.

"미안하게도 주위에 오빠밖에 없네. 홍 말처럼 재수 없게 무서운 여자라도 돼보고 싶은데, 사양할 생각도 없는데. 오빠, 난 그냥 여기 원룸서 신혼살림 시작해도 괜찮아. 근데 막연한 게 이젠 정말 싫어. 뭔가 명확하게 구분을 지으면서 살고 싶어. 내가 꽃마차, 아니 외제차를 타고 싶다는 게 아니잖아. 가족 친지들만 불러서 간단하게 올봄에 결혼식 올리고, 형편 안 되는 커플들 그렇게 하는 거 봤어. 한가한 시간에 아담한 식당 빌려서 말야. 무엇보다 회사가 지겨워서 오빠 학원 내면 같이 일하려고 했어. 산뜻하게 홈페이지 내걸어 프리로 뛰면서 오빠 일도 도와주고. 내가 초중등 정돈 커버할 수 있잖아. 근데 어머닌 뭐야? 난 너무 속상해. 뭘 어쩌란 거야. 어떻게 일을 이런 방식으로 처리할 생각을 하시냔 말야. 오늘 뭔 일이 있는 줄이나 알아? 팀장이란 작자가 또 내 도안 팽개쳤어. 그것도 바로 내 얼굴에 대고. 제발 뭔 방법 좀 찾아봐."

예나가 눈물바람으로 다시 중얼거리기 시작했다.

"오빤 내가 재를 왜 집에 데려왔는지 이유를 알기나 알아? 나라고 속 좋아서 헤헤거리고 있지 않거든. 어머니 문제 어떻게 좀 해볼까 한 거였어. 쟤가 까불거리는 거 같아도 속을 확 털어놓는 애가 아니라 조심스레 접근하려 했던 거야. 오빠한테 미리 말할까 했는데 우리가 그럴 마음의 여유도, 시간도 없었잖아. 나도 회사에서 아침부터 옴팡 당하고. 오빠 역시도 심란했을 거고…. 홍이랑 언젠가 회식 뒤에 남아 술 마실 땐데, 오빠 알기 전이야. 처가살이 푸념하다 자기 형 얘길 횡설수설하는 거야. 그이가 아버지의 사채업을 돕는가 보더라구. 홍한테도 사채 일만 도우면 당장 집도 사주고 외제차도 뽑아준다 했다는데 자긴 절대 그런 일은 못한다고. 법적인 상속분이나 증여분 외엔 아버지 재산에 욕심 안 낼 거라고. 걔네 형이 돈 쓰고 숨어버린 사람들 찾는 전문인 거 같았어. 그래서 혹시 어머니도 찾을 방법이 없나 기회 만들어 물어보려 했던 거야. 형이란 사람을 직접 소개 받아도 좋고. 근데 오빠가 나한테 엉뚱하다, 뚱딴지같다 하는 바람에 성질나서 다 파토 났잖아. 암튼 되는 게 없어. 다 엉망진창이야. 우리 이제 어떻게 할 건데? 아니, 난 어떻게 해야 되는 건데?"

명훈은 어젯밤 예나의 말이 되살아나 퍼뜩 정신을 차렸다. 누구를 기다리는 것도 아니고 언제까지 도로에 서 있을 순 없었다. 예나의 제안대로 곳곳에 현수막들을 내걸어야 하고, 지나는 행인들에게도 전단지를 나눠야 했다.

명훈은 다급하게 한 발을 내딛었다. 그제야 도로를 따라 이어진 건물들이 눈앞에 뿌옇게 다가왔다. 올해 첫 초미세먼지 주의보가 어제 오후 세시를 기준으로 서울에 내려졌다고 포털 뉴스에서 본 기억이 났다. 호흡기나 심혈관 질환이 있는 시민과 노약자, 어린이 등은 실외활동을 자제하고 외출 시 황사 마스크를 착용할 것을 당부했다. 호흡기 알레르기가 있는 어머니가 뉴스는 들었는지 걱정되었다. 어머니가 서울에 있기나 한 건지, 서울이 아니면 어디에? 막막하고 우매한 질문이 미세먼지 덩이인 양 목젖을 틀어막았다. 유나의 유예된 희망이 그 아래서 목울음을 놓았다.

8

명재는 안방을 열었다. 커튼이 내려진 방은 어둑했다. 오한이 일며 가슴이 아릿했다. 어젯밤에도 늦도록 전철역 주변과 천변을 헤매고 다녔다. 같은 동선을 몇 번이나 돌았는지 몰랐다. 입에서 단내가 나고 온몸이 얼어붙는 것 같았지만, 헛된 수고일 뿐이라는 좌절감이 내리눌렀지만, 어머니가 없는 집에 무심하게 들어올 수 없었다. 탈진하고 탈진할 때까지, 언 길바닥에라도 널브러지고 싶을 만큼 몸이라도 혹사시켜야 마음이 편할 것 같았다.

명재는 방 안을 둘러보며 왼쪽 가슴께를 눌러보았다. 어머니가 안주머니에 넣어준 그대로 통장과 도장이 만져졌다. 이제 그만 몸에서 떼어 놓고 싶었다. 그것을 지니고 있는 한 영

영 어머니의 소식을 못 들을 것 같았다. 왜 그런 생각이 들었는지는 알 수 없었다. 또 왜 숨기듯 계속 지니고 있었는지는 더더욱 알 수 없었다. 진심으로 어머니의 돈을 받고 싶지 않았다. 그럼에도 가족들에게 통장의 존재를 밝히지 못했다. 명재는 부르르 진저리를 쳤다. 내밀한 저 안쪽 음험한 구멍이 엿보였다. 자신 안에 그런 정체 모를 싱크홀이 있는 줄은 전혀 알지 못했다. 명재는 내던지듯 통장과 도장을 서랍장 위에 꺼내 놓았다.

범인이 현장에서 도망치듯 급히 나가는데 도란의 책꽂이가 눈에 들어왔다. 세 칸짜리 작은 책장이었다. 구석에 이물스럽게 자리한 그것은 어머니의 방에 있어서는 안 될 가구였다. 막 사춘기로 접어든 도란이 할머니의 방을 차지하려는 꿍꿍이셈이었는지 자기 책장과 짐들을 몰래 안방으로 옮겨 놓았다. 무거운 책상만 미처 갖다 놓지 못한 상태였다.

어제 자정을 넘겨 돌아온 명재는 습관처럼 어머니의 방문을 열었다. 눈앞에 도란이 이불까지 턱하니 깔아놓고 스마트폰을 들여다보며 뒹굴거리고 있었다. 그걸 보는 순간 눈이 뒤집히는 것 같았다. 물론 열두 살 애가 집안에 벌어진 상황을 온전히 이해하기 어렵다는 걸 모르지 않았다. 하지만 도란이 방 타령도 모자라 침대 타령까지 해대며 앙탈을 부릴 때는 머리꼭지가 돌아버리는 줄 알았다. 아무리 어려도 그럴 수는 없었다. 그래선 안 되었다. 그건 본성의 문제였다. 설명하지 않아도, 이해되지 않아도, 몸으로 감각으로 알아야 하는 것들이었다. 눈에 넣어도 아프지 않을 딸이지만 명재는 그냥 넘어갈 수 없었다.

명재의 목소리와 두 눈에 악이 들어갔다. 버럭버럭 악이 솟구칠 때마다 침이 튀는 게 아니라 피가 튀는 것 같았다. 도란도 호락호락 물러서지 않았다. 아내 혜자의 손바닥도 그런 도란을 그냥 놔두지 못했다. 불이 나도록 등짝을 두들겨 맞은 도란의 악다구니가 식구들의 귀청을 찢었다. 아들 도영의 흰자위가 치달아가는 사태에 푸르스름하게 커지고, 기어이 동그란 눈에서 굵은 눈물이 또르르 굴렀다. 도란의 자잘한 짐들이 명재의 손에 들려 안방 밖으로 내동댕이쳐졌다. 좁은 거실 안은 물론이고 싱크대 앞, 현관에까지 폭발물이 터진 것처럼 난장판이 되었다. 도영이 눈물바람을 하며 그것들을 하나하나 저희 방으로 거두어 날랐다. 지금 눈앞의 책장만이 명재의 노기를 피할 수 있었다.

지난밤 일을 떠올린 명재는 새삼 또 화가 솟구쳐 그걸 번쩍 들었다. 빨리 눈앞에서 치워버려야겠다는 일념에 문짝을 내차며 안방을 나섰다. 그때 명희가 현관문을 열고 들어섰다. 혜자와 아이들이 나간 뒤 문을 잠그지 않았는가 보았다.

"오빠! 차 댈 데 없다아."

"차?"

"중고차 하나 산다 했잖아."

"그래, 차."

"무슨 말이 그래? 누구네 건지 담 쪽으로 바짝 대면 한 대 더 댈 자리 나오겠는데, 오빠가 나와서 한번 봐봐."

명재는 명희를 머쓱하게 바라보았다. 명희가 하는 말이 그에게는 생소하기만 했다. 자동차라는 말도, 그걸 샀다는 말도 다 어색했다. 꼭 어디서 뭔가를 얻어왔다거나 주워왔다는 뜻으로만 들렸다. 재네가 어떻게 그런 걸 살 수 있단 거지? 그들이 손쉽게 가질 수 있으리라 생각했던 물건이 아니었다. 오늘따라 명희의 옷차림도 달리 보였다. 다리에 꽉 달라붙는 청바지에 새파란 오리털점퍼, 옷깃 위로 드러난 빨간 폴라티가 돋보였다. 날씬하고 작은 체구 탓인지 나이보다 훨씬 어리게 보였다. 잘끈 하나로 올려 묶은 머리 역시 상큼 발랄해 꼭 즐거운 여행이라도 떠나는 아가씨 같았다. 명재는 한참 눈을 끔벅거렸다. 행선지라도 물어봐야 하는 건 아닌지, 지금 상황에서 어딜 놀러 가냐고 야단이라도 쳐야 하는 건 또 아닌지, 아버지의 거액 보험금이 순간적으로 불러낸 감정의 부조화였다.

"어떻게 해 달라니깐."

명재는 책장을 든 채 얼결에 현관으로 발을 놓았다.

"이건 뭐하게? 내다 놓게?"

가슴에 안다시피 들고 있는 책장을 내려다본 명재는 서글프게 웃었다. 그는 모든 걸 단념하듯 그것을 발치에 얌전하게 내려놓았다. 명희가 현관문을 열며 비켜섰다.

명재가 사는 다가구주택은 열한 가구가 마주 보거나 또는 홀로 한 층을 이루고 있었다. 반지하와 일 층은 원룸으로 여덟 가구가 들어 있고, 이 층은 명재와 같은 평수의 두 가구가 서로 현관을 맞바라보고 있고, 삼층은 어린 주인이 거주했다. 결혼 이 년 차 신혼부부였다. 부모가 여분의 주택에 첫 살림을 마련해 주었지 싶다. 명재네가 본가에 들어오고 얼마 뒤 주인은 삼 층에 살던 세입자를 내보냈다. 세입자는 전세 임대 기간이 아직 끝나지도 않았다며 이사하는 내내 얼굴을 펴지 않았다. 그랬거나 말거나 삼층은 며칠에 걸쳐 우당탕통탕 인테리어공사가 이어졌다. 곧 싱그러운 그들이 입주했다.

월 임대료가 계속 부모의 통장으로 입금되는 걸 보면 건물 소유주는 그대로 부모인 듯했다. 그래도 집주인의 자식은 집주인이었다. 그리고 집주인 행세도 분명하게 했다. 어린 새댁이 밝은 갈색의 커트머리를 찰랑대며 정화조 청소비와 수도요금을 걷었고, 각 세대 앞 청소도 조목조목 지시했다. 쓰레기

봉투나 음식물쓰레기를 아무 때나 건물 입구에 내놓으면 즉각 폭탄 같은 짜증을 앞세워 집집마다 수색도 들어왔다. 물론 세입자들의 크고 작은 애로사항도 어린 주인한테 보고되었고 또 그들을 통해서 처리되었다. 결코 얕볼 수 없는 똘똘한 쥔장임에는 틀림이 없었다.

어린 주인들이 관리하는 다가구주택은 법정주차 대수가 정해지기 이전에 지은 건물이라 주차 공간이 넉넉하지 않았다. 명재와 같은 층의 세입자가 생업을 위해 용달차를 갖고 있는 것 말고는, 특별히 주차 시설이 필요한 가구 또한 없어 아쉬울 일도 없었다. 앞집의 일 톤 화물차는 항상 골목길에 바퀴 하나만 걸치고 주택 옆구리에 바짝 붙여 세워졌다. 건물 벽과는 겨우 손바닥 두어 개만 드나들 만큼의 신기에 가까운 주차였다. 볼 때마다 매번 처음 보는 양 감탄이 절로 나왔다.

명재가 앞서 계단을 내려갔다. 층계참 창문에서 내려다보니 마당이랄 것도 없는 건물 앞에 주인의 검은 애마 SM7이 버티고 있었다. 골목에는 명희의 것인지 빨간 소나타가 주차를 기다리고 있고 그 주위를 조카 조은이 폴짝폴짝 뛰어다니고 있었다. 하고많은 색깔 가운데 하필 핏빛 빨강이었다. 명재가 홱 뒤를 돌아보았다. 한마디 쏘아주고 싶은데 딱히 야단칠 명분이 없었다. 우물쭈물하는 사이 명희는 이미 명재를 지나쳐 아래층으로 통통 튀듯 내려가고 있었다. 꽉 조인 궁둥이가 경쾌하게 씰룩쌜룩 흔들렸다. 명재는 저도 모르게 이맛살이 찡그려졌다. 하지만 모든 게 그의 권한 밖이었다. 그는 어깨를 늘어뜨리고 걸음을 위층으로 돌렸다.

어린 주인은 새신랑을 출근시키고 곤한 잠에 빠져 있었나 보았다. 부석한 얼굴로 자동차 키를 들고 나오면서 계속 지그럭거렸다.

"주차 복잡한 동넨 걸 뻔히 알면서 왜 차를 갖고 오나 몰라."

명재 앞을 지나는 새댁한테서 찬바람이 불었다. 큼지막한 꽃을 앞머리에 매단 얇은 밑창의 슬리퍼도 주인의 분기를 읽은 듯, 계단을 내려설 때마다 털퍼덕털퍼덕 요란하게 성질을 부렸다. 맨발에 팬티선이 드러나 보이는 얇은 실내복 차림이었다. 단독주택에서의 한겨울 복장이 하늘하늘 저렇다면 실내 난방을 마음껏 한다는 뜻이었다. 문득 도란의 말이 생각났다. 제 엄마한테 죽도록 맞고 나서 눈물 콧물을 쏟으며 앙앙거렸다.

"나도 삼 층 언니처럼 부잣집 아들 사귀어서 결혼할 거야!"

혜자가 숨을 헐떡이며 소리쳤다.

"제발 그래라, 이년아."

뒤의 욕은 붙이지 말았으면 좋았겠지만 혜자로서도 자식을 후려칠 수밖에 없는 부아를 그렇게라도 터뜨렸을 것이다. 명재는 도란이 부러워하는 새댁을 부리나케 좇았다. 좇아 내려가면서 도란이 저렇게만 살 수 있으면 얼마나 좋겠나, 슬쩍 일어나는 조바심을 힘들여 꺾었다.

"큰외삼촌!"

조은이 명재를 발견하고 그의 품으로 달려들었다. 제 부모를 제외한 외할머니한테나 폭 안겼을까, 이렇듯 살갑게 친척들을 대한 적이 없는 아이였다. 어른들의 팍팍한 삶을 어린 조카라고 눈치 못 챘을 리 없었다. 도란, 도영이 역시 마찬가지였다. 아이들이 철들 무렵부터 집안 모임 자리에 늘 긴장과 위태로움, 언제 밖으로 터져 나올지 모르는 날선 첨예함 같은 것이 함께했다. 그런 까닭에 저희끼리는 두런두런 얘기도 잘하는 모양이었지만 어른들 앞에서는 언제나 목소리를 낮춰 몸들을 움츠렸다.

조은의 예외적인 행동은 자동차에서 비롯한 흥분일 것이다. 명재는 조은의 등을 토닥여 주는 걸로 아이의 감동을 보듬었다. 아이의 들뜬 기분을 부추겨 줄 만한 말은 입 밖으로 나오지 않았다. 대신 도란과 도영을 바깥으로 내보내길 잘했다고 안도의 숨이 떨려나왔다. 어제까지는 전단지를 나누는 일에 아이들도 동원할 생각이었다. 오늘 학원에서 테크노마트 특별전시관 관람이 있다는 걸 알았지만 못 들은 척했다. 그런데 아침 식탁에서 도란과 도영이 침묵으로 밥알을 세는 걸 보고 측은함과 미안한 마음이 들었다. 아이들이 아빠의 강압에 억지로 붙들려 있다가 저들 고모의 승용차까지 보게 되었다면? 도영은 몰라도 도란을 생각하니 가슴이 답답해왔다. 다행으로 그런 불상사는 피하게 되었으니 도란이 외출에서 기분이 풀리기만을 바랐다. 자동차 건은 할머니를 핑계하고 충격 완화용의 언질을 미리 던져 놓아야겠다고 머리를 굴렸다.

"빨강, 내가 골랐어요. 예뻐요?"

조은이 보닛을 작은 손가락으로 톡톡 두들기며 물었다.

"그래, 예쁘구나."

대답은 그렇게 했지만 명재는 보면 볼수록 색이 도발적으로 눈에 거슬렸다. 명희가 주차하는 걸 지켜보는데 골목 끝으로 명훈이 들어섰다. 단단하게 앙바틈한 체구가 며칠 사이에 후줄근했다.

명희가 새댁이 마련해준 공간으로 능숙하게 차를 주차시켰다. 오랫동안 운전대를 잡지 않았을 텐데 솜씨가 여전했다. 언젠가 그녀가 난 전생에 운짱이었나 봐, 하던 농담이 떠올랐다. 명희네가 처음으로 승용차를 장만한 때였다. 새댁은 운전석의 명희를 흘깃거리며 건물 안으로 몸을 돌렸다.

명훈이 다가와 명희가 차에서 내리는 걸 보더니 잠자코 외면했다. 명훈 역시 감성을 고통스럽게 자극하는 붉은 색깔의 승용차에 반갑게 호응할 수도, 따갑게 질책할 수도 없어 스스로 짜증나는 것 같았다. 핏빛이 주는 느낌은 거북하고 불길했다. 삶과 죽음의 경계에서 섬뜩하게 칼을 빼어든 이미지랄까. 어머니가 시퍼런 칼날을 붙안고 살얼음판을 건너는 것 같았다. 조은이 눈치 없이 막내외삼촌에게도 생글생글 매달렸다. 명훈은 조은의 머리를 쓰다듬는 걸로 불만을 가라앉히는 것 같았다.

"전단지 지금 가면 찾을 수 있을까? 열 시 다 돼 가는데."

명희가 휴대폰의 시각을 확인하며 명재에게 물었다.

"물어봐야지. 준비 됐는지."

휴대폰을 꺼내는데 벨이 울렸다. 서울 지역의 낯선 번호였다.

"여보세요? 박명재 핸드폰입니다."

명재는 여느 때처럼 자신을 먼저 밝혔다.

"아, 박명재 씨? 여긴 경찰서 형사과 실종전담 수사팀입니다. 최정순 씨 보호자 분 되시죠?"

순간 호흡이 거칠어졌다. 그는 얼른 휴대폰을 귓바퀴에 붙이며 명훈과 명희를 향해 손가락으로 폰을 가리켰다. 명희와 명훈이 그에게로 바싹 다가섰다.

"네, 그렇습니다. 제 어머니, 무슨 단서라도 발견되었습니까?"

"우선 실종자 확인 들어가겠습니다. 최정순 씨, 오십일 년생 맞으신가요?"
"그렇습니다."
"아버님은 박길수 씨, 오십 년생이고요."
"네."
"가족관계증명서를 보니 박길수 씨가 요 근래 실종선고 판결을 받았더군요. 그렇습니까?"
순간 그의 머릿속을 예리한 날붙이가 긋고 지나갔다. 명재는 갑자기 실어증에라도 걸린 것처럼 입을 떼지 못했다.
"아버님도 실종이 되셨는데 어머님까지, 가족분들 심려가 크시겠습니다."
"네에."
명재는 입안이 바짝바짝 타들어갔다. 부모의 실종 책임을 그에게 추궁하는 것으로 들렸다.
"그런데 굉장히 정확한 기간 안에, 신속하게 박길수 씨 실종선고 절차를 밟으셨더군요. 혹시 그럴 만한 이유라도…. 아, 법적으로 무슨 의혹이 있다는 뜻은 아닙니다. 그 건은 법원 판결로 완전히 종료되었습니다."
명재는 입술과 혀를 움직여 열심히 대답을 만들어 냈으나 소리가 되어 나오지는 않았다. 온몸의 피가 머리로 솟구치는지 얼굴이 홧홧했다. 한쪽 손으로 뺨을 쓸어내리자 명훈이 왜 그러냐고 입술만 달싹여 물었다. 명재는 고개를 젓고 총에 탄

알이 장전된 걸 확인하는 기세로 입술을 잘끈 깨물었다.

"아, 버, 님, 이…. 보, 험, 을…. 가, 입, 해…. 둔…. 게…. 있, 어, 서, 요."

명재는 갓 글을 배우기 시작한 아이가 익히기 싫은 글자를 억지로 읽어 가듯 말을 한 음절씩 거칠게 끊었다.

"그렇군요. 이런 말씀드리긴 그렇지만 어떻게 도움은 좀 되셨습니까?"

명재는 그 말에는 대답하지 않았다. 아버지의 목숨으로 이제 가족들이 한숨 돌리게 되었다고 말한다면? 다음에는 어떤 질문이 들어올지 겁났다.

"최정순 씨 실종 건은 합심심의위원회 결과 범죄 관련성 여부가 없는 걸로 판단되었습니다. 그래서 수사는 들어가지 않습니다. 실례되는 질문이긴 한데 어머님께도 가입된 보험이 있습니까?"

명재의 입에서 신음처럼 예, 예인지 노, 노인지 이상한 소리가 새어나왔다.

"이렇게 말씀드려도 될지 모르겠는데요. 혹시 자살로 사망보험금을 탄 사람이 십 년 사이에 두 배 이상 늘었단 기사를 본 적 있으십니까? 암에 이어 사망률 두 번째를 차지한다고 하네요. 최정순 씨 건이 그쪽으로 의심 가서 말입니다. 만약 기사 정보를 실종자가 알고 있다면 아버지의 보험금을 이미 받아보셨으니 얼토당토않은 추정은 아니라고 생각됩니다만. 아, 다시 한번 말씀드리지만 박길수 씨 건은 법적으로 사건이 종결되었습니다. 그 부분은 염려 마십시오. 죄송합니다."

"아, 아닙니다."

명재가 손사래를 치듯 고개까지 홰홰 털며 대답했다. 뭐가 아니라는 것인지 명재로서도 알 수 없었다. 다만 아버지의 건은 염려하지 말라는 말이 그의 가슴 한복판을 통렬하게 꿰뚫은 건 확실했다. 그 자리에 더운 생피가 뚝뚝 듣는 것이 느껴졌다. 어머니는 기사에서가 아니라 문제의 정보를 아내로부터 직접 확인한 터였다. 제발 그것만은 아니기를 바라고 바랐지만 어머니는 결국 죽음이라는 방식으로 아버지를 뒤따르고 있다는 얘기였다. 벼르고 있었던 듯 비명 같은 질문이 혀끝에서 일어섰다. 정신 시퍼렇게 깨어 있을 때는 물론이고, 실신하듯 찾아든 얕은 잠까지 휘젓고 다니는 물음이었다. '어머니는 도대체, 왜 그랬습니까? 대관절, 왜 그리하셨냐고요?'

"뭐라 그러셨습니까? 잘 안 들려서요."

"아뇨, 아뇨. 아무 말 하지 않았습니다. 그럼 어떻게 해야 하죠? 경찰에선 저희 어머닐 돌아가셨을 걸로 단정하시는 건가요?"

"꼭 그렇다고 단언할 순 없습니다. 말 그대로 추정할 뿐입니다. 저희야 가족들이 바라시는 것처럼 최정순 씨가 무사히 돌아오시길 바라지요."

"그렇다면 제 어머니 통화내역이라도 확인할 수 있으면 좋겠는데, 방법이 정말 없는 건가요? 아직 어머니가 갈등하는 단계일지 모르잖아요. 통화라도 연결되면 설득을 하든 애걸을 하든 어떻게 해볼 텐데. 혹시 자식들이 모르는, 가까이 연락하고 지내는 지인이 있을 수도 있고요."

"그건 현행법으로 불가합니다. 저희도 최선을 다하겠습니다."

명재에게는 경관의 최선 운운하는 말이 당신 어머니 건은 이 선에서 종료하겠습니다, 저희로서는 최선을 다했습니다, 라는 마지막 통보로만 들렸다. 명재는 휴대폰을 귀에 댄 채 동생들을 우두망찰 바라보았다. 경찰의 말을 어떻게 설명해 줘야 하나. 동생들은 차마 일의 추이를 묻지 못해 그의 얼굴만 쳐다보았다. 지금쯤 자신의 표정은 엄마를 따라나섰다가 인파에 밀려 손을 놓쳐버린 아이처럼 울상을 짓고 있을 테다. 갑자기 어둠이 내린 듯 눈앞이 캄캄했다. 아이는 더럭 겁이 났다. 통곡이 목구멍을 뚫고 올라오려는 찰나 귓속 어딘가에서, 아니면 머릿속 어딘가에서, 누가 박명재를 계속 불러 댔다.

"박명재 씨! 박 명재씨! 안 들리세요?"

명재는 휴대폰을 귀에서 내렸다. 명희와 명훈이 새카맣게 눈을 빛냈다.

9

종적을 감춘 어머니가 현수막 안에서 울룩불룩 펄럭였다. 어머니의 양쪽 눈이 안으로 밀렸다가 콧등이 밀렸다가 입가가 밀리나 했더니, 어느새 차례를 바꾸어 하나씩 부풀려 나오곤 했다. 펄럭이는 어머니는 앞쪽으로 나설 때 배시시 웃는 것 같았는데 뒤로 물러날 땐 서러이 흐느끼는 듯해 명희의 마음이 착잡했다. 자식들을 향해 연민하다가 항변하는 어머니, 자식들을 수긍하다가 원망하는 어머니, 명희는 아치교 난간에 걸어 놓은 현수막을 올려다보면서 기억 속의 어머니와 일치시켜 보려고 노력했다.

실제의 어머니는 어떠하였는가. 어머니로부터 항변은커녕 원망하는 소리도 들어본 적 없었다. 네 아버지가 어떻고, 네 오빠가 어떻고, 너는 어떻고, 얼마든지 성장한 딸한테 이런저런 푸념을 늘어놓을 법도 한데 어머니는 대체로 삶에 안분하거나 인내하는 성정이었지 싶다.

어머니의 얼굴이 떠오르지 않았다. 차갑고 삭막한 허공에 걸린 현수막의 어머니는 현실의 어머니가 아니었다. 아니, 현실의 어머니라는 말도 모호했다. 어머니라는 존재 자체가 의심스러웠다. 어머니는 이런 식으로 존재할 수 없는 존재였다. 도무지 눈앞의 모든 것이 허구로 생각되었다. 현수막을 올려다보는 그녀도, 전단지를 안고 거리에 황망하게 서 있는 모습도, 드라마 속의 한 장면인 것처럼 그녀와는 무관해 보였다. 그녀는 모르는 누군가였고 그 누군가를 생소한 그녀가 바라보았다. 저만치 도란, 도영, 조은이 좁다란 보행로를 뛰어다니며 전단지를 나누는 모습도 낯설었다. 차도 건너편 보행로에서는 명훈이 동분서주하고 있었고, 명재는 누군가를 기다리는 품새로 도로가 꺾이는 건물 벽에 멀거니 등을 기대고 있었다. 저들은 누구인가. 명희의 눈에는 가족들 하나하나가 원하지 않는 무대에서 서툰 연기를 하고 있는 듯 보였다.

명재로부터 경찰에서조차 어머니의 실종을 사망보험금을 노린 자살 쪽으로 생각하고 있더라는 말을 듣고부터, 명희는 종종 눈앞에 벌어지는 일에 현실감을 잃었다. 혜자의 말을 듣고 아무려면 설마설마하던 일이 얼결에 거북한 농담을 들은 것만 같았다. 꼭 경관이, 명재가 그랬다는 건 아니었다. 세상 사람들 중 불특정인, 아니면 그녀 옆을 스쳐가는 익명의 누군가, 명희에게 장난삼아 툭 농지거리를 내던진 듯했다. 지독한 모욕이었다.

경관의 말을 두고 형제들 간에 옥신각신 실랑이가 있었다.

"엄마가 정말로 그럴 생각으로 그랬을까?"

"암만해도 그런 거 같다. 그런 내용을 도란엄마한테도 물어보셨다지 않냐?"

명희의 아스라한 비현실감과 달리 명재는 경찰의 의견을 그대로 받아들였다.

"형은 어떻게 생각해요? 엄마가 또다시 그런 마음을 먹을까요?"

명재가 명훈을 향해 사납게 눈을 치떴다.

"난들 알겠냐?"

명재의 시선이 불안하게 허공을 갈랐다.

"그럼 엄마가 죽음을 택할 수도 있단 거네요."

명훈의 목소리에 쇳가루가 묻었다.

"꼭 그런 뜻은 아니잖아!"

명재의 입에서 뜨거운 화기가 뻗쳤다.

"엄마가 안 나타나면 죽는다는 거 아냐?"

명희가 대들었다.

"못난 자식들이 보험금에 환장들을 했네."

명재가 자조하듯 읊조렸다. 억양에 야유가 잔뜩 실려 있었다.

"오빤 꼭 그딴 식으로 말하고 싶어? 그딴 식으로 말하면 안 된 효자라도 될 거 같아?"

명희의 말을 끝으로 모두 입을 다물었다. 표정들이 돌덩이처럼 굳어졌다. 더 이상의 언쟁은 수류탄의 뇌관을 건드리는 일이 될 것이라는 걸 순간 무섭게 깨달은 까닭이었다. 약속이나 한 듯 서로 시선을 피하며 진저리를 쳤다.

명재는 먼발치에서 동생들이 전단지를 나누는 모습을 바라보다 더는 어머니의 통장 건을 미룰 수 없다고 마음을 정했다. 통장은 지금 혜자가 보관하고 있었다.

어젯밤 혜자는 심란함을 못 이기겠는지 또 어머니의 방을 열어보는 눈치였다. 싱크대 앞에 앉아 저녁 겸 라면을 끓여 소주잔을 기울이던 명재는 속으로 혜자에게 소리쳤다. 서랍장 위를 봐! 도저히 그것의 존재를 스스로 밝힐 수 없었다. 상대가 아무리 한 이불을 덮고 자는 아내라 할지라도. 그녀가 드디어 통장을 발견했다. 이어서 호들갑. 부엌에서도 그 전율이 고스란히 느껴졌다.

"어머머, 어머머! 여보, 도란아빠! 어머니 통장이야!"

혜자가 안방에서 뛰쳐나오며 통장을 흔들었다.

"비밀번호도 있어. 어떻게 된 거야?"

어느새 현관으로 달려가 슬리퍼를 꿰차며 소리 질렀다.

"찍어보고 올게."

명재가 부를 틈도 없이 현관문이 쾅 닫혔다. 그로서는 생각도 못해 본 일이었다. 왜 그 생각을 못했을까. 그는 갈등의 시간만 속절없이 흘려보냈다. 어이없는 수수께끼의 시간이었다. 명재도 허겁지겁 일어나 혜자의 뒤를 쫓았다.

술기운 탓인지 마음만큼 발이 빨리 움직여지지 않았다. 골목길이 어둠 속에서 저 혼자 굽이쳐 달리는 듯했다. 멀지 않은 곳에서 개 짖는 소리가 컹컹 울렸다. 바로 옆 담장 너머에서 부부싸움을 하는지 고성이 정수리 위로 날아들었다. 이어 어린아이의 울부짖음. 노인의 고함. 질풍노도의 생을 비껴가는 집은 어디에도 없었다. 명재는 구차함을 털어내려고 걸음을 더욱 재게 놀렸다.

어머니가 거래하는 ATM기는 이면도로가 끝나는 지점에 롯데슈퍼를 끼고 설치되어 있었다. 대기업들이 골목 상권을 장악하면서 고객의 편리를 빙자한 현금지급기까지 등에 업었다. 명재도 빛을 쫓는 부나비처럼 그쪽을 향해 달음질했다. 휘청걸음 소리가 엇박자로 귀에 감겨 숨이 더 헐떡거려졌다. 명재를 알아본 혜자가 저만치서 소리쳤다.

"여보, 어제 날짜로 돈을 찾으셨어! 사십 만원!"

어머니는 통장을 넘기려 할 때 조금은 헐어서 썼다고 했다. 명재는 얼마든지 쓰시라고, 그건 누가 건드릴 수 없는, 건드려서도 안 되는 어머니의 몫이라고 못 박았다. 아무리 어머니가 통장을 양도하고 갔다 하더라도 그 말은 기억할 것이다. 그렇게라도 말해 놓은 건 참으로 잘한 일이었다. 어쨌거나 어머니가 현재 생존해 있음은 확실했다. 어머니가 돈을 필요로 하고 있다는 건 가당찮은 일이 전개될 확률이 낮아졌다는 뜻이다. 돈은 뭔가를 도모하는 원동력이고, 뭔가를 도모한다는 건 살아낼 의지였다. 산목숨에게는 찜질방이든 여관이든 반드시 잘 곳과 먹을 것이 필요할 테다. 어머니는 지금 그러한 것들을 요구하고 있었다. 죽음의 유혹이 어머니 앞을 비켜섰음이 분명했다. 더 이상 참혹한 상상에 시달리지 않아도 되지 않겠나, 슬쩍 안도감이 찾아들었다. 온몸의 뼈마디가 이완되는지 경추부터 복사뼈까지 느른했다. 어머니의 삶이 이런저런 굴절에도 불구하고 여전히 유효하다는 사실이 그를 녹느즈러지게 했다.

"이거 정말 어머니가 쓰셨을까? 설마 누구 딴 사람이 빼간 건 아니겠지?"

"딴 사람? 당신 그거 얼마나 무서운 말인 줄 몰라?"

"그래. 내가 입방정이야, 여보. 나쁜 맘을 갖고 뺐다면 어디 사십 만원에 그치겠어? 당신 말이 맞아. 어머니는 어느 곳에 잘 계신 거야. 근데 왜 이제야 이게 거기에 놓여 있지? 혹시 당신…."

명재가 천천히 고개를 끄덕였다.

"동생들 부탁한다며 윗도리 안주머니에 넣으셨더라고."

혜자가 말없이 그를 쳐다보았다.

"이젠 애들한테도 말하려고."

"암튼 어머니가 우리한테 일임하셨다는 거엔 변함이 없어."

혜자의 입매가 단호했다. 걸음도 빨라졌다. 누구의 어떤 항의든 절대 용납하지 않겠다는 기세였다.

혜자는 집에 들어서자마자 통장과 도장을 꼭 쥔 채, 그만큼 입도 야물게 앙다문 채 거실방으로 들어갔다. 작은 서랍이 열렸다 닫히는 소리로 보아 그녀의 화장대 서랍에 보관하는 것 같았다. 이제부터는 그녀가 관리하겠다는 의지로 보였다. 명재로서는 홀가분했다.

명재는 전단지를 움켜쥔 손에 힘을 주었다. 호흡을 가다듬고 차가 오지 않는 틈을 타 도로로 내려섰다. 명희가 무슨 일이냐고 눈으로 물었다. 무단횡단까지 하려는 이유를 묻는 것일 테다. 명희의 시선을 무시하고 명훈이도 같이 부르라는 손짓을 했다. 명희가 어깨를 들썩해 보였다. 오라비의 행동이 마뜩잖다는 뜻 같았다. 내딛는 발이 무거웠다. 도망하는 일에 지쳐 자수하기로 결심한 범죄자의 걸음이 이와 같을 것이었다.

명훈이 한기가 드는지 전단지 뭉치를 양팔로 안았다. 명희 역시 코가 발갛게 얼어 있었다. 가슴이 싸했다. 명재는 마음을 독하게 먹었다. 어차피 한번은 정면으로 부딪쳐야 할 일이었다. 사건이 터진 뒤 바로 알렸으면 좋았을 걸 왜 차일피일 미루게 됐는지 자신이 야속하기만 했다.

"실은 어머니가 통장을 내게 맡겼다."

"지금 장난쳐?"

명희가 고함을 질렀다.

"진짜야."

"그럼 왜 지금에야 말해?"

"…."

"오빠, 인제 보니 정말 이해 안 되는 사람이네. 엄마가 이리 내몰린 것도 엄격히 말하면 오빠 탓인 거 모르지 않지? 다 오빠로부터 시작된 거야. 오빠가 홍제동 집 처분하게 한 것도 모자라 엄마네로 짐 싸들고 들어가지만 않았어도 일이 이 지경까지야 됐겠어? 아빠가 실종될 일은 애당초 없었다구!"

"그러는 넌? 너 때문엔 부모 속 안 끓은 거 같니? 너 연립으로 이사 나올 때 아버지가 얼마나 속 터져 했는지나 알아? 그

건 그렇고, 아버지 건으로 지금 가장 이득 보는 게 누군데? 너네야말로 덕분에 숨통 텄잖아. 아파트도 들어가고 시뻘건 차도 사고."

"형, 누나한테 꼭 그렇게 말해야 해요? 형이 그런 식으로 말하면 안 되는 거죠."

"그래, 그렇게 잘난 넌? 아무리 형 꼬라지가 뵈기 싫더라도 꼭 집을 박차고 나갔어야 했어?"

"형이 잘났지 누가 잘나요? 항상 형이 잘났었잖아요. 그니까 아버지가 죽자하고 형 살리려 했던 거고. 당시 아버지가 울적한 마음으로 집 떠나는 걸 형은 알았을 텐데 같이 따라가서 말벗이라도 해 드리면 안 됐어요?"

"그럼 아버지가 돌아가신 거랑 어머니 실종된 게 전부 내 탓이란 얘기냐?"

명재의 목소리가 떨려서 나왔다.

명재가 본가로 들어온 지 일주일쯤 되었을 때였다. 야간 경비 일을 마치고 돌아온 아버지가 술이나 한 잔 하자며 검은 비닐봉지를 싱크대 위에 올려놓았다. 열어 보니 그 안에 막걸리 두 병이 들어 있었다. 평소 아버지가 술을 사 들고 다니는 걸 본 적이 없어 좀 의외였다. 혹시 언짢은 일이 있나 기색을 살폈지만 별다른 기미는 보이지 않았다. 명재는 찬장에서 종지 두 개를 찾아 어머니가 일 나가기 전에 차려놓은 밥상 위에 올려놓았다.

막걸리부터 한 순배 오고갔다. 잔을 비운 아버지가 서해안의 고향 얘기를 꺼냈다. 바람이나 쐬게 바다낚시나 다녀왔으면 좋겠다고 했다. 요즘은 뭐가 잘 올라오고들 있으려나, 하는 말에 봄 도다리라는 말이 있잖아요, 명재가 가볍게 대답했다. 그렇지, 이맘 땐 도다리 쑥국이 끝내주지, 아버지가 입을 다셨다. 전 제대로 먹어보질 못했는데 많이 잡아오세요, 하고 명재가 거들었다. 그러마, 하고는 아버지가 빈 종지를 내밀었다. 명재가 잔을 채웠다. 갈증이 가시지 않는 듯 아버지는 단숨에 잔을 비웠다.

그날 아버지는 제법 취했다. 자식들에게 넉넉하고 든든한 애비가 되고 싶었다는 말이 안주처럼 입에서 떨어지지 않았다. 명재는 아버지가 자식에 대한 원망을 그처럼 에둘러 표현하는 것 같아 쥐구멍에라도 들어가고 싶었다. 그는 묵묵히 아버지의 빈 잔만 채웠다. 취기가 더해지면서 아버지가 소싯적 얘기를 풀어놓았다. 주로 아버지와 어머니가 바닷가를 거닐며 서로의 상처를 보듬던 회고담이었다. 그런 추억 때문인지 그곳이 서글프게만 생각되지는 않는다고 했다. 형편이 이리 될 줄 모를 땐 어머니하고 더 늙으면 고향에 내려가서 살면 어떨까 하는 의논도 나눴다고 했다. 어머니를 말하는 아버지의 표정이 연애하던 시절로 되돌아간 듯 푸근했다. 차마 아버지의 고향행을 말릴 수도, 그렇다고 명훈의 말대로 동행하겠다고 따라나설 수도 없는 분위기였다. 아니, 당시는 아버지와 동행하겠다는 생각조차 떠올리지 못했다. 오로지 자신의 손톱 아래 든 가시의 고통에만 코를 박았다.

사업을 정리하는 것도 쉬운 일은 아니었다. 절차에 맞춰 회사를 폐업하고 그것으로 관련된 모든 일이 완전히 마무리되었다고 생각했다. 어느 날 가족을 태우고 인천 처가에 다녀오던 중 명재는 경인로에서 검문에 걸렸다. 갑자기 도로가 정체되는 줄만 알았다. 교통경찰 두 명이 경광봉을 번쩍이며 차량 번호판들을 확인해 오더니 그의 승용차 앞에서 걸음을 멈췄다. 조금의 주저함도 없었다. 면허증 제시와 신상 확인. 다 수습한 줄 알았는데 근로기준법 위반 벌과금으로 인해 전국에 강제 수배령이 내려졌다고 했다. 전혀 예상하지 못한 일이었다. 직원들의 퇴직금이나 임금 처리에 제대로 대처하지 못한 부분이 있었나 보았다. 명재는 그 자리에서 체포되어 경찰서에 압송되었고 곧바로 구금되었다. 급한 대로 혜자가 급전을 마련해 벌금을 내어 풀려나긴 했지만 사채에 비싼 이자가 불어가는 걸 마냥 바라볼 수 없었다. 궁여지책으로 월세방의 보증금을 빼어 정리한 뒤 본가로 들어왔다.

명희가 얼굴이 노래지며 바락바락 대들었다.

"그럼 오빤 내 아파트랑 차 때문에 엄마 통장, 입 다물었던 거야? 엄마가 통장을 오빠한테 순순하게 내놓기는 했어?"

명재가 전단지 뭉치를 바닥에 패대기치며 명희를 노려보았다. 눈빛이 화상이라도 입힐 듯 이글거렸다.

"난 고작 오천밖에 안 받았어요."

명재가 명훈을 향해 헛웃음을 날렸다. 스스로를 향한 조소 같기도 했다.

"사실이잖아요, 아직은. 벌써 다들 나왔는데. 엄만 나머지까지 형한테만 맡기고 싹 사라져 버리고, 이게 뭐예요? 그러면 지금 사는 집 보증금은 어떻게 되는 거예요? 그것도 형 몫인 거예요?"

명훈은 그 자리에 주저앉아 열 손가락으로 제 머리카락을 쥐어뜯었다. 속마음은 그렇지 않은데 입이 저 혼자 노는 것 같았다. 어쩌면 그와 반대로 입은 정확하게 마음을 반영하고 있고, 전두엽 한부분이 마음을 제어하고 있는 건지도 몰랐다. 대체 자신이 진실로 원하는 것이 무엇인지 혼란스러워 명훈은 정말로 미쳐 돌아버릴 것 같았다.

명재가 얼굴을 잔뜩 일그러뜨리며 오른 주먹으로 다리 난간을 가격했다. 남자의 것이라고 하기엔 조그맣고 여린 주먹이었지만 쇠파이프 난간이 충격으로 텅 울렸다. 명희가 놀란 눈으로 그를 쳐다보았다.

"썅, 정말! 어머닌 니들 나한테 부탁했어. 나도 니들 생각하고 있고. 그래서 이렇게 늦게라도 말을 하잖아! 내가 계속 그걸 갖고 있던 이윤 몰라. 왜 그랬는지 나도 잘 모르겠다고! 중요한 건 이틀 전에 어머니가 사십 만원을 인출했다는 거야. 어딘가에서 잘 계시다는 뜻 아니겠어?"

명재는 어젯밤 이슥해서야 마음을 추스르고 혜자가 넣어둔 어머니의 통장을 찬찬히 살펴보았다. 빼곡히 박힌 숫자들이 초롱초롱 뭔가를 말하고 싶어 안달하는 게 느껴졌다.

특별한 것은 매달 거의 같은 날짜에 백만 원, 이십 만원씩을 타 은행의 가입자 앞으로 송금한 흔적이 있다는 것이었다. 이틀 전의 사십 만원은 이십 만원을 송금하던 날짜와 비슷한 시기였다. 또 특이 사항으로 어머니가 집을 나가기 이틀 전, 1천만 원을 찾은 기록이 있었다. 천만 원이라면 적지 않은 금액인데 대체 어디에 사용했는지 짐작이 가질 않았다.

사오십 만원씩 입금되거나 출금된 것은 도우미 수고비를 모아서 저축을 했거나 생활비로 찾아 사용하던 것이었지 싶다. 총 잔액은 소소하게 입출금되던 나머지 칠십여 만원에다 1억 9천만 원의 뭉칫돈이었다. 뭉칫돈은 아버지의 보험금 2억에서 1천만 원을 뺀 나머지일 것이다. 어머니가 조금 헐어서 썼다, 했던 대목이 바로 그 부분을 가리키는 듯했다. 명재는 아라비아숫자들을 더듬는 일이 어머니를 좇는 일이라는 게 기이했다. 어머니의 형적은 잡힐 듯 말 듯 감질만 났다.

명훈은 주저앉은 자리에서 벌떡 일어섰다. 어머니가 돈을 인출했다면? 가슴이 벌렁벌렁 뛰었다.

"그래서요? 다른 건?"

"혹시 어머니가 정기적으로 돈 보낼 만한 데 있는지 알아? 매달 보낸 흔적이 있어. 백만 원하고 이십 만원."

"외할머니인가? 근데 이십이면 몰라도 백은 센데."

"글쎄 나도 그런 생각을 했어. 미치겠다. 참, 나가시기 이틀 전에 목돈을 천만 원이나 찾았더라."

"그건 뭔가 정리한단 뜻일 거야. 엄마의 의지와 일치하는 거."

명희가 확신하듯 말했다. 형제들도 그 말에 수긍했다.

"송금한 데는 은행에 알아보면 되지 않아? 그곳이 어딘지? 누군지?"

"그잖아도 아까 은행 열자마자 들러봤어. 백 보내는 곳은 홍제동 지점이고 이십은 대천에 있는 지점이야. 누군지는 은행에서도 개인정보 보호 차원에서 알려줄 수 없대."

"홍제동은 우리 살던 동넨데…. 이십은 대천 쪽으로 보냈다고요? 외할머니란 분인 거 맞나 보네. 형, 우리 이러지 말고 영수증 소재지들을 찾아보면 어때요? 마침 내일이 일요일이니 그쪽들을 탐문해 봐요. 전단지도 뿌리고."

"실은 그 말을 하려 했어. 어머니가 그저께 사십 만원 인출한 곳도 대천이야. 아직도 거길 헤매시는 거 같아."

"뭐라구요?"

"니들한테 할 말이 없다. 지금이라도 가보면 어떨까? 아, 내일도 또 가고."

"그러자, 오빠. 올케언니가 여기로 온다 했다며? 여긴 언니한테 맡기고 애들더런 계속 나누게 하고 우린 떠나자."

"제발 거기서 뭐가 잡혔으면 좋겠다."

명재가 호소하듯 길바닥에 널브러진 전단지들로 시선을 보냈다. 명희가 쪼그려 앉아 그것들을 거두기 시작했다. 전단지 한 장이 팔랑 찻길로 날렸다. 명훈이 달려가 얼른 그걸 주워들었다.

10

시간을 유예시키듯 서해안고속도로가 끝없이 이어졌다. 차창 위로 내려앉은 하늘이 진눈깨비라도 흩뿌릴 것처럼 음산했다. 무창포 톨게이트에 가까워질 때까지 세 사람은 극도로 말을 아꼈다. 예기치 않게 서로에게 원망의 봇물을 터뜨리게 될까 봐, 책임을 묻게 될까 봐, 극히 몸들을 사렸다.

출발 직전, 명희가 차의 시동을 켜며 물었다.

"어디부터 갈까?"

목소리가 착 가라앉은 걸로 보아 막상 어머니의 근황이 엿보인 곳으로 떠나려 하니 두려움이 앞서는 듯했다. 왜 그렇지 않겠는가. 통장의 기록은 짐작이나 추측이 아닌 눈앞에 드러난 팩트였다. 확연한 존재감으로 꿈틀대는 숫자에 피톨들이 뜨겁고 세차게 움직일 건 당연했다. 기대와 우려가 범벅된 불안이 명훈의 심장을 조였다. 형제들이라고 다르지 않을 것이다.

"일단 돈 인출자가 어머니가 분명한지 그것부터 확인해. 얼굴이 일치하는지."

명훈은 탐정이라도 된 듯 비장하게 말했다. 홍의 형이란 자도 이런 기분으로 일할까. 온몸의 세포를 긴장시키고 신경을 안테나처럼 곤두세워 이번엔 기필코 단서의 끝을 보아버리리라는. 느닷없이 예나의 말이 떠오르면서 홍이 연상된 까닭이었다. 예나는 어머니를 찾는 일에 홍의 형이란 자라도 끌어들여 봤으면 했다. 어쩌면 어머니의 문제로 홍을 만나보게 될지도 모르겠다는 생각이 스쳤다.

"너도, 차암!"

명재가 뒷좌석에서 툭 내뱉었다. 조수석에 앉은 명훈이 뜻을 몰라 돌아보았다.

"통장을 두고 가셨잖아. 창구에 들르실 이유가 없지."

"아, 그러네. 카드로 뺀 거네."

명훈이 낙심해서 중얼거렸다. 집 안 구석구석을 다 찾아도 없었으니 분명 지갑은 어머니가 소지했을 것이다. 그 안에 카드도 들어 있을 테고.

"그럼 영수증 소재지부터 갈까요?"

"그러자. 부동산이랑 약국 있던 데가 같은 곳이었지?"

명재가 누런 봉투 안의 영수증들을 꺼내며 말했다.

"웅천읍 진성부동산, 약국은 은영약국이야."

"서해안고속도로를 타야겠지?"

명희가 스스로에게 묻듯 나직이 중얼거렸다. 명훈은 스마트폰을 켰다. 홈 화면에 저장된 내비게이션 바로가기가 생각나서였다. 띠링띠링띵. 예나가 앱을 켤 때마다 울리는 기계음이 참 싫었다. 오늘은 그 소리가 소름 돋게 더 불쾌했다. 하필 이런 때에 이것을 사용하게 될 줄이야, 이런 상황이 벌어질 줄 짐작이라도 했다면 그 당장에 삭제해 휴지통에 처넣어 버렸을 것이다. 아무리 사랑스런 예나가 원하는 일이었다 하더라도 말이다. 명훈은 일단 도착지를 웅천읍 부동산으로 정하고 앱이 지시하는 대로 최적길 안내를 시작했다. 예나가 그의 모습을 봤다면 좋아라 격려했을 것이다.

예나는 일상을 떨치고 나서지 못하는 대신 가상의 여행지를 정해 내비게이션으로 모의주행해 보는 게 취미였다.

"오빠, 오늘 산정호수 어때? 왜 갑자기 산정호수라는 단어가 떠오르지? 산에 호수가 있다면 근사할 거야. 백두산 천지 같은 덴가? 그런 데가 있을까? 오빠도 같이 갈래?"

예나가 장난감을 손에 쥔 아기처럼 천진하게 웃으며 옆자리를 툭툭 쳤다. 명훈은 속으로 산정호수가 아니고 조정권의 산정묘지라는 시에서 연상된 단어겠지, 하고 생각했다. '가장 높은 정신은 가장 추운 곳을 향하는 법. 저 아래 흐르는 것은 이제부터 결빙하는 것이 아니라 차라리 침묵하는 것.' 이런 구절을 외우고 다니던 시절도 있었다. 지금껏 잊지 않고 자동기계처럼 혀끝에 살아나는 것이 신기하기만 했다. 명훈은 산정묘지를 그렇게 기억하고 있는 거 아냐? 하고 물으려다 곧 귀찮은 생각이 들었다. 가장 높은 정신까지는 가지 않더라도 차라리 침묵을 지키기로 했다. 화면을 터치하는 예나의 손가락이 바빠졌다.

"있어, 진짜루. 경기도 포천이래. 여기서 칠십육키로야. 와우!"

예나는 원하던 선물이라도 받은 양 환호했다. 묘지가 아니고 진짜 호수였어? 혼자 맥이 빠졌다. 괜히 심술이 나서 명훈은 차도 없는데 청승맞게 그만하라고, 차라리 주말에 한번 다녀오자고 핀잔을 주었다. 하지만 예나는 소용이 없었다. 뭐, 어때? 재밌고 즐겁기만 하네, 하는 표정으로 눈을 흘겼다.

예나는 앱이 안내하는 대로 액정화면의 길을 좇아가다 보면 계절에 따라, 날씨에 따라, 기분에 따라 아득하게 새로운 세계가 펼쳐진다고 했다. 상상의 새소리와 솔향기와 바닷바람이 뇌파를 안정시키고 머릿속이 청량하게 비워지는 경험을 오빠는 모를 거라고도 했다. 짙푸른 산등성이가 눈꺼풀 위로 스치는가 싶으면 먼바다 파랑이 눈앞으로 하얗게 달려들고, 너른 들판을 직선으로 가로지르는 사이 몸에 스며든 속도감이 몽환적인 흥분을 부추긴다고, 자신의 소소한 행복의 시간을 말리지 말라며 폰 안으로 빠져들곤 했다. 그럴 때의 예나는 딴 사람처럼 느껴졌다. 어쩌다 잘못 날아들어 원룸 안에 갇힌 한 마리 새처럼 측은하기도 했다. 창문 바깥으로 빤히 내다보이는 푸른 하늘을 향해 죽도록 날갯짓을 해보지만, 유리창에 머리나 짓찧을 뿐 결코 문이 열리지 않는 헛된 도로의 삶. 창문을 활짝 열어 창공으로 안내하는 역할을 명훈은 해주고 싶었다. 아버지가 삶의 위협에 대비하느라 가입해 놓은 상해보험금은 아직도 감감소식이었다. 서류를 접수한 지 열흘도 더 지나고 있었다. 예나도 보험금이 좀 늦네, 혼자 웅얼거리는 걸 보면 은근히 신경이 쓰이는가 보았다.

자동차가 무창포 인터체인지를 지나 웅천 방향으로 우회전했다. 도착지까지는 30킬로미터가 남았고 36분이 소요된다고 안내되었다. 40여 분 뒤에는 어머니가 흘린 그림자의 흔적을 조금이나마 붙잡을 수 있을지 초조했다.

백 번 양보해도 명훈은 어머니의 행보를 도저히 납득할 수 없었다. 자식의 일이라면 감정의 한 올까지 그러모아 힘을 보태는 어머니였다. 그런 양반이 강력한 토네이도로 자신의 둥지를 허물어버리고 이렇듯 사라질 순 없었다. 예나의 말이 아니더라도 결혼도 못한 막내아들은 어찌하라고, 더구나 이젠 아버지마저 없는 처지였다. 어머니의 혹독한 처사는 아들이 고아가 되어 부모 없는 결혼식을 치르라는 뜻이었다. 명훈은 그 장면을 상상할 수 없었다. 섭섭함을 넘어 언짢은 마음이 드는 것도 당연했다. 어머니의 생존이 확인되기 시작하자 알량한 안도감이 철없는 원망으로 변하는 건지 모르지만.

사람의 마음이 본래 간사해서 그런가, 아니면 자식이란 작자들은 생래적으로 부모에게 채무를 요구하게끔 구조되어 있는 건가. 사라지기 전날 밤 어머니가 그에게 전화한 이유가 다시금 궁금했다. 혹시 형에게 그의 몫을 남겨 놓았으니 이러저러하게 사용하라는 말을 전하려던 건 아니었을지. 명훈은 형을 의식하고 슬쩍 뒤돌아보았다. 형은 차창에 이마를 대고 밖을 내다보고 있었다. 무슨 생각을 하고 있는지 움푹 팬 뺨에 표정이 없었다. 감정이 표백된 것 같은 얼굴이 되레 의문스럽게 다가왔다. 그 안에 들어 있을 몇몇 겹의 무엇.

형은 한참 동안 통장의 존재를 밝히지 않았다. 피를 나눈 형제라 할지라도 서로에 대해 얼마나 깊이 안다고 할 수 있을까. 또 얼마큼 친밀한 관계일까. 심정적인 것이겠지만 친밀하다는 의미는 과연 어떤 걸 두고 하는 말일까. 부모하고도 마찬가지였다. 어머니는 그 통장을 형한테 넘겨주면서 진심으로 어떻게 하길 원했을까. 열 손가락 깨물어 안 아픈 손가락이 없다지만 자식들에게 온전히, 조금도 가감 없이 그 진실이 대입될지 의문스러웠다.

군 생활 동안의 어머니 편지가 떠올랐다. 어머니는 입대한 아들이 군복무를 마치고 안전하게 돌아올 때까지 깊은 잠을 못 이뤘다. 그런 이유로 하루가 멀다 하게 위문편지를 썼다. 돋보기를 쓰고 명훈의 책상에 앉아 편지를 써 내려가는 어머니가 충분히 상상되었다. 거의 매일 배달되는 어머니의 편지를 두고 동료들은 대한민국에서 가장 열렬한 연서가 왔다며 놀렸다. 일기 쓰듯 그날그날의 소식을 전하는 어머니의 편지 덕분에, 그는 집으로부터 국가에 의해 강제 분리되었다는 느낌을 최소화할 수 있었다. 명훈의 답장은 훈련소에서는 틈나는 대로 거의 매번, 자대 배치 이후엔 서너 번에 한번꼴로, 말년 병장이 되어선 일방적인 수신인 입장으로 바뀌었다. 부모의 은혜에 백분지 일만 보답해도 효자라는 말이 있듯 자식으로서 가진 한계였다.

백일 휴가 때 만난 출판 편집하는 선배는 어머니의 편지에 열심히 답장할 것을 권했다. 제대하고 나서 '병영통신'이라는 제목으로 서간집을 묶어 보자는 거였다. 우리나라 군인의 수가 대략 60여 만이다, 요즘처럼 자녀도 많이 안 낳고 형제 역시 많지 않은 시대에 가족을 입대시킨, 또는 시키려는 잠정적 인 독자 수가 얼마나 많을지 짐작되지 않느냐, 대박까지는 아니라도 한두 학기 등록금은 저자 인세로 보장될 테니 한번 시도해 볼 만하다, 선배의 주장이었다. 명훈이 그때는 솔깃했지만 어머니의 절절한 마음을 무심한 아들이 뒤따르지 못했다. 동료들의 부러움이 아니더라도 그만큼 행복한 군인은 하늘 아래 없었다고 자부할 수 있었다. 그런 어머니를 벼랑 끝으로 몰아간 괴력은 무엇인가. 무엇으로 하여금 자식들을 추운 거리에 내동댕이치고 세상을 등지게 만들었는가. 매일 위문편지를 보내던 어머니와 감쪽같이 증발해버린 어머니의 간극이 좀처럼 좁혀지지 않았다. 대체 어느 모습의 어머니가 진실에 가깝다는 말인가.

아버지는? 명훈이 동네 보습학원 강사로 주저앉기 전까지 아버지는 그에게 막강한 응원군이었다. 세칭 '인서울잡대'라 칭하는 서울 하위권대에 원서를 냈을 때도 있는 그대로 수긍해 줬고, 아버지가 원하던 이공계를 포기하고 교차 지원으로 문과대를 택할 때도 섭섭함을 내색하지 않았다. 그렇듯 온유했던 아버지가 돌연 태도를 바꾼 것은 명훈이 학원 강사 아르바이트를 전업으로 삼겠다고 선언했을 때였다. 폭력의 등장. 옆에 있는 식탁 유리가 순식간에 박살이 났다. 공교롭게 형의 사업이 대책 없이 흔들리고 있었고 어머니가 가사도우미로

나가기 시작한 때였다. 충분히 이해되는 상황이긴 했지만 처음 목격한 아버지의 난폭함에 놀라지 않을 수 없었다. 아버지는 피범벅이 된 주먹을 허공에 내지르며 그에게 소리를 질렀다. 못나게시리! 남들 다 들어가는 회사 하나 못 들어가? 그것도 딱 굶어 죽기 좋은 국어 과목을 가르치겠다고? 악에 받친 불호령이 그치지 않았다.

국어가 입시 또는 살아가는 데에 필요충분조건에 속하는 과목이 아니라는 아버지의 말에는 동의했다. 하지만 회사만큼은 남들 다 들어가는 데는 아니었다. 친구들 중 적지 않은 수가 인턴이나 아르바이트, 혹은 부모의 주머니를 축내며 살고 있었다. 명훈으로서도 아버지가 말하는 '남들'이 하는 만큼 토익도 900점대 이상으로 끌어올렸고, 도서관에 틀어박혀 죽기 살기로 입사원서도 써 냈다. 100여 군데 넣으면 고작 서너 곳에서 서류전형이나마 통과했다. 그것으로 끝이었고 더 이상의 진입을 허락하지 않았다. 답답한 나머지 공무원 시험에도 2년 가까이 도전을 했다. 결국 더 해볼 방법이 없어 깨끗이 손을 털었다.

직업으로 학원 강사를 택할 수밖에 없다면, 그리고 가르칠 과목을 고를 선택권이 그에게 있다면, 당연히 국어였다. 명훈은 우리글의 속살을 파고 더듬고 핵을 골라내는 일이, 조사와 어미의 쓰임새와 감칠맛 나는 부사가, 그 어떤 일보다 자신의 삶을 여유롭게 만들어 줄 것 같았다. 기왕 별 볼 일 없는 일을 하면서 살아야 할 입장이라면, 평소 하고 싶은 일을 하면서 사는 것이 삶의 만족도를 높일 방법이지 않겠는가. 아버지한테는 염장을 지르는 논리이겠지만.

아버지는 당신 생의 열패감을 주체하지 못했던 건지도 몰랐다. 그때의 아버지는 명훈이 보기에 막내아들한테가 아니라 세상에, 아니면 스스로에게 고래고래 악을 쓰는 것 같았다. 그 기억은 가끔 아버지의 존재를 낯설게 했다. 아버지 안에 감춰둔 인간적인 욕망을 훔쳐본 느낌이랄까. 평소 아버지가 보여줬던 의연함과는 거리가 멀었다.

'목적지에 도착했습니다. 경로 안내를 종료합니다.'

내비게이션에서 도착을 알리는 멘트가 나오자 명희가 속도를 늦췄다. 명재가 황급히 차창을 내려 거리의 간판들을 훑기 시작했다. 앞을 주시하던 명훈은 저도 모르게 감탄사를 뱉었다. 명함에 굵은 명조체로만 박혀 있던 진성부동산이 길 건너에 또렷이 실재했다. 명재도 알아보았는지 아직 멈추지도 않은 차문을 벌컥 열었다.

"오빠, 큰일 나려고 그래!"

명희가 급정거를 하며 화를 냈다. 명재는 명희의 야단을 무시하고 성큼 차에서 내려 도로를 건넜다. 명훈도 급히 따라 내렸지만 발을 내딛는 순간 알 수 없는 실망감을 느꼈다. 가슴 한 귀퉁이가 헐리는 느낌이었다. 읍내는 선 자리에서 360도만 회전하면 한눈에 들어올 것처럼 작았다. 그는 웅천이라는 곳이 으레 어촌일 것으로 생각했다. 골목 사이로 바다가 드러나고 공터마다 그물망이 쌓여 있는. 그 옆에 낡은 어선도 한두 척 끌어올려진. 하지만 멀리로 산들이 둘러쳐져 있고 어느 곳에도 바다의 기미는 보이지 않았다.

이차선 도로를 가운데 두고 동네가 적막했다. 꼭 겨울이어서 그런 건 아닌 듯했다. 행인들도 보이지 않고 지나는 차도 없었다. 그만큼 경제활동이나 유동인구가 적은 한적한 읍이라는 걸 알 수 있었다.

"여긴 좀 그렇지 않아? 어머니가 아버지를 찾아다니기엔 너무 내륙 쪽으로 들어온 것 같은데?"

"얘는, 엄마가 다니지 않았음 이 동네 약국 영수증을 지니고 있을 턱이 없잖아."

그건 그랬다. 부정할 수 없는 확실한 단서가 그들 손에 들려 있는데 마음이 허둥거려 분별을 잃는 것 같았다. 어쩌면 말로만 존재하는 외할머니의 소식을 여기서 듣게 될지 몰랐다. 그녀를 통해 어머니의 행방도 드러나고.

'토박이의 정직한 중개'라고 내건 문구가 오히려 불순한 의도로 다가오는 부동산 사무실 문을 명재가 두드렸다. 하필 쉬는 날인가? 하는데 옆의 철물가게 문이 열리며 초로의 사내가 아는 척했다.

"손님이셔유? 거기 어제 초상났는디. 삼우제나 치르고 나오기가 쉬울 턴디유."

주차를 마치고 합류한 명희가 휘둥그런 눈으로 명재와 명훈을 쳐다보았다. 첫걸음부터 낭패라는 좌절감이 짧은 순간 그들을 스쳤다. 사내가 날씨 겁나게 춥네, 하며 어깨를 움츠리고 등을 돌렸다. 명재가 급히 그를 불러 세웠다. 그리고 서둘러 서류가방을 뒤적여 꺼낸 것은 전단지였다.

"혹시 이런 분 보신 적 없으십니까?"

사내가 전단지를 눈에서 멀찌감치 떨어뜨려 살펴보다가 고개를 저었다.

"본 즉 읎는디, 모친이셔유? 부근처 사람덜은 아닌 거 같고 왜 여서 어머니를 찾는디유?"

"그러게 말입니다."

명재가 고개를 떨어뜨리며 기어들 듯 대답했다.

"본 즉 읎써유. 낯이 설어유. 잠깐, 우리 엄니헌테 물어볼게유. 노상 부동산 가서 터줏대감처럼 앉아 참견허고 있는 양반이니께. 오늘 수다 못 떨어 좀이 쑤시고 계실 턴디 봤다믄 좋아라 말혀 주실 거여유."

사내가 전단지를 들고 가게 안으로 사라졌다.

"아무래도 부동산은 아닌 것 같아. 엄마가 이런 시골 부동산까지 올 턱이 없어. 여기에 무슨 볼일이 있겠어?"

"외할머니란 분과 연결됐을 수 있잖아. 이왕 왔으니 확인은 하고 가자."

명재가 떨떠름해하는 명희를 달래는데 가게에서 여든 줄은 넘어 보이는 노파가 전단지를 흔들며 달려 나왔다. 등이 약간 굽긴 했지만 노인 치고는 총기가 있어 보이고 풍채도 좋았다.

"왜 이 아지매를 부동산에서 찾어유? 부동산허구 뭔 연관 있시유?"

호기심 가득 찬 눈빛이었다.

"저희 어머니께서 여기 부동산 명함을 하나 갖고 계셔서요. 혹시 해서…."

명재가 부동산 간판을 가리키며 말했다. 사내가 명재의 말에 고개를 끄덕였다. 이곳에 와서 어머니를 찾는 이유를 이제야 알겠다는 표정이었다. 노파가 명재한테로 한 발짝 다가서며 은근하게 물었다.

"근디 아지매가 왜유? 집을 나갔시유?"

그 말에는 명재도 선뜻 대답하지 못했다.

"진짜 그런가벼네. 왜 그랬댜? 멀쩡헌 자식덜 이리 놔두구."

명재와 명희가 약속이나 한 듯 먼 산을 바라보았다.

"뭔 쌍깔이 나도 단단히 났는가벼네. 혼자 시골 내려와서 살려구 혔나? 나가 사람 얼굴 기억혀는 건 반 구이신인디 은제 봤나 안 봤나, 대꾸 야리끼리혀네. 인잔 관 짜서 등짝에 지구 다닐 일만 남았나벼."

노파가 고개를 갸우뚱거리며 중얼거렸다. 명훈은 이곳에서 별 도움을 얻지 못하리라고 생각했다. 명재를 바라보니 그 역시 실망하는 눈치였다. 명희가 재빠르게 사태를 수습했다.

"영수증을 확인하는 게 낫겠어. 저어 은영약국은 어디쯤 있어요? 거기도 다녀가신 흔적이 있어서요."

사내가 명희의 말을 받았다.

"저어기 다리 건너, 쫌만 올라가면 주유소 옆에 약국 하나 있시유."

"확실허게 여기 오긴 왔었나벼…."

노파가 아쉬운 듯 말끝을 흐렸다. 기억이 나지 않아 무척이나 답답한 것 같았다. 명훈의 일행이 돌아서려고 하자 노파가 손바닥으로 전단지를 탁탁 치며 다짐을 두었다.

"나가 난중 잘 생각혀보구 뭐가 생각나믄 퍼뜩 연락헐 거구먼유."

감사하다는 인사를 남기고 돌아서는 그들 뒤로 너무덜 걱정 말구 심내슈, 하는 격려가 날아왔다. 세 사람은 반사적으로 뒤돌아 노파를 향해 꾸벅 절을 했다. 궁상맞고 초라한 치레였다.

거리가 아까보다 더 냉랭하고 고요하게 느껴졌다. 바람결에 진눈깨비 하나가 명훈의 뺨을 건드렸다. 냉기가 가슴 한구석을 찌르르 통과했다.

약사는 시골 약국에 어울리지 않게 세련되어 보이는 호리호리한 삼십대 중반의 여자였다. 하얀 가운에 김은영이라는 이름이 새겨져 있었다. 말이 잘 통할 것 같아 명훈이 전단지를 들고 앞으로 나섰다.

"사람을 찾는데요. 혹시 이런 분 보신 적 있으세요? 저희 어머니신데 여기 영수증을 갖고 계시더라구요."

"어디 한번 볼게요. 영수증도 줘 보세요."

약사가 전단지를 일별하고 영수증을 받아들었다.

"우리 약국에서 발행한 거 맞네요."

오른손에 들려 있는 전단지를 유심히 들여다보던 그녀가 고개를 들었다.

"글쎄요, 사진으론 확실히 잘 모르겠는데."

"몸피가 자그맣고 피부가 하야세요. 동네 분 같진 않으셨을 거예요."

"혹시 그분인가? 서울 말 쓰시는. 잠깐만요."

그녀가 또 전단지의 어머니를 한참 살폈다.

"자세히 보니 오셨던 분 같기도 한데요."

"그게 언제쯤이세요?"

"두어 달쯤 전인가? 영수증 날짜를 보면 정확하지 않을까요?"

그녀가 영수증을 확인했다.

"작년 십이 월 십삼 일이면 두 달 다 되어가는 건데, 서너 번 오셨던 거 같아요. 처방전 약이 아니라 기억나요. 환자분이 기침과 열이 심하대서 병원 가서 주사 맞는 게 빠를 거 같다고 권했어요. 소홀히 하면 폐렴으로 돌 수 있다는 말에 걱정을 많이 하시더라구요. 어쨌거나 약을 드리긴 했는데."

"아, 엄마!"

명희가 얼굴을 두 손으로 감싸며 주저앉았다.

"외할머니란 양반을 찾아오셨던 게 정말로 맞는 거 같은데? 언젠가 병간했다며 한참 만에 오셨잖아. 근데 어디서 찾지? 성함도 모르고."

명재가 눈을 둥그렇게 키우며 누구에게랄 것 없이 물었다.

"형, 호적 같은 걸로 주소지를 파악하진 못할까요? 재혼하면 연결이 끊겨서 안 되는 건가?"

"여기 읍사무소가 있을 거 아냐? 우리 얼른 가서 알아봐."

명희가 눈물을 훔치며 일어섰다.

"여태 왜 그 생각을 못했지?"

명재가 경악해 소리치자 명훈의 심장이 부정맥환자처럼 빠르게 뛰기 시작했다. 요즘 걸핏하면 찾아드는 증상이었다.

"오늘 토요일인데…. 확실한 건 모르니 한번 가보세요."

약사가 미안한 듯 안타까운 표정을 지었다.

11

이른 오전 달려온 대천연안여객선터미널은 여행객은커녕 도서 주민 하나 보이지 않았다. 창구들도 텅 비어 있고 천장에 올라붙은 커다란 텔레비전 모니터에서 아나운서만 저 혼자 떠들고 있었다. 그제야 명재는 바깥 날씨에 신경이 쓰였다. 항구로 오는 내내 분명히 버스 차창 너머에 시선을 두고 왔다. 차창 밖으로도 사나운 바람이 불었을 테고 가로수들이 그 바람에 순응하느라 한껏 가지를 눕혔을 것이다. 명재는 무슨 생각에 골몰하느라 기상 상태조차 눈에 들어오지 않았는지 갑자기 머리가 멍해졌다.

서울을 출발해 오는 길에 지난번 확인하지 못한 청소면 슈퍼의 영수증 소재지를 먼저 탐문했다. 웅천, 주산과 반대의 방향이라는 것 말고는 그 어떤 것도 짐작되지 않는 곳이었다.

"바나나, 두유, 거기까지 가서 왜 그딴 건 산 거야? 엄마가 확실히 거기에 가긴 갔었던 거야?"

잊을 만하면 운전대를 내리치며 신경질을 부리던 명희는 대천역 앞의 버스정류장에 그를 내려준 뒤 쌩하니 멀어졌다. 명재는 명희의 차에서 내리자마자 대천항 방면의 버스에 올랐다. 그가 찾아봐야 할 곳은 당연 항구여야 한다고 생각했다. 헤어져서 따로 행동하자고 말한 것은 명희였다.

언제부턴가, 아마도 사업을 정리하고 나서부터였지 싶다. 종종 머리 한구석 정전이라도 된 듯 명재는 어떤 상황 앞에서 아무런 궁리도 내지 못하는 자신을 발견할 때가 있었다. 어머니의 통장을 확인해 봐야 하는 그렇듯이 중요한 건에서도 그렇고, 호적으로 어머니의 뒤를 밟아보는 건에서도 역시 그랬다. 아내가 찍어보고 올게, 하며 통장을 들고 뛰어나갈 때에는 왜 자신은 그런 생각을 못했는지 기가 막혔다. 호적 건에 와서는 자학에 가까운 혐오가 그를 몰아붙였다. 아버지가 그토록 믿어 주었던 영민함은 대관절 어디로 사라졌는가. 순간적으로, 혹시 자신 안에 어머니를 찾고자 하는 의지를 거부하는 욕망이 숨어 있는 건 아닐까 하는 의구심이 들었다. 말도 안 되는 상상에 명재는 와락 욕지기가 치밀었다. 참혹한, 결코 인정할 수 없는 발상이었지만 어쨌거나 드러난 행태가 그걸 의심케 하고 있었다. 근거 있는 명백한 무의식 앞에 명재는 심히 곤혹스러웠다. 집중, 오로지 집중! 머릿속을 명징하게 만들고 스스로 힘을 잃지 말아야 한다는 속다짐이 그를 다그쳤다.

호적 건만 해도 그가 미리 착안해 냈더라면 피 말리듯 이틀을 긴장으로 보낼 필요가 없었다. 명재가 자신을 닦아세우며 48시간을 가슴 졸여 기대했지만 강력한 희망이었던 호적을 통한 추적은 불행히도 불발로 끝났다.

숨 가쁘게 달려간 읍사무소는 약사 말대로 주말이라 업무시간이 끝나 있었다. 입구에 무인민원발급기가 설치되어 있으나 거기에서는 가족관계등록부, 그것도 본인의 것만 발급받을 수 있었다.

어제 아침, 월요일이 되어서야 역촌동 주민센터에서 원하는 증명서를 떼어 보았다. 증명서 명칭도 2008년에 호적법이 폐지되면서 제적부로 바뀌어 있었다. 어머니의 제적등본에서 외조모와 연결될 만한 단서는 토씨 하나, 숫자 하나도 발견할 수 없었다. 주민등록법이 제정 공포된 해는 1962년도였고 외조모는 1958년에 재가한 탓이었다. 외조모를 추적할 열쇠는 오로지 주민번호의 존재였다. 하지만 그 번호가 탄생도 하기 전에 어머니와는 이미 결별이었다.

웅천에서의 지난 토요일 오후, 읍사무소에서 나온 형제들은 패잔병처럼 맥이 빠진 채 거리를 헤맸다. 약국을 중심으로 간혹 만나는 행인들에게 전단지를 나누고, 읍을 가로지르는 도로를 따라 전신주와 정류소, 입간판들에 전단지를 붙였다. 가게마다에도 들렀지만 별다른 성과는 얻지 못했다. 명훈이 전통시장 앞에서 전단지 돌리는 일에 제동을 걸었다.

"가장 근래에 방문했던 곳은 약국이 맞지만 생활용품을 구입했던 곳은 여기가 아니야! 한참 전 일이긴 하지만."

"그래, 마트! 주산면이던가?"

명재의 대답에 명훈이 얼른 가방을 가리켰다.

"형, 아까 약국 영수증 줘 봐요. 아니, 거기 전화번호 좀 불러 줘요."

명재가 부르는 대로 명훈이 번호를 눌렀다.

"약사님, 아까 어머니 찾는다고 방문했던 사람인데요, 혹시 여기서 주산면이 먼가요?"

저쪽에서 뭐라고 하는지 명훈이 아, 예, 호응했다. 명희가 멀대? 하고 조그맣게 묻는 말에 명훈이 고개를 저었다.

"그럼 주산면에도 약국이 있는지 혹시 아세요?"

명훈이 갑자기 희색이 되었다.

"알겠습니다. 감사합니다."

"뭐래?"

명희가 숨 가쁘게 물었다. 추운 날씨 탓에 명희의 입술이 감파랬다.

"주산면은 바로 옆이고, 거기엔 보건소만 있지 약국은 없대."

"그렇다면 그쪽 가까이에 근거지가 있는 거고, 약을 사기 위해서 웅천까지 나오셨다는 얘기네."

명훈과 명희가 동시에 고개를 끄덕였다. 즉시 형제들은 웅천에서 철수해 자동차로 오 분 정도를 달려 주산을 찾았다. 주산은 형제들이 의아해했던, 어머니가 담배와 면도기를 구입한 하나로마트가 있는 면 소재지였다.

마트의 직원들을 일일이 탐문했으나 거기에서도 어머니와 비슷한 사람을 본 적 있다는 제보는 듣지 못했다. 어쨌든 분명한 건, 돈은 대천 시내의 은행에서 인출했지만 웅천읍과 주산면이 어머니가 주로 활동하는 행동반경임이 틀림없었다. 지역이 구체적으로 좁혀졌음에도 어머니를 찾을 일이 솔밭에서 바늘 찾기처럼 막막했다. 집집마다 방문해 보면 어떻겠냐고 명훈이 의견을 냈지만 일개 면이라 해도 곳곳에 박혀 있을 농가들이 적지 않을 터였다. 생각처럼 간단한 문제가 아니었다. 막상 명훈도 말을 꺼내긴 했지만 불가한 일임을 깨달았는지 더 이상 거기에 대해선 입을 다물었다.

명희는 오늘 그쪽 약국과 마트, 두 군데를 오가며 전단지를 뿌리고 그 앞을 지킬 거라고 했다.

"엄마가 그쪽에 있다면 언젠간 나타나시지 않겠어?"

그 말을 하는 명희는 몹시 화가 나 있었다. 성질날 만도 했다. 어제 늦은 시각, 가양동 집으로 돌아간 명희가 어머니의 휴대폰이 잠깐 켜졌다며 숨넘어가는 소리로 연락해왔다. 정말이라고, 자기는 습관처럼 엄마 번호를 눌러보곤 하는데, 좀전 바로, 고객이 통화중이라는 안내가 나오더라는 거였다. 꿈인가 싶어 계속 눌러 봤는데 어느 순간 자기가 넣어준 곡이 울리더라고, 근데 바로 끊어졌다고, 진짜라고 했다. 다시 눌렀을 때는 다시 전원이 꺼져 있다는 멘트가 나온다며 전화기에 대고 엉엉, 울었다. 아빠가 저렇게 되었다고 하필 그런 노래나 좋아하더니, 왜 또 꺼놓는 거야! 통곡이 그치질 않았다. 명재는 슬며시 전화를 끊었다.

명재도 어머니의 생존에 확신을 갖게 되면서부터 생각날 때마다, 가슴 답답할 때마다, 명희처럼 통화 버튼을 눌렀다. 하지만 단 한번도 어머니의 컬러링, 청승맞은 여자 목소리의 '산장의 여인'이 연결된 적은 없었다. 명희의 말이 사실이라면 필요할 때 어머니가 가끔씩 휴대폰을 켜서 사용하는 게 분명했다. 명재 역시 반가움보다 부아통이 먼저 터졌다. 붉으락푸르락하다 불현듯, 어머니의 휴대폰을 소지한 사람이 어머니가 아니고 혹시 다른 사람이라면? 하는 생각이 떠올랐다. 만약 그렇다면 이야기가 백팔십도 달라졌다. 어머니의 휴대폰을 습득한 누군가 자신의 필요에 따라 전원을 켜서 사용하고 있다는 뜻이 될 수도 있었다. 습득자가 폰의 비밀번호는 당연히 모를 테니 통화 설정을 변경하고 싶어도 휴대폰 환경을 임의로 바꿀 수는 없을 것이다. 그래서 산장의 여인을 계속 흘려보낼 수밖에 없는 일이고.

"폰을 사용하는 사람이 어머니가 아닐 수도 있어. 어머니가 반드시 그랬다고 단정적으로 말할 순 없을 거 같아."

명재가 넌지시 운을 뗐다.

"아냐! 엄마가 하는 거 맞아!"

"무슨 근거로?"

"설명할 순 없지만 무조건 엄마야! 느낌이 그래!"

명재는 입을 다물었다. 본인이 굳게 믿어 의심치 않는 일을 제삼자가 나서서 허무는 건 불가능에 가까웠다. 설득하려는 희망을 버리자 갑자기 무력해졌다. 어머니가 눈앞에 척 나설 때까지 형제들은 이런 식의 시행착오를 계속 치르게 될 것이다.

명재는 대합실 뒤편에 자리한 편의점에 들어가 전단지를 내밀었다. 멀뚱히 인쇄물을 내려다보는 주인에게 상황을 설명하고 비슷한 사람이라도 보게 되면 꼭 연락해 달라고 부탁했다. 내친김에 담배 광고판과 음료 냉장고 옆면에도 전단지를 붙일 수 있게 양해를 구했다. 주인은 떠름해하면서도 고맙게 거절하지는 않았다. 혹시 손님들이 오가는 길에 뜯겨나갈지 몰라 명재는 주인의 눈치를 보며 여러 장을 가지런히 붙였다. 뎅그러니 한 장 있는 것보다 훨씬 눈에도 잘 띌 것 같았다. 주인이 그를 일별했으나 딱히 막지는 않았다. 명재는 나오면서 진심을 다해 깍듯이 인사했다. 주인이 괜찮다는 뜻인지 고개를 주억거렸다.

명재는 터미널을 둘러보았다. 빈 창구에 시선이 꽂혔다. 혹시 어머니가 또다시 섬으로 가는 배를 타겠다면 분명히 저들을 거쳐야 할 것이다. 가족들이 수없이 드나들었던 원산도와 효자도. 명재는 창구 앞으로 다가갔다. '풍랑주의보로 오늘은 배가 출항하지 않습니다.'라는 안내 표지가 매표데스크 위에 놓여 있었다. 명재는 팔을 뻗어 직원들 책상 위에 전단지를 한 장씩 던져 놓았다. 네 번째를 마지막으로 돌아서다 불현듯 아이디어가 떠올랐다. 전구가 켜지는 것처럼 간만에 머릿속이 밝아졌다.

명재는 가방에서 백지를 한 장 꺼내 승선신고서를 작성하는 스탠드데스크 앞에 섰다. 닫혀 있던 물꼬가 터진 듯 문장이 술술 나갔다.

'전단지의 찾는 분은 제 어머니로 재작년 봄, 대천항에서 바다낚시를 나갔다가 실종된 박길수(당시 65세) 씨의 부인되십니다. 아버지의 아픔을 떨쳐버리지 못해 집을 나가셨는데 혹시 이 분이 여기를 찾아오시면 연락을 부탁드리겠습니다. 아버지 건으로 이곳에 오랜 기간 드나들어서 어쩌면 낯이 익을 수도 있겠습니다. 전단지 치워 버리지 마시고 가끔씩 꼭 들여다보아 주시면 감사하겠습니다. 제보 주시면 사례를 섭섭하지 않게 해 드리겠습니다.'

명재는 잠시 망설이다 사례금은 백만 원입니다, 하고 첨부했다. 그 정도의 금액이면 창구 여직원들이 소홀히 지나치지는 않을 것이라는 판단에서였다. 그러다 문득, 어머니에 대한 제보가 고작 그만큼의 가치밖에 없는가 싶어 볼펜을 쥔 손가락에 힘이 풀렸다. 그건 단연코 아니었다. 그는 '백만' 앞에 '삼'이라는 글자를 굵게 덧붙였다. 이어 '백만'에도 굵게 덧칠했다. 고딕체의 검은 '삼백만'이 액수를 강조했구나, 하는 느낌이 들어 나쁘지 않았다. 명재가 보기에도 아까보다 신뢰감이 더 갔다. 마침 미화원아주머니가 대걸레를 밀면서 그 쪽으로 다가왔다. 명재가 얼른 전단지를 꺼내 창구 여직원에게 쓴 메모와 같은 내용을 설명했다.

"아, 그 일 기억나유. 낚싯배에서 사람이 하나 없어졌다구 그때 항구 안이 온통 시끌했지유. 그 식구구만유. 모친까지,

에구, 화는 홀로 안 댕긴다더니 옛말이 정말 맞는가벼네."

"그렇게 됐습니다. 잘 간직하셨다가 혹시 보시게 되면 꼭 연락 주세요."

"저어 이런 얘긴 미안헌디, 진짜루 사례금은 줘유?"

"그럼요. 꼭 챙겨 드리겠습니다."

"여기엔 그런 말이 안 써 있어서유."

명재는 전단지를 달라고 해 상단 빈 여백에, 사례금 삼백 만 원을 드립니다, 하고 쓴 다음 그녀에게 돌려줬다. 미화원은 전단지를 착착 접더니 유니폼 상의 호주머니에 소중한 물건인 양 집어넣었다. 명재는 얼른 전단지를 몇 장 더 꺼내 사례 내용을 급히 적은 뒤 그녀에게 건넸다.

"주변 분들에게도 부탁드릴게요."

미화원이 받아들며 민망한지 수줍게 웃었다. 명재는 그녀의 미소를 보는 순간 뜨끔했다. 그동안 전단지에 사례금을 구체적으로 명시할 생각을 왜 못했는가. 형제 모두 실속 없이 우왕좌왕만 했다는 얘기였다. 전단지를 만들어준 기획사 직원도 그런 정보는 주지 않았다. 어머니를 못 찾는 이유가 바로 거기에 있기라도 한 것 같아 가슴이 두근거렸다. 무슨 일이 있더라도 앞으로는 사례금을 적은 전단지를 내보내야 할 것이다.

명재는 창구 직원에게 전할 메시지를 원산도와 효자도 방면 매표창구의 전단지 위에 정성스레 갖다 놓으며, 형제들에게도 즉시 사례금 내용을 전해야겠다고 마음먹었다.

명재는 터미널을 등지고 고깃배들이 나란히 결박되어 있는 항구 앞에 섰다. 겨울바다는 잿빛으로 거칠었다. 성난 너울이 먼바다로부터 흰 갈기를 날리며 쉬지 않고 달려들었다. 바다를 노려보는 명재의 존재를 단숨에 무화시켜버릴 듯 위협적이었다. 귓바퀴를 할퀴어대는 바람 또한 그 위력이 대단했다. 집채만 한 파도가 덮칠 때마다 고기잡이배들이 들뛰며 혼비백산했다. 꽁꽁 묶인 어선들이 밀려오는 노도에 속수무책으로 당하는 걸 보면서 명재도 배 위에 서 있기라도 한 듯 휘청거렸다. 아버지의 실종 소식을 들었을 때도 비슷한 느낌이었지 싶다.

"박길수 씨 댁이죠? 여기 보령 해양경찰입니다. 박길수 씨가 출조 나갔다가 아마 실족하신 것 같습니다. 지금 해경과 해군에서 수색 중인데 가족분들께 연락드립니다."

경관은 애써 침착하게 전했지만 명재는 격랑을 마주한 듯 바닥이 흔들려 그 자리에 주저앉고 말았다. 어쩌다, 어떻게 그럴 수가 있습니까, 하고 경관에게 가까스로 묻기는 했다.

"원산도 부근에서 조어하다 오전 열한 시쯤 선장이 회를 떠서 나눠 먹었다는데요. 그런 중에 용변을 보러 가신 것 같아요. 아, 일행 중 한 분도 같이 일어나셨답니다. 근데 일행분이 먼저 자리로 돌아오셨고 당연히 박길수 씨는 뒤에 오셨겠거니 했대요. 그니까 당시는 박길수 씨가 안 돌아온 줄을 아무도 몰랐던 거예요. 약주들을 좀 하셨나 봅니다. 점심 먹고 다시 조어를 시작했는데 그제야 선장이 박길수 씨가 보이지 않는다는 걸 알았대요. 아무튼 자세한 건 더 조사해 봐야 알겠습니다."

그날 정신을 잃지 않고 어떻게 이곳까지 달려올 수 있었는지 알 수 없었다. 명재는 일단 명훈한테만 연락을 취하고 어머니에게는 말하지 말라고 입단속을 시켰다. 당장에 어머니까지 처참한 시간을 치르게 할 필요는 없다고 생각했다. 가능한 한 시간을 많이 벌어 그동안 일이 잘 해결될 수 있기를 바랐다. 아니, 반드시 해결되어야 한다고 누군지도 모른 대상에게 간곡히 애원했다. 아니다. 사실은 경관의 말이 진실이 아니기를, 뭔가 착오였기를, 하지만 그를 엄습하는 것은 지독한 공포였다. 그가 종내 아버지를 지옥의 끝으로 내몰고 말았다는, 아버지는 이제 그곳을 되돌아 나올 수 없을지도 모른다는 엄청난 공포가 그의 멱통을 잡아 눌렀다.

앞집과 주인집으로 달려가 닥치는 대로 현금을 빌려 택시를 잡아탔다. 대천항까지 가자는 말에 대천항이면? 하고 기사가 물었고 충남 대천요, 하고 명재가 짧게 대답했다. 그 장면이 기억의 끝이었다. 다 도착했다는 말에 허겁지겁 내려 보니 이곳이었다. 공백의 시간을 건너온 듯 머릿속이 뿌옜다.

택시에서 내리는 순간 명재의 눈에 들어온 건 검보랏빛 하늘을 배경으로 걸려 있는 동그랗고 말간 석양이었다. 노오란 저녁 해가 구원의 손길처럼 검붉은 물결 위로 적황의 빛을 내뻗고 있었다. 빛은 금방이라도 발치에 다다를 듯 항구 깊숙이 들어와 가만가만 흔들렸다. 그 길둥근 빛살에 올라타기만 하면 곧바로 지는 해에 인도되어 수평선 너머로 옮아앉을 것만 같았다. 아버지! 명재는 긴 탄식처럼 아버지를 불렀다. 순간적으로 바다 전체가 출렁, 하고 화답한 듯했다. 곧바로 요란스럽게 이어지는 헬리콥터 소리. 서편 하늘에서 충남소방 소속 헬기가 항구 쪽으로 날아왔다. 곧이어 어디서 나타났는지 새빨간 중앙 119구조단 헬기가 임무교대 하듯 서쪽으로 날아갔다. 명재는 그제야 정신이 들었다. 고개를 돌려보니 선착장 가까이 보령소방서 119 구급차와 경찰차가 보였다. 주위로 경관과 소방관들이 삼삼오오 둘러서 있었다. 그들을 보자 심장이 거세게 요동쳤다. 명재는 뛰다시피 그쪽으로 갔다.

"안녕하세요? 박길수 씨 아들입니다."

둘러선 경관들이 생뚱한 얼굴로 명재를 쳐다보았다.

"해경에서 연락 주셔서 왔습니다. 아버지가 낚싯배에서 안 보이신다고."

"아, 실종자 가족분? 오후 두시 반쯤 수색 들어갔는데 지금껏 소식이 없네요."

"현장에 가볼 수는 없겠습니까?"

"현장이라, 참 아까 행정선 떠났나? 지원 나간다는 것 같던데."

상관인 듯한 자가 옆에 있는 경관에게 물었다.

"잠깐요. 아, 저기, 아직 출항 전이네요. 얼른 가봅시다."

"여기서 얼마나 걸립니까?"

명재가 좇아가며 물었다.

"이십 분 정도면 도착할 겁니다. 지금 함정이랑 헬기, 부양선이 작업 중입니다. 어선들도 돕고 있고요. 그나저나 날이 어두워져 큰일입니다."

경관의 말이 명재의 귀에 이명처럼 울렸다. 그 공명이 뇌 한 귀퉁이로 전달되면서 누군가 머릿속에서 둥둥, 큰북을 두드려대는 것 같았다. 진군을 재촉하는 다급한 북소리. 바다가, 아버지를 감쪽같이 감췄다는 바다가, 검회색 하늘을 배경으로 무겁게 침묵했다. 수평선이 사라지고 금방이라도 그를 안내할 것 같던 적황의 원기둥도 온데간데없었다. 노오랗게 말갛던 해도 검붉게 바뀌어 짙은 해무 속으로 몸을 감추고 있었다. 눈 깜짝할 사이 일몰의 시간이었다. 명재를 태운 행정선이 저무는 바다를 향해 앞으로 쑥쑥 나아갔다.

명재는 눈을 부릅뜨고 포효하는 바다 앞에 앙버텼다. 산더미 같은 파도가 그의 발을 덮쳤지만 꿈쩍하지 않았다. 혹시 몰라 전단지가 들어 있는 가방은 파카 안에 잘 여며 안았다. 아버지를 삼켜버린 괴수한테 어머니마저 빼앗길 수 없었다. 아버지의 것으로 추정되는 구명조끼만 천연스레 토해 놓은 바다였다.

저 으르렁대는 어느 쯤에 원산도와 효자도가 시침을 떼고 있었다. 생존에 대한 기대는 일찌감치 포기한다 쳐도 시신만은 찾을 수 있을 것이라 여겨 끔찍이 돌아다닌 섬이었다. 밀물에 실려 연안으로 흘러들지 않겠나 하는 희망에서였다. 효자도는 원산도에서 불과 오백 미터도 안 되는 짧은 거리였다. 그러니 그곳도 수색에서 제외시킬 수 없었다. 그쪽 해안가 역시 발바닥에 굳은살이 박이도록 헤매 다녔다. 한 시간이면 다 돌아볼 수 있는 작은 섬이었지만 돌고나오면 항상 미진한 게 남아 또 안 들어가 볼 수 없곤 했다. 경찰에 의하면 익사체의 부패 가스 부력은 생각보다 커서 30kg의 추를 매단 주검이 떠오른 경우도 본 적이 있다고 했다. 명재로서는 두 섬을 오가며 언제가 될지 모를 그 시간을 기다렸다. 6개월을 넘기면서는 서서히 마음도 발길도 멀어졌다. 어머니는 자식들이 단념한 후에도 아버지의 그림자를 포기할 수 없었나 보았다. 대천 이쪽을 계속 돌아다니고 있는 것을 보면.

12

중등 아이들이 몰려올 시각이었다. 명훈은 망연자실, 보던 자료들을 옆으로 밀어놓고 말았다. 학습 내용을 철저히 연구하는 게 그의 철칙이지만 며칠 전부터 힘이 달린다고 할까, 다리에 힘이 풀리고 마음이 산란하여 집중할 수 없었다. 어머니가 행방을 감춘 날들이 평생의 시간인 듯 집요하게 머리를 내리눌렀다.

전단지를 받아본 사람들이 몇 명 전화를 걸어오긴 했다. 달려가 확인해 보면 엉뚱한 사람이기 일쑤였다. 그나마 요즘은 그마저도 뜸해 전단지를 뿌리는 일에 회의가 일었다. 형제들이 나흘째 대천 일대를 들쑤시고 있지만 거기에서도 더는 실마리를 풀어내지 못했다. 고대했던 부동산에서도 어머니를 모르는 사람이라고 했다. 사진을 보고도 낯설다는 데야 더 이상 그쪽에 기대를 가질 수도 없었다. 다행히 어머니가 숨을 쉬고, 밥을 먹고, 잠을 자고, 필요하다면 누군가와 통화까지 하고 있다는 사실만 명희의 간절한 통화 시도로 밝혀졌다. 그 누군가가 누군지는 그야말로 오리무중이었다.

어머니는 분명 딸의 전화인 걸 확인하고 전원을 꺼버렸을 것이다. 딸내미라거나 조은에미라거나 명희라거나 어떤 이름으로든 번호를 저장해 두었을 테니 말이다. 명훈은 소식을 전해들은 것만으로도 화가 솟구쳐 참을 수가 없었다. 호흡을 고르는 데도 인내가 필요할 지경이었다. 그러니 당사자인 명희의 기분이 어땠으리라는 건 짐작하고도 남았다. 명재가 폰을 습득한 자가 있을 수도 있지 않겠느냐 했다지만 명훈은 명희의 육감에 손을 들었다. 슬픈 예감은 틀리는 법이 없다지 않는가. 열 달을 뱃속에 품어준 어머니였다. 딸의 직감이 배를 빌린 어머니가 분명하다면 백번 그럴 것이다.

그들이 불민한 자식들이라는 건 모르지 않았다. 아무리 그렇다 치더라도, 못나고 못나 말을 섞기도 싫을 만큼 넌더리가 난다 하더라도, 배 아파 낳은 자식들에게 어머니가 이렇듯 비정하게 나올 순 없었다. 얼마나 독하면 이리할 수 있을까. 이건 폭력이야, 엄마! 이건 폭력이라구! 터져나오지 못한 말이 목울대에 걸려 껙껙거렸다. 이마로 울화가 뜨겁게 몰렸다. 예나는 요즘, 오빠! 제발 인상 좀 쓰지 마, 하는 말을 입에 달았다. 그 말을 떠올리자 이마로 더 힘이 쏠렸다. 명훈으로서도 어쩔 수 없는 일이었다. 할 수만 있다면 그 또한 마음의 평정을 찾고 싶었다. 순간순간 분노가 방향을 잡지 못해 속수무책으로 날뛰었다. 분통이 어머니만을 향하고 있지 않다는 걸 명훈은 알고 있었다.

영어를 가르치는 원장도 요새 부쩍 미간에 내 천 자의 주름을 세웠다. 가뜩이나 학생 수가 줄어드는 터에 명훈이 수업에 늦을 때가 가끔 있었다. 원장은 명훈과 마주치기만 하면 못마땅한 기색을 드러내 보이고 싶어 안달을 했다.

명훈은 양해를 구하는 취지에서 어머니의 행불 소식을 원장에게 털어놓았다. 이해와 현실, 동정과 타산은 본디 태생부터 다르다는 걸 모른 소치였다. 수지계산에 밝은 원장은 밥줄을 위협하는 강사에게 호의나 연민을 베풀 여유가 없었다.

명훈이 이따금 대신해 주던 원장의 영어 수업까지 빠지는 경우가 생기자 더 눈엣가시가 되어갔다. 가욋일에 수당을 챙겨주는 것도 아니면서 노골적으로 인상을 써 댔다. 명훈이 언젠가 개원하리라는 계획이 없었다면 원장의 과목을 돕는 일 따위는 없었을 것이다.

명훈은 경험이 곧 재산이라 믿었다. 뒷날 학원 운영에 필요할지 몰라 시간만 허락하면 다른 강사의 교재 준비도 거들곤 했다. 강사로서의 삶에 청사진을 가졌고 하는 일에 최선을 다하자 작정한 까닭이었다. 주변 강사들은 무급 보충수업은 물론이고 시험기간의 주말 출근과 시험 대비용 교재를 만드는 데 들이는 시간에도 곧잘 불평을 터뜨렸다. 초과 근무로 별도의 수당을 받아야 합당하다는 거였다. 그러니 타 과목에까지 발 벗고 나서는 그를 두고, 다른 별에서 온 사람 취급하는 것도 이상할 일은 아니었다. 어쩌면 명훈은 국어가 아닌 다른 과목으로 갈아탈 수도 있다고 무의식중에 생각하고 있었는지 몰랐다.

경기가 어려워지면 학부모들은 가장 먼저 국어를 포기했다. 명훈이 현장에서 안타까운 일을 만날 때가 종종 있었다. 고 3, 그것도 국어 내신을 몇 차례 놓친 후에야 원하는 대학으로의 전형이 불가능하다는 걸 알고 헐레벌떡 찾아오는 부모들이 그랬다. 너무 늦은 때에 기가 많이 꺾인 상태에서 손을 내밀면 강사 입장에선 참으로 딱하고 난감했다.

"국어가 이렇게 중요한 줄, 그냥 혼자 해도 되는 과목인 줄로만 알았어요. 솔직히 그 수강료면 영어나 수학을 더 듣게 하자 생각한 거예요."

발등에 불이 떨어지고 난 뒤 일반적으로 듣게 되는 변명이었다. 그와 반대로 처음부터 국어 과목에 열성을 보이는 학부모도 드물게 없지 않았다. 몇 년 전 중학교 학부모설명회에서였다.

"선생님, 죄송하지만 역설과 반어에 대해 간략하게 설명해주실 수 있나요?"

학부모의 느닷없는 요청에 참관했던 원장이 엄지를 치켜들 만큼 고비를 잘 넘기긴 했지만 모골이 송연해지는 일화였다. 하긴 그 일을 연상하는 것만으로도 아이들을 가르치는 일에 긴장이 생기니 훌륭한 학부모를 옳게 만났음이 분명했다. 아마 그때부터 본격적으로 학부모 관리를 시작했지 싶다.

학부모들은 강사가 학생에 대해 얼마나 잘 알고 있는지를 중요하게 여기는 것 같았다. 명훈은 일단 아이들의 실력을 파악하는 게 관건이라 판단했다. 테스트를 해본 뒤라야 개별 학생들의 취약점과 강점을 알 수 있을 거였다. 시중에 있는 교재를 모아 유형별로 모의고사를 풀어보게 했더니 예상했던 대로 그림이 나왔다. 다음은 일사천리였다. 학생의 수준을 다각도에서 상담하고 틀렸던 문제들을 차근차근 짚어주었다. 미흡한 영역은 이렇게 저렇게 채워나가겠다는 계획까지 덧붙이자 자연히 학부모들의 신뢰가 따랐다.

그럼에도 학원비 순위를 정해야 하는 시점이 되면, 딱 굶어죽기 좋은 과목이라고 꼬집었던 아버지의 말을 증명이라도 하듯, 그의 국어가 영어 수학에 밀리곤 했다. 하긴 경력으로 보나 나이로 보나 그보다 한참 딸리는 수학 강사에게 부원장의 직위가 돌아간 걸 봐도 그랬다. 명훈이 위기의식을 느끼지 않을 수 없었다.

학원 강사들은 개인사업자로 근무하는 경우가 많았다. 명훈도 그중 하나였다. 명훈이 시간제 아르바이트를 접고 전문 강사로 뛰고 싶다는 의사를 원장에게 밝혔을 때, 그는 그 문제를 확실히 짚었다.

"다른 샘한테서 들어 알고 있겠지만 우리 학원에선 샘들을 고용하는 게 아니라 개인사업자로 일하게 해요. 월소득은 백 정도로만 할 거예요. 소득액의 삼점삼 프로 원천징수하는 거 참고하고요. 사대보험이나 퇴직금 같은 거 없는 대신 샘들도 공제 없이 급여를 가져가니 딱히 손해 보는 것도 아니에요."

4년제 대졸자 중 비교적 취업 문턱이 낮은 학원으로 취업 준비생들이 몰리고 있었다. 개인사업자 얘기는 강사로 일하는 친구들로부터 벌써 들었던 터라 새삼스러울 건 없었다. 원장들이 강사들을 직원이 아닌 개인사업자로 등록해 4대 보험 가입을 피하고, 매출 역시 축소시키는 방법으로 학원을 운영한다는 내용이었다. 뭔가 온당치 않은 벨트컨베이어에 올라타는 것 같은 꺼림칙함이 없진 않았지만 당장에 그에게 해를 입히는 조건도 아니었고, 명훈 또한 개원에의 꿈이 없는 것도 아니라 원장의 말을 그대로 받아들였다. 그 단서 조항은 달리 말하면, 필요한 만큼의 수익을 창출하지 못하는 강사는, 언제든 퇴출이나 급여 삭감을 강요당할 수 있는 종적 구조 안에 놓인다는 걸 뜻하기도 했다. 횡적 체제를 빙자한 종적 관계, 을을 말하는 것 같지만 갑을 의미하는, 제도권의 보호에서 제외되는. 그러니 근로계약서 따위는 아예 작성되지도 않았다.

원장이 교재를 챙기면서 명훈에게 시큰둥하게 한마디 던졌다.

"수업 안 들어가요?"

"네, 들어가야죠."

명훈도 주섬주섬 교재들을 거두어 자리에서 일어섰다. 원장이 교무실 문을 닫지 않고 나가는 건 꾸물거리지 말라는 제스처였다. 수업까진 아직 오륙 분 여유 있습니다, 명훈은 원장의 뒤통수에 대고 속으로 내씹었다. 불과 일주일 새에 명훈의 수강생이 세 명이나 떨어져나간 걸 비난하고 있다는 걸 모르지 않았다. 잠깐 요 앞에 다녀오겠다며 나간 수학 강사가 여태 들어오지 않고 있다는 건 알고나 있을까. 어머니의 일만 정리되고 아버지의 보험금만 들어오면, 명훈은 어금니를 꽉꽉 씹으며 결의를 다졌다. 수업이 끝나지 않았는데도 교실 문을 벌컥 열고 들어와 간섭하는, 도무지 강사의 인권이라곤 존중할 줄 모르는 무식한 원장을 더는 보아줄 수 없다고 그의 등에다 눈총을 팍팍 쏘아 댔다.

아이들 서넛이 들어오다가 명훈과 마주치자 예의 바르게 인사했다. 그의 수강생들은 명훈에게 대충 인사하는 법이 없었다. 명훈 역시 아무리 바빠도 걸음을 멈추고 그들의 인사를 정식으로 받았다. 처음엔 멋모르고 호주머니에 손을 집어넣은 채 인사를 하거나 지나치면서 고개만 까딱하는 아이들로 넘쳤다. 명훈은 그 모습을 볼 때마다 뭔가 편치 않았다. 이건 아니지 않은가 하는 언짢음. 아무리 학교 공부가 아닌 과외수업이라 해도 가르치고 배우는 관계인만큼 예의가 무시되어선 안 되었다. 명훈은 고민 끝에 솔선수범하기로 했다. 먼저 나서서 인사하기. 이후 그에게 붙잡힌 아이들은 반드시 그의 인사를 받고 나서야 벗어날 수 있었다. 일주일이 지나자 앞서 인사해 오는 아이들이 하나둘 생겨났다. 명훈은 그 일에 고무되어 수업 중에 무례한 행동을 하거나 거친 말본새를 보이는 학생들에게도 잘못을 확실하게 짚고 사과를 받아냈다. 명훈 또한 실수나 잘못이 있으면 즉각 인정하고 사과하는 일에 머뭇거리지 않았다. 그런 명훈을 두고 강사 친구들은 소모적인 힘겨루기를 한다며 핀잔을 주었다. 사소한 그런 것들이 수강생들을 장악하는 첫걸음이 된다는 걸 모르는 소리였다. 상호간에 존중하는 마음이 일어야 수업에도 믿음이 따르는 법, 종내 성적도 같이 오르게 되는 건 두말할 필요가 없었다. 직접 경험해 보지 않고선 알지 못하는 일이었다.

원장이 강의실로 들어가다 출입문을 여는 오십 대 초반의 남자를 발견하고 서둘러 마중했다. 상담을 청하는 학부형이라기엔 지나치게 말쑥한 복장이 눈길을 끌었다. 새하얀 와이셔츠에 감색 싱글, 카키색과 검정이 사선으로 교차하는 넥타이가 마치 법조계 같은 곳에서 나온 듯 딱딱한 인상을 풍겼다. 딱 벌어진 어깨, 짙은 눈썹도 그런 분위기에 일조했다. 짧은 순간 주위를 둘러보는 눈빛이 날카로웠다. 원장도 예사롭지 않은 느낌을 받았는지 태도가 다소곳했다.

"저어, 무슨 일 때문에 방문하셨습니까?"

"여기에 박명훈 씨라고 근무하시나요?"

명훈이 강의실 문을 열려다 손잡이를 잡은 채 멈칫했다. 남자가 그런 명훈을 힐긋 쳐다보았다.

"무엇 때문에 그러시는지 이유를 알 수 있겠습니까?"

그건 명훈이 묻고 싶은 질문이었다. 학부형이라 해도 좋은 만남이 될 것 같지 않아 경계심이 발동했다.

"개인적인 일이라 직접 만나야겠는데요."

"아, 난 또…."

원장이 명훈을 돌아보며 얼굴을 찌푸렸다. 도대체 뭘 어떻게 하고 다니기에 이런 엉뚱한 방문객이 드나드느냐, 금방이라도 노발하고 나설 것 같았다. 명훈이 어깨를 으쓱해 보였다.

알지도 못하는 인물 때문에 원장이 그런 낯빛으로 힐책하는 건 부당하다는 표시였다.

"박샘! 근데 수업 때문에 어쩌나."

원장이 명훈과 남자를 번갈아보았다. 남자가 명훈에게 목례를 해왔다. 굳은 낯짝에 사무적인 태도가 기선을 잡겠다는 투가 역력했다. 뭐하는 인간이야? 순간 명훈의 심사가 뒤틀렸다.

"지금 수업 들어가야 하는데요…."

속내와 달리 명훈이 움츠러들어졌다.

"그렇다면 기다리겠습니다. 참, 박명훈 씨, 저는 보험회사에서 나왔습니다. 혹시 여기 기다릴 만한 장소가 있습니까? 아니면 근처 조용한 데라도 가 있을까요?"

보험회사? 상당히 기분 나쁘게 구는 저 남자를 보험회사에서 왜 보냈지? 명훈이 고개를 갸웃하는데 원장이 옆에 있는 상담실을 가리켰다. 수업이 이어져 있는데 강사가 바깥에 나가는 걸 반가워할 리 없었다. 남자가 몸을 돌려 거리낌 없이 상담실 문을 열었다. 원장이 얼른 수업에 들어가라고 눈짓하며 다시 인상을 구겼다. 이번엔 이마에까지 주름이 깊게 파였다.

발 까딱거리는 저, 저 녀석 봐라. 턱 괴고 있는 저 놈은, 저

여자애는 연신 머리로 손이 올라가네. 저기 녀석은 책상 밖으로 다리를 내놓고 떨어대기까지? 어쭈, 의자에 기대어 반쯤 자빠져 있는 놈도 있고?

명훈은 교재의 지문을 읽어 나가는 틈틈이 학생들을 힐긋거리며 우글부글 화를 삭였다. 다른 때 같았으면 일제히 책을 덮게 하고 불호령이 떨어져도 단단히 떨어졌을 것이다. 다른 과목은 몰라도 아이들이 그의 수업에 이렇게 오만방자하게 나올 순 없었다. 하지만 그 역시 정신이 수시로 어딘가를 배회하다 제풀에 놀라 화들짝 수습하고 있었다. 아이들이 그 틈을 귀신같이 이용하고 있다는 걸 모르지 않았다. 그러니 아이들을 다그칠 의욕 같은 건 일지 않았다. 아이들 앞에서 카리스마에 관한 한 둘째가라면 서러워할 그였던 만큼 지금의 상황이 이해되지 않았다. 상담실에서 기다리는 남자 때문일 게 뻔했다. 대체 보험회사에서 뭐 땜에 나왔지? 내줘야 할 돈은 빨랑빨랑 내주지도 않고 말야. 설마 어머니와 관계된? 혹시 자신도 알지 못하는 채무가? 지문의 행간으로 이런저런 의혹이 팽팽하게 들락거렸다.

명훈은 두 눈을 꾹 감고 녹음을 재생시키듯 교사용 지도서를 줄줄 읽어나갔다. 평소라면 눈을 감고도 수업을 이끌어 나갈 수 있겠지만 오늘은 상담실의 인물이 신경 쓰여 자꾸만 문장을 놓쳤다. 명훈은 아이들한테 미안했지만 이번 수업은 내려놓자 마음을 비웠다.

창가의 한 녀석이 아까부터 팔짱을 끼고 주시하고 있는 게 느껴졌다. 명훈이 싫어하는 최악의 자세였다. 쌤, 왜 그러시는데요? 오늘 정말 왜 그러삼? 책에 써진 거 그대로 읽는 거 다 알고 있거들랑요. 아이의 새카만 눈동자가 불만과 염려의 경계에서 끈질기게 탐색했다. 명훈이 녀석을 일별하고 속으로 시부렁댔다. 임마, 나도 알아! 명훈은 지레 시선을 돌리고 말았다.

수업을 어떻게 끝냈는지 몰랐다. 등허리로 식은땀이 흘렀다. 원장이 강의실 문 앞에서 기다리다 수업에 차질 없도록 빨리 끝내라고 주의를 줬다. 명훈이 고개를 끄덕이고 상담실로 걸음을 옮겼다. 원장한테 대거리하고 싶은 마음도, 기운도 없었다.

명훈이 문을 열자 남자는 보던 신문을 접으며 맞은편 의자 쪽으로 고개를 까딱했다. 거기에 앉으라는 뜻 같았다. 뭐 이런 개념 없는 자가 다 있지? 주객이 전도되어도 한참 전도되고 있었다. 명훈이 짐짓 불쾌한 기색을 보이며 의자를 거칠게 빼 엉덩이를 내렸다. 물론 교재를 책상 위에 던지듯 내려놓는 것도 잊지 않았다. 완전히 신경전을 벌이는 듯했다. 뭐 이런 구도가 다 있나 싶었지만 명훈이 의도한 바가 아니었다. 먼저 수

상한 냄새를 피운 건 남자 쪽이었다. 어이없게도 그가 책상 위에 흐트러진 교재를 가지런히 귀 맞춰 명훈 앞으로 밀었다. 돌아가는 모양새가 갈수록 가관으로 얄궂었다. 내방자를 대접하는 커피와 녹차가 비치되어 있지만 권하고 싶은 마음은 털끝만큼도 일지 않았다.

"저한테 무슨 용무가 있으시죠?"

단도직입적으로 명훈이 물었다. 잠시 뜸을 들이던 남자가 무미건조하게 입을 열었다.

"아버님 성함이 박자 길자 수자 되시지요? 낚시 가기 전에 상해보험에 가입하셨고 수령인은 박명훈 씨 앞으로 되어 있고요."

남자가 뜬금없이 아버지와 보험 얘기를 들먹였다.

"그런데요. 왜 그러시죠?"

"보험조사관입니다."

그제야 남자가 뒷주머니에서 지갑을 꺼내 명함 한 장을 내밀었다. 보험회사 이름과 로고 아래 조사관 아무개라고 적혀 있었다. 명훈은 관심 없다는 듯 명함을 탁자 위에 내려놓았다. 보험조사관이라면? 영화 같은 데서 경찰도 아니면서 비슷한 역할을 하는 인물을 본 적이 있긴 했다. 왜 그가? 머리가 혼란스러워지면서 지은 죄도 없이 심장이 벌렁거렸다.

"석연찮은 점이 몇 가지 있어서요. 보험금 지급에 문제가 있을 수도 있습니다."

"그게 무슨 말이죠? 뭐가 문제된단 겁니까?"

명훈이 하마터면 자리를 박차고 일어설 뻔했다. 명훈에게는 아버지가 남긴 유산을 남자가 가로채겠다는 소리로 들렸다.

"계약 약정서를 보니 사고에 대한 입원비, 급부 보장 내역은 전혀 신청되어 있지 않았던데, 보통 치료비 등은 당연 포함시키는데 말예요. 아버님의 경우는 재해 사망 특약만 신청이 돼 있어요. 아드님 보기에도 많이 이상하지 않으세요?"

처음 듣는 소리였다. 그럼 이 작자의 말은 아버지가 오직 죽음만 염두에 두고 보험을 가입했다는 뜻인가? 결국 그건 무엇을 의미하는가?

"어머님도 실종되셨던데. 두 분을 다 실종시키시면?"

"지금 뭐라는 거예요? 당신 정체가 뭡니까?"

남자가 책상 위의 명함을 검지로 톡톡 쳤다. 명훈은 어이가 없었다.

"뭔가 석연치 않을 땐 저희들도 조사를 합니다. 그게 저희 직업이 존재하는 이유인 거죠. 근래 타 회사에서 가족분들이 고액의 보험금을 수령하셨던데."

"그래서요?"

"아버님 개인이 감당하기엔 월 불입금이 너무 많았다 생각되지 않으세요?"

"그건 아버지가 보험회사 다니는 형수 도와주느라 그래요. 형제들도 여러 건 가입이 돼 있고요. 그게 이상한 겁니까? 저의 어머니한테도 있을걸요?"

"아하, 그래요? 이거 더 흥미 있어지는데요. 형수님 성함이?"

"업무에 필요한 것만 물어보시면 좋겠는데요. 아버지 사건에 형수가 상관없잖아요?"

남자의 입술 한 끝이 살짝 일그러졌다.

"참, 아버님이 입으셨던 구명조끼는 발견됐다죠? 그게 쉽게 풀리는 게 아닌데."

"뭐하자는 겁니까? 고객들에게 보험금을 어떻게든 안 내줘보려 회사에서 댁 같은 분들을 고용하나 본데, 좀 더 신중하게 조사할 필요가 있는 거 같네요. 낚싯배를 이용하는 손님들이 조끼 답답하고 불편하다고 풀어헤치는 일도 허다하답니다. 이건 제 말이 아니고 아버지가 타셨던 배의 선장님과 일행들의 증언이에요. 더구나 그날은 날씨가 아주 좋아 젊은 사람들은 선장님 성화에도 불구하고 많이들 벗어 놓고 있었대요."

"그렇게 화창한 날인데 아버님이 왜 실족을 하셨을까. 아, 그리고, 어머님! 전화는 아예 전원을 꺼놓으시던데. 잠깐씩 켜서 사용하는 것 같긴 하지만. 몇 년 전 형님이 사업을 크게 실패하셨지요?"

"아주 족집게 경찰이십니다. 모르시는 게 없으세요."

"전직이었죠."

"예?"

"전직이 강력계 형사였다구요. 보험 사기로 밥 먹는 어떤 실성한 놈이 내 멀쩡한 집사람을 식물인간으로 만들어 놓았지요. 그 바람에 이를 갈며 이직을 했네요. 뭐, 그런 이상한 눈으로 쳐다보진 마시고요. 인생에서 만나게 되는 갈림길들이 오죽 많나요? 좋아서도 가고, 싫어도 가고, 나처럼 열불 나서도 가고."

명훈이 갑자기 할 말을 잃었다.

"어머님을 언제까지 저리 계시게 할 겁니까?"

"뭐라구요?"

"통화내역 추적하면 금방 움직임이 드러날 텐데, 혹시 아버님과 연결되실지도 모르고."

명훈이 남자를 빤히 쳐다보았다. 기가 막혀서 말이 나오지 않았다. 아버지와 뭐 어떻게 된다고? 이 대목에서 웬 아버지? 아무래도 이 작자가 회사에 대한 충성이 지나쳐 실성하는가 보았다. 아니면 병적인 복수심이 사태를 왜곡해서 받아들이게 하고 있거나. 두 경우 다 제대로 똥을 밟고 있구나, 명훈은 생각했다. 재수가 없으려니 별별 일이 다 일어나고 있었다.

"마음만 먹으면 통화내역 알아내는 일이야 껌이잖아요? 또

다른 계획들이 있는 게 아니라면."

순간 명훈이 용수철 튀어오르듯 자리에서 일어섰다. 남자의 멱살을 틀어쥐는데 엉뚱하게 그의 넥타이가 잡혔다. 어떻게 해보기도 전에 명훈의 팔이 꺾였다. 명훈의 입에서 비명이 터졌다.

13

아침을 준비하려던 명희는 냉장고를 열어보고 깜짝 놀랐다. 반찬거리들이 비닐봉지째 가득했다. 커다란 봉지가 서너 개는 되는 듯했다. 그제야 어젯밤 대천에서 올라오는 길에 롯데마트 앞에서 충동적으로 핸들을 꺾었던 게 생각났다. 서부간선도로에서 목동 쪽으로 좌회전하려던 찰나였다.

어제도 종일 추운 거리에서 전단지를 나누었다. 한 장소에서는 진이 빠져 약국이 있는 웅천으로, 바나나를 구입했던 청소로, 또 하나로마트가 있는 주산으로, 손발, 코와 귀가 얼얼하도록 거리를 헤매고 다녔다. 명재는 대천의 은행과 여객선터미널을 오가는 눈치였다. 그것 말고 달리 뾰족한 방법이 없기도 했다. 어머니는 맞춤한 장소를 골라 꼭꼭 잘 숨은 술래처럼 머리카락 한 올 내비치지 않았다.

명재는 어제 아침, 같이 차를 타고 가는 일도 편치 않았는지 본인은 기차로 이동하겠다고 연락을 해왔다. 명희 역시 특별히 말리고 싶은 마음이 들지 않아 알겠다, 하고 전화를 끊었다. 그를 태우러 역촌으로 가는 일도, 그가 명희 쪽으로 오는 일도 성가시긴 한가지였다. 더욱이 대천까지의 두 시간 반을 좁은 차 안에서 두 사람 다 할 말이 없었다. 어머니의 실종 기간이 길어지고 있었다. 어색하게 침묵을 견디는 일이 화살을 돌리며 서로를 비난하는 일보다 더 힘들었다.

어머니가 어딘가로 통화를 하고 있다는 걸 알고 나서 한동안 명희는 길길이 뛰었다. 엄마는 지금 제정신이 아니라고, 자식들을 골탕 먹이려 작정하지 않았다면 결코 이리 나올 순 없는 일이라고, 정말 제정신 아니게 입에 거품을 물었다. 명재는 그때마다 그러게 말야, 비 맞은 수탉처럼 풀이 죽어 응수할 뿐이었다. 할 줄 아는 말이 오직 그것 말고 없는 듯했다. 어머니가 맏아들의 혼을 빼내어 어디론가 멀리 내던져버린 것 같기도 했다. 입에서 나오는 대로 내지르다보니 나중엔 그녀 자신이 무슨 말을 하는지도 알 수 없었다. 명희가 지칠 때쯤 명재가 불쑥 물었다.

"정말 누가 어머니 핸드폰 사용하는 건 아니겠지?"

"무슨 소리야? 내가 아니라고 했잖아! 그건 절대 아냐! 엄마가 지갑을 챙기고 나간 걸 보면 독한 맘을 먹었던 것도 아니고, 핸폰도 분명 엄마가 챙기고 어딘가에 잘 계셔. 대체 무슨 생각으로 그러는지 자식들이 짐작하게라도 해줘야 할 거 아냐."

"그럼 다행이고. 속상하다가도 자꾸만 이런저런 생각이 드네."

"걱정 마. 이건 딸의 직감이야. 이윤 모르지만 뭔가 자식들한테 단단히 시위를 하는 건 분명해."

그런 말을 명재와 나눈 게 어제였다. 명희는 어머니를 향한 화가 좀처럼 수그러들지 않았다. 자식들한테 섭섭한 게 있으면 이렇다 저렇다 설명을 하고 차근차근 풀어나가도 좋지 않겠는가. 매를 맞아도, 이유를 알고 맞는 것과 이유도 모른 채 맞는 것과는 받아들이는 고통이 다를 거였다. 한마디로 지금의 경우는 부당함, 그 자체였다.

명훈도 같은 생각인 듯 끓어오르는 화를 삭이지 못해 애쓰는 것 같았다. 거기에 생뚱하게 보험조사관이란 자가 등장했다고? 명훈은 그가 아버지의 실종을 의심하는 것 같다고 했다. 콧방귀가 절로 나올 얘기라고 명훈에게 핀잔을 놓았다. 의심을 한다면? 아버지가 살아 계실 수도 있단 얘기? 그게 어떻게 가능한가. 명희는 말도 안 되는 소리여서 고개를 절레절레 흔들었다. 그 자는 명훈더러 보험금을 못 탈지도 모른다고 협

박까지 했다고 했다. 이미 탄 보험금은? 아직 남편 용만에게는 이런 내용을 말하지 못했다. 우선 명희부터도 거액의 보험금을 두고 양가적인 감정에서 벗어나지 못하고 있었다. 그만큼 아버지의 보험금이 절대 필요했고 동시에 아버지에 대한 죄책감도 그만큼 컸다. 아버지의 목숨을 담보해서 받은, 그 이상도 이하도 아닌 뭉칫돈에서 어느 가족도 자유로울 수는 없었다.

어쨌든 혹시, 조사관 말대로 아버지가 살아 있다면? 자극을 받은 그녀의 상상력이 거침없이 내달렸다. 어머니는 그런 아버지와 함께 있고? 가슴을 탕탕 두드리며 폭소라도 터뜨리면 어떨까. 지구가 거꾸로 돌게 되었다는 뉴스를 듣는 게 차라리 나을 성싶었다. 그럼에도 불구하고 두 발이 허공으로 들리는 듯한 이 아득함의 정체는 무엇인가. 그 아래로 깊이를 알 수 없는 깜깜 구렁이 명희를 올려다보는 것 같았다. 명희는 목청이 찢어져라 소리를 지르고 싶었다. 삶이라는 괴물한테 한껏 조롱당하는 기분이었다.

명희의 아파트 전세입자는 사십 여일 뒤 집을 비우기로 날이 잡혔다. 그 날짜에 맞춰 명희가 살고 있는 연립주택에 들어올 세입자도 정해졌다. 명희는 아파트 세입자만 나가면 다음 날로 이사할 계획이었다. 하루라도 빨리 돌아가고 싶었다. 예전의 온전한, 훼손되지 않은 시간으로의, 공간으로의 복귀였다. 어머니의 일만 빼고는 모든 것이 순조로웠다. 그런데 난데없이 아버지까지 출현해 심란한 마음을 부추겼다. 실체가 없는, 이름만으로 등장한 아버지. 수중에 들어온 어마한 보험금이 문제였다. 실감하면서도 실감이 안 되는, 그래서 슬그머니 두려운. 내 것이 아닌 걸 손에 쥔 것 같아 누가 당장 그 돈을 내놓으라고 요구할 것만 같았다. 하지만 돈을 내놓는 일은 상상조차 되지 않았다.

명희는 정신을 가다듬고 비닐봉지들을 꺼냈다. 봉지 안에는 소시지와 치즈, 날오징어, 생닭, 과일 들이 마구잡이로 들어 있었다. 무슨 요리를 하려고 장만한 것인지 짐작할 수 없는 식재료들이었다. 눈에 띄는 대로 두서없이 쓸어 담은 모양이었다.

"오늘은 안 내려가 봐?"

용만이 방에서 나오다 냉장고 문을 열고 서 있는 명희를 보고 물었다. 여느 때 같았으면 벌써 떠났어야 할 시각이었다.

"응. 이따 누구 만나기로 했어."

"누구?"

"조은이 친구 엄마."

"왜 갑자기?"

"아이, 조은이 영어 같이 시키기로 했어!"

그녀가 듣기에도 신경질이 잔뜩 묻은 목소리였다.

"원어민 선생한테 팀 꾸렸다고 마음 있으면 합류하래."

말투를 짐짓 누그러뜨렸다.

"장모님 일이라도 해결되고 나면 보내지?"

"몰라. 접때부터 조은이가 학원 다니고 싶다고 졸랐는데 못 보냈어. 조은이가 이비에스 영어 하잖아. 이젠 인터넷으로 혼자 하는 공부 죽어도 싫대. 그리고 그 엄마, 아무나 끼워주고 하지 않아. 그나마 우리 조은이가 공부도 잘하고, 아파트 들어간단 소문도 어디서 들었나 봐."

명희는 용만에게 돌아가는 상황을 어떻게 설명해야 할지 몰랐다.

"당신이 많이 힘든가 보네. 왜 안 그러겠냐? 그래, 오늘은 쉬어. 통화도 하고 있는 걸 보면 어디 잘 계시긴 한가 보니까."

명희는 가타부타 말을 하지 않았다. 조은이 친구 엄마를 만날 거라고 한 말은 거짓이 아니었다. 어제 마트를 나오면서 그녀의 전화를 받았고 망설임 없이 그러자고 했다. 아니 전화를 받는 순간 그녀의 잘사는 친정이 떠올라 홧김에 약속을 저질렀다. 그녀는 친정에서 신혼아파트를 사준 것도 모자라 작년에는 결혼 십 주년 기념으로 렉서스 수입차도 선물 받았다. 자그마치 6천만 원이나 되는 레저용 차량이 명절 선물세트를 건네듯 간단하게 건너왔다. 차마 그 얘기는 용만에게 말하지도 못했다. 그라고 재력 있는 처갓집이 부럽지 않을 리 없었다. 아이들 사교육비까지 외할아버지에게서 나온다니 명희와는 신분이 달라도 아주 다른 사람이었다. 그런 친정에 힘입은 과외 선생에 대한 그녀의 정보와 안목은 타의 추종을 불허했다. 얼마 전까지만 해도 대치동 학원 강사를 초빙해 그룹과외를 시키고 있다는 말을 들었는데 그걸 바꾸겠다고 하는 걸 보면 새로 온다는 선생의 수준은 알고도 남았다. 당장은 아무것도 생각하고 싶지 않았다.

명희는 오징어를 싼 포장랩을 뜯어냈다. 일단 맛있는 밥부터 차려 먹으리라. 롯데마트 상호를 보는 순간 무의식적으로 먹은 마음인지도 몰랐다. 명훈과의 통화로 머릿속이 혼란스럽던 차였다. 그럼에도 집에 들어오자마자 바로 침대에 쓰러졌다. 용만이 깨우는 것 같았지만 가물가물 잠 속으로 빠져들었다. 조은이 칭얼거리는 소리가 멀리서인 듯 가마득했다. 그 와중에도 자신이 무언가를 피해 어딘가로 도망치고 있다는 의식만큼은 또렷했다. 그 무언가가 무엇인지, 어딘가가 어디인지를 구체적으로 따져보는 일은 스스로 꺼려져서 피했다.

오징어 생살이 물큰 손에 만져지자 명희의 마른입에 침이 돌았다. 양파와 청양고추를 숭숭 썰어 얼큰하게 볶아 먹어야겠다고 생각했다.

예나가 출근하려다 말고 굳은 표정으로 물었다.

"보험회사 쪽에서 작정한 건 아닐까?"

그 말에 명훈은 밤새 버티던 긴장이 툭 끊기는 것 같았다. 이마로 걸쭉한 피가 빠르게 몰려들었다.

"그러지 않고서야 이렇게 세게 나올 리 없잖아."

"출근해. 형수가 의례적인 절차라 그랬어. 지네 멋대로 작정할 수도 없는 문제야."

예나가 현관문을 붙잡고 선 채 다시 당부했다.

"암튼 홍이 소개한 그 사람 만나서 말 잘 들어보고, 잘 부탁하고, 나한테도 바로 연락 줘."

벌써 몇 번째였다.

"알았어. 너 늦겠다."

어제 명훈으로부터 소식을 듣고 난 형수는 보험조사관과 직접 통화하기를 원했다. 명훈이 명함의 전화번호를 형수에게 불러주었다. 얼마 지나지 않아 조사관으로부터 팩스를 받아봤다며 형수가 연락을 해왔다. 아버지의 계약 사항이 충분히 의심을 살 만은 하지만 그걸로 문제를 삼을 수는 없다는 거였다. 다른 보험 가입 여부에 따라 중복 보장이 안 되는 경우도 있다는 사실을 아버지는 사전에 알고 있었다고 했다. 치료비나 입원비 같은 사항을 제외시켰을 것은 당연했다. 형수가 조사관의 야코를 팍 죽여 놓았다며 큰소리를 쳤다. 그리고 평소 입을 삐죽 내미는 모습이 상상이 가는 목소리로 덧붙였다.

"흥, 그쪽에서 암만 쑤셔 봐도 아버님이 실종이 아니란 증거는 어디에도 없어요. 이미 선고 확정 판결도 받았고요. 삼촌, 걱정 말아요. 보험금 지급은 접수한 날로부터 삼십 영업일을 초과하면서까지 질질 끌 순 없는 거니까. 암만 조사 등의 사유가 있다 하더라도 말예요. 정 그리 의심나면 우리 아버님, 어디 저들이 찾아 눈앞에 모셔 와보라 그러세요. 제발 시신이라도 찾을 수 있기나 했으면 좋겠네. 어머니 소원대로 장례라도 제대로 치러 드리게. 그러면 우리도 얼마나 맘이 편하겠어요."

혜자가 가볍게 한숨을 쉬었다. 아버지가 진짜 살아 계시면요? 하고 묻지는 못했다. 물으려는 순간 도대체 자신이 걱정하는 내용이 무엇인지 화들짝 알아차렸다. 꿈에도 생각해 보지 못한 내면의 진실에 그는 아연했다. 언젠가 형이 말했던 것처럼 아버지의 보험금에 환장해서 진짜로 미쳐가고 있는지도 몰랐다. 저도 모르게 입술이 질끈 깨물렸다. 혀끝에 전해지는 피 맛이 비렸다.

정확히 말하자면 아버지는 시신을 찾지 못한 익사자였다. 형수 말이 아니더라도 아버지의 사고가 죽음이 아니라는 증거는 어디에도 없었다. 수색에 동원된 많은 인원이 그걸 증명했다. 해경과 소방대원들만으로 부족해 어업지도선과 민간자

율구조대까지 수색에 투입됐다. 경찰은 일주일 간 연인원 300여명 이상이나 동원되었음을 여러 번 강조했다. 할 만큼 했으니 유족들은 양해해 달라는 뜻이었다. 정황으로 보아 아버지가 살아 있을 수 있다는 가설은 어디까지나 조사관 혼자의 생각이었다.

어머니만 찾아내면, 어머니의 상실감만 회복되면. 그런데 명훈은 형제한테도, 예나한테도 차마 꺼내지 못한 말이 있었다. 혹시라도 염려하는 일이 사실로 눈앞에 전개될까 봐 입에 올리는 것조차 두렵고 끔찍스러웠다. 아버지의 구명조끼. 조사관은 아버지가 입었던 걸로 추정되는 조끼에 강한 의심을 두었다. 명훈이 낚시 동행인들의 말을 빌리고 일반적인 예를 내세워 그를 윽박지르긴 했으나 그의 신경을 자극하는 찜찜한 무엇까지 모른 척할 수는 없었다. 아버지가 돌아가셨음은 기정사실이었다. 하지만 조사관의 말대로 아버지가 작정하고 바다로 뛰어내려 부러 조끼를 벗어던진 것이라면? 그렇다면 얘기는 완전히 달라졌다. 형수는 자살로 인한 사망보험금을 받으려면 2년이라는 면책 기간이 필요하다고 했다. 만에 하나라도 아버지한테 그런 마음이 있었다면, 그리고 조사관이 그 사실을 밝혀낸다면? 사고가 일어난 시점에서는 보험금 지급이 성립될 수 없는 조건이었다. 그렇다면 명훈의 계획은 한낱 물거품이 되어 수증기로 기화된다는 뜻이었다. 예나가 원하는 프리랜서 구상 또한 무한 허공을 떠돌게 될 것이다.

보험조사관이 학원으로 명훈을 방문했고, 어머니가 실종된 것까지 알고 있더라는 말을 듣고 예나는 아버님 사건이랑 어머니 실종이 뭔 상관이냐며 발끈했다. 맘만 먹으면 어머니의 통화내역을 알아내는 일쯤이야 껌이 아니냐, 흥신소도 널려 있는데 왜 어머니를 안 찾아보느냐고 했다는 조사관의 말에, 당장 홍의 형을 소개받자고 나섰다. 흥신소에 관한 말은 명훈이 조사관한테 속수무책으로 제압당한 끝에 나왔다.

조사관은 명훈의 팔을 풀어준 뒤 손바닥을 탁탁 터는 동작으로 돌발적인 상황을 정리했다. 명훈은 가쁜 숨을 감추며 자리에 앉아 조사관을 노려보았다. 몸싸움을 벌이는 동안 흐트러진 교재들을 그가 다시 거두어 명훈 쪽으로 밀었다. 명훈은 팔꿈치로 그것을 거칠게 밀쳐냈다. 그중 한 권이 조사관 앞으로 튕겨 나갔다. 명훈이 할 수 있는 최대한의 도전이었고 결코 그한테 밀리지 않겠다는 강한 의지였다. 조사관이 같잖다는 미소를 지으며 천천히 입을 열었다.

"움직이세요. 빨리 처리합시다. 내가 할 수도 있지만 어머니를 찾는 일에 제삼자가 나서는 건 도리가 아니잖아요? 까놓고 말하면 내 돈을 쓸 마음도 전혀 없고요. 어머니가 사라졌다면 어디를 가셨겠어요? 과연 지금 혼자 계시다고 생각하세요?

난다 긴다 하는 흥신소들 지천에 깔려 있는데 가족들이 왜 안 움직이는지 모르겠네요. 보험금도 두둑이 챙겼으면서 너무하시는 거 아니에요? 이렇게들 무정하게 나오시니 우리 입장에선 오해를 할 수도 있잖겠어요? 가령, 왜 저렇게 꼼짝들을 하지 않을까? 전단지, 플래카드? 그거야 전시 효과나 노리는 빤한 수법이고, 답답한데 그냥 내가 움직여? 아니지, 내 피 같은 돈을 엉뚱한 데 쓸 수야 없지, 저런 치들 꺼를 쓰게 해야 하거든. 아, 죄송합니다. 지금쯤 모친 소재 파악은 끝났어야 옳지 않아? 혹시 식구들이 짬짜미로 저러는 건 아닐까? 그럴듯해. 아니, 충분히 냄새가 나, 나고말고. 아주 악취가 진동하고 있어."

조사관이 연극배우처럼 과장된 몸짓으로 명훈을 향해 고개를 숙였다.

"제가 혼자 독백하는 버릇이 있고 흥분하면 업되는 경향이 있어서, 기분 나쁘셨다면 사과드리지요. 오해 가능하다는 부분을 설명한다는 게 그만."

병 주고 약 주고 교활하기 이를 데 없었다. 전직이 범인들을 상대하는 일이다 보니 뭐 눈엔 뭐만 보인다고, 의심 가는 상대가 모두 범죄자처럼 보이는지도 몰랐다. 아니면 아내의 사고에서 비롯한 원한이 깊고 사무쳐 그를 비이성적이고 무도한 상태로 몰아가고 있는지도. 그렇다면 이해 못해 줄 것도 없다는 생각이 들긴 했지만 그래도 아닌 건 아니었다.

"조사관님, 뭘 모르시는 모양인데 제 어머닌 지금 외할머니랑 같이 계신 거 같으세요. 대강 어디쯤인지 지역은 파악됐지만 구체적으로 지번을 알아내지 못해 이러고 있는 거예요. 그토록 수사의 촉으로만 접근하시지 말고 인간적으로 접근해 보시면 어떻겠어요? 조사관님처럼 리듬을 실어 과장된 독백으로 능숙하게 설명하진 못하겠지만, 제가 추측하기엔 지금 저의 어머닌 부친의 실종 판결로 패닉상태 비슷한 걸 겪고 계시지 않나 싶어요. 막상 보험금을 수령하고 보니 부친의 죽음을 실감하게 되신 거지요. 흥신소 정보 고맙고요. 제발 부탁드리니 지나치게 추정해서 고객을 몰아세우진 말아 주셨으면 감사하겠어요."

조사관의 눈빛이 잠시 흔들리는 걸 명훈은 분명히 보았다. 앞서 가도 한참 앞서 가고 있다는 걸 그도 아차, 싶게 깨달은 눈치였다.

명훈은 어제 퇴근하자마자 예나와 홍을 만났다. 일을 일찍 끝낸 두 사람이 강남에서 동작으로 건너와 학원 앞 호프집에서 명훈을 기다렸다. 그사이 예나가 명훈의 집안에 일어난 사정의 자초지종을 홍에게 설명해 두었다. 뒤늦게 합류한 명훈이 미흡한 부분을 보충했다. 말하고 보니 대부분 가족들에 대한 변명이 주를 이뤘다. 형을 변호하고, 아버지를 아파하고, 어머니를 연민하고, 누나를 이해시켰다. 그러는 동안 자신의 말이 진실이라고 믿었다. 진실이 아닐 것도 없었다. 변호 뒤에 가려진 비난이, 아픔 뒤에 감춰진 불만이, 연민 뒤에 은폐된 분노가, 이해 뒤에 숨겨진 불평이 똑같은 질량과 밀도로 존재할지라도 진실은 진실이었다.

"그런 일 있으면 진작 말하지 그랬어요. 사실 우리 형도 블랙해커 하나 데리고 있는데. 그치가 잠적한 채무자 소재 파악하는 일을 기막히게 처리하나 보더라구요. 행불자 찾는 일이라면 그치 특기에요."

"블랙해커?"

예나가 고개를 끄덕였다. 미리 설명을 들어 다 알고 있다는 표정이었다. 명훈은 어리둥절하면서도 가슴이 뛰기 시작했다. 뭔가 상서로운 서막이 열리는 것 같은 두근거림이었다.

"왜 있잖아요. 고의로 인터넷 시스템 파괴하는 애들, 당연 불법인데 그이들, 휴대폰 문자나 통화내역 알아내는 건 일도 아닐걸요?"

철통같은 법의 보호 아래 경찰도 근접 못하는 일을 홍은 너무도 쉽게 말했다. 명훈은 홍 앞으로 의자를 바싹 당겨 앉았다. 반신반의하는 마음이 아주 없진 않았지만 구미가 당기는 걸 막을 수 없었다. 홍은 아버지의 사채업을 돕는다는 형을 만난 자리에서 우연히 블랙해커란 자의 무용담이랄까, 프라이드 비슷한 얘기를 들을 기회가 있었다고 했다. 홍의 형은 그를 회사의 유일한 고급 인력이라고 소개했다.

홍이 전하는 해커의 말에 의하면, 국내 모바일 메신저 서비스인 카카오톡이나 밴드, 네이트온 등의 메시지 내용을 확인하는 일은 업무 축에 끼지도 못했다. 인터넷 쇼핑몰 등 경쟁업체의 홈페이지를 초토화시키는, 디도스 공격을 대행하는 사이버상 청부업체도 은밀히 성업하고 있다고 했다. 경쟁업체 홈페이지를 무너뜨리는 데는 일주일도 걸리지 않았다. 오프라인에서 사생활 뒷조사나 사람 찾는 일을 하던 심부름센터란 이름의 흥신소들도 진화해 사이버상에서 활약했다. 심지어 선거관리위원회 홈페이지 공격과 같은 정부기관을 상대하는 일도 민간 개인들 사이에서 거래된다는 충격적인 얘기도 있었다. 국내 수사기관의 손길이 미치지 않는 중국이나 필리핀 등지의 서버를 이용하기 때문에 단속도 쉽지 않았다. 해커는 자기가 무슨 굉장한 사이버 전사라도 되는 양 되게 으쓱거리더라고 했다.

"암튼 그런 집단들이 암암리에 포진해 있는 게 사실인가 봐요. 우리가 신경을 안 써서 그렇지 그런 거 생각하면 어이구, 무서워라. 누군가가 내 집 창문에 시시티브일 달아 놓고 이십사 시간 감시하는 거 같잖아요. 섬뜩하지 않아요?"

홍이 소름이 끼치는지 어깨를 털었다. 그들은 특정 홈페이지를 해킹해 고객 정보를 빼낸 뒤 그 자료를 원하는 고객들에게 파는 일도 서슴없이 했다. 의뢰인이 이름과 주민번호, 아이디만 제공해 주면 특정인이 사용하는 인터넷 포털의 비밀번호를 알려주는 일은 소일거리에 불과했다.

명훈은 어머니의 통화내역을 손에 넣을 수 있을지 모른다는 흥분으로 손에 땀이 배었다. 아버지의 죽음이 응당 실족사임을 밝혀내기 위해서라도 어머니의 존재를 빨리 그 조사관 앞에 내보여야 했다.

14

'홍 희망론'이라는 상호가 통유리에 큼직하고 선명했다. 사무실은 영등포 시장을 우측으로 돌아 7층 건물의 5층에 위치해 있었다. 사채업이라 해서 낡고 음침한 건물을 연상했는데 의외로 깨끗한 신축건물이었다. 맑은 유리로 실내가 투명하게 오픈되어 있고 인테리어도 세련되고 쾌적했다. 시중에 있는 은행지점 중 하나라 해도 손색이 없었다. 흥신소들만 시대에 맞춰 진화하는 게 아닌가 보았다.

명재와 명희가 동행하고 싶어 했지만 명훈은 날씨를 핑계로 각자의 집에서 기다리게 했다. 아침에 반지하 창문으로 내다보니 도로에 눈이 한 뼘 높이는 쌓여 있었다. 올해 처음으로 가장 많이 내린 눈이었다. 꼭 날씨 때문이 아니라도 형제들까지 나설 필요는 없었다. 딱히 이유를 설명할 순 없지만 형제들이 거추장스럽게 느껴졌다.

상담실로 명훈을 안내한 해커는 갓 군대나 제대했을까, 아직 애티가 나는 어린 청년이었다. 보통 키에 얼굴선이 갸름하고 섬세했다. 그를 마주하고 앉자 돌연 막막함이 밀려왔다. 스키니진에 컨버스 운동화, 슬림한 아우터가 명훈으로서는 경험해 본 적 없는 세대를 보는 것처럼 낯설었다. 분명 자신도 건너왔을 시간이었다. 무겁지만 그래도 희망이란 끈을 놓지 않던 때, '희망론'의 아찔한 희망과는 결코 비교할 수 없는, 무구하고 순백한 꿈의 한 자락을 붙잡고 있던 시기였다. 명훈은 저도 모르게 자신을 훑어보았다. 박스형의 길고 헐렁한 파카에 청바지의 통이 넓고 낡았다. 런닝화는 하얀색이 누렇다 못해 갈색으로 변해가고 있었다. 요즘 컬러풀한 운동화들도 많던데 어쩌자고! 행색이 완전히 초라하게 늙어가는 남자였다. 갑자기 예나한테 미안해졌다.

해커는 오래 알고 지낸 지인처럼 명훈을 대했다. 의뢰하려는 건에 대해서도 스스럼없이 위로하고 나섰다.

"걱정 마요. 어머니 근래 행적, 한눈에 들여다보게 곧 연결시켜 드릴게요. 먼저 어머니 통화내역이랑 문자 전송받을 프로그램을 형 휴대폰에 설치해야 해요. 그담엔 느긋하게 기다리고 있으면 돼요."

그가 손을 내밀었다. 휴대폰을 달라는 것 같아 명훈은 폰을 건네다가 문득 생각이 났다.

"참, 어머니가 폰을 가끔만 켜서 사용하시는 거 같은데 그건 상관없나요?"

"그럼 진짜 한방에 잘 뚫어야 하는데."

명훈이 의아한 눈으로 쳐다보았다.

"그런 거 있어요. 일반인들 볼 땐 불가능해 보이지만 기술적으로 통신사 서버에 접근만 할 수 있으면 어렵지 않아요."

그가 고개를 살짝 틀어 중등 사내아이처럼 킥킥, 웃었다.

"이런 일 하는 사람들 보통으로 하는 말이 뭔지 모르죠? 우린 관 속에 있는 시체 일으키는 거 빼고 뭐든 다할 수 있다, 웃기지 않아요?"

명훈이 가볍게 웃었다. 왠지 같이 웃어 줘야지 그렇지 않으면 일을 크게 그르칠 것 같았다. 그래, 너희들 실력 진짜 대단하다, 하는 맞장구였다.

"참, 수고비, 우리 부사장님한텐 허락받았는데 저 보너스로 눈감아 준다고 따로 받아도 된댔어요."

"얼마나…."

"백만 받을게요. 딴 사람한테 맡기면 훨 많이 들어요. 부사장님 동생이 부탁한 거니까 싸게 해주는 거지."

명훈이 알았다고, 어머니 폰과 연결되어 내역만 확인되면 바로 지불하겠다고 대답했다. 그가 프로그램을 다 깔았는지 휴대폰을 명훈에게 넘기고는 컴퓨터 앞으로 가서 앉았다. 곧 어머니가 가입한 통신사와 주민번호 앞자리, 휴대폰 번호를 가지고 컴퓨터에서 무엇인가를 빠르게 조작하며 중얼거렸다.

"이거 두 시간은 걸릴 건데."

"기다릴게요. 천천히 하세요."

"접속만 되면 바로 볼 수 있어요. 서버에 접근하는 일 자체가 쉽지 않은 일이라 착수금만 받고 튀어버리는 가짜들도 많아요. 그니까 형은 재수가 좋아 진짤 잘 만난 거니까 그런 줄 아시라구요."

그 말을 끝으로 그는 컴퓨터에 코를 박고 고개를 들지 않았다.

한 시간쯤 지났을 때였다.

"에이씨, 도대체 몇 겹이야? 갈수록 짜장이네."

그가 자판을 내리치더니 앉은 채 회전의자를 휙 돌렸다. 명훈이 불가능하다는 줄 알고 놀라 일어섰다. 얼른 그의 모니터를 들여다보지만 아라비아숫자와 영문자들만 검은 문양처럼 빼곡해 뭐가 뭔지 알 도리가 없었다.

"얘네들이 방화벽을 더 두텁게 막아 놓았네요. 일주일 전보다 엄청 세졌는데요?"

그는 의자를 한 바퀴 획 더 돌렸다. 얼마나 세게 돌렸는지 넘어지는 줄 알고 명훈이 깜짝 놀라 손을 뻗쳤다. 의자가 휘청하더니 다행히 정상으로 제자리에 멈췄다.

"완전 제대로 싸우자 덤벼드네. 좋아! 근데 형, 이거 부수려면 또 시간 꽤나 바쳐야 돼요. 참, 아까 어머니가 폰을 잠깐씩 켜놓기도 한다 그랬죠?"

명훈은 그렇다고 대답했다.

"낚아야겠어요."

"예?"

"바이러스 몇 마리 어머니 폰에다 심어 놓고 맛난 미끼를 던질 거예요. 어머니가 어떤 걸 관심 있게 물까요?"

멀뚱하게 쳐다보는 명훈에게 어머니가 구미 당길 만하거나 좋아할 만한 걸 말해 보라고 고쳐서 되물었다. 구미라면 흥밋거리를 말하는 것인가. 좋아하는 것은? 음식의 메뉴를 물어보는 것인지, 마시는 차의 기호를 물어보는 것인지, 그도 아니면 옷? 사람? 명훈은 아리송했다. 사실 그렇게 물어오니 어머니에 대해 아는 것을 정확하게 설명할 수 없기도 했다. 작은 키에 마른 몸피, 피부가 하얗고, 음전하시고, 음식을 맛있게 만드시고, 그런데 어머니가 무엇을 좋아했지? 생각나는 게 하나도 없었다. 그것은 어머니가 무엇을 좋아하는지 전혀 모른다는 뜻이었다. 그가 평소 잘 알고 있다고 생각했던 어머니는 어디에 있는가. 어머니가 아들의 눈빛만 보고도 당장 뭐가 필요한지 척척 알아내는 것에 비하면 불공평하다는 생각이 들었다. 물 줄까? 싱거워? 무슨 일인데? 아들 얼굴에 그렇게 쓰여 있는데? 그거 안 달지? 너 고들빼기 좋아하잖아. 너 오도독뼈 좋아하잖아. 너 계란노른자 싫어하잖아. 너 그렇게 하는 거 싫어하잖아. 너, 너, …. 어머니가 아들에 대해 아는 걸 말해 보라면 아마 밤을 새워도 모자랄 것이다.

"지금 어디쯤 있을지 추측 가는 데라도 없으세요? 그쪽 동네에서 무슨 이벤트 있다 꼬실 수도 있는데. 맞아, 마트가 좋겠어요."

그제야 명훈이 그가 말하는 게 무슨 뜻인지 감이 잡혔다. '출처가 불분명한 이메일이나 문자메시지에 표시된 인터넷 주소는 절대 클릭하지 마시고 삭제하기 바랍니다. 악성코드가 설치되면 사용하는 PC 또는 스마트폰 내에 저장된 공인인증서와 수신 SMS 등의 정보를 사용자 몰래 탈취할 수 있습니다.' 은행에서 전자금융사기 예방을 위한 유의사항이라고 보내는 공지문에서 봤던 내용을 이용하겠다는 말이었다. 명훈은 고개를 끄덕였다. 어떤 방법이라도 상관없었다. 상황이 위급한데 지푸라기, 아니 거미줄이라도 붙잡아야 할 판이었다.

"짐작 가는 덴 있어요. 보령 쪽에 주산 하나로마트라고."

"우리 엄만 휴지 좋아하는데. 슈퍼에서 휴지 공짜로 준다면 얼른 달려가거든요. 선착순 몇 명 하는 거. 사실 그게 주기도 편하고 받기도 편하긴 해요. 휴지를 던져 볼까요?"

그가 마트를 검색하고 전화번호와 주소를 복사해 어딘가의 프로그램에 붙여놓기를 했다. 아직까지는 주산이 가장 유력한 후보지였다. 어머니가 가장 최근에 근처 약국을 다녀간 흔적이 있고, 모든 정황으로서도 그 추론을 꺾을 만한 다른 단서는 없었다. 여차하면 웅천에도 농협에서 운영하는 하나로마트가 있을 테니 한 군데를 더 시도해 봐도 될 것이다.

순간 그가 자기 머리를 탁 치며 소리쳤다.

"가장 좋아하는 손자가 누구에요? 누구엄마! 누구누구 손자가 지금 뉴스에 나왔어요. 나쁜 놈한테 유괴당했다가 크게 다쳤대요. 응급상황이니 밑에 있는 영어로 된 주소, 빨리 눌러봐요. 큰아들이 화면에 잠깐 비쳤는데 펑펑 울고 있네. 아이고, 이 일을 어쩌면 좋아. 빨리요! 이렇게 하면 그럴듯하지 않겠어요? 와, 어떻게 이런 아이디얼? 이런 건 오늘 첨이에요. 내가 생각해도 난 역시 머리가 비상하다니깐. 천재가 이런 코딱지만 한 데서 썩고 있다니, 에고, 이건 국가적인 낭비고 손실이야."

그가 또 중등 아이처럼 킥킥, 웃었다. 명훈이 이번에도 같이 웃어주었다. 명훈이 생각하기에도 조카를 내세우는 게 휴지보다는 훨씬 효과적일 듯했다. 도영이는 도란과 달리 숫기가 없고 몸도 약해 늘 어머니가 안쓰러워하는 손자였다. 그는 의뢰인이 사라진 어머니를 찾느라 힘든 시간을 견디고 있다는 사실도 잊은 것 같았다. 그저 자기도취에 빠져 룰루랄라 홍얼거리며 컴퓨터와 휴대폰을 바쁘게 오갔다. 명훈이 보기에 부럽도록 가뿐한 삶이었다.

주말이 되자 명재는 더 안절부절못했다. 오전 나절인데도 집은 깊은 잠에 빠진 듯 괴괴하기 짝이 없었다. 아이들과 혜자는 건넌방에 모여 무엇들을 하는지 두어 시간째 꼼짝하지 않았다. 시동생과 동서될 사람이 집에 오는데 점심거리라도 준비하지, 하는 불만이 슬며시 일었다. 하지만 어머니를 생각하면 그마저도 불경한 생각인 것 같아 입 밖에 내지 못했다. 명재는 몇 걸음 안 되는 거실 겸 싱크대 앞을 서성이다가, 이쪽저쪽 방으로 들락거리다가, 공연히 좁은 실내를 바장이고 다녔다. 시가에 가야 한다는 명희네 식구 빼고 명훈과 예나가 오전에 오기로 되어 있는데 열한 시가 다 되도록 도착하지 않고 있었다. 그들이 같이 있다고 해서 갑갑한 상황이 나아질 건 없었다. 다만 일의 추이, 명훈이 만들어 놓은 계획을 지켜보느라 신경이 곤두서 명재는 갈팡질팡 어찌할 바를 몰랐다.

어머니가 사라진 지 얼마나 지났나, 헤아려보니 벌써 17일째였다. 믿기지 않는 숫자에 두려움이 일었다. 너무 많은 시간이 지나고 있었다. 명훈의 휴대폰에 깔린 프로그램은 아직까지 감감했다. 명재는 어머니가 휴대폰을 한번도 열어보지 않았다고 생각하고 싶었다. 다른 건 몰라도 도영에 관한 소식엔 빠르게 반응을 보일 것이라 믿기 때문이었다. 그 사실을 증명하듯 어머니의 통화 버튼을 눌러볼 때마다 여전히 전원이 꺼져 있다는 안내가 흘러나왔다. 명희도, 명훈도, 어머니의 반향 없는 메아리에 허탈감과 부아를 수시로 드러냈다. 어머니도 지난번 명희의 번호를 맞닥뜨리고 어지간히 당황하고 놀라긴 했나 보았다. 자식들한테 뭘 그리 대단하게 작심하고 있는지 모르겠지만 진저리나게 어머니가 생소했다.

손에 꼭 쥐고 있는 휴대폰이 부르르 진동했다. 명훈이었다.

"형! 엄마가 막 접속했어요! 지금 집 앞이에요."

숨이 턱 막혔다. 명재는 신발을 꿰는 둥 마는 둥 하고 현관문을 박찼다. 명훈이 발갛게 상기되어 계단을 뛰어올라왔다. 명훈의 얼굴을 보자 어머니를 만난 것만큼이나 반가웠다.

"어디, 어디?"

명훈이 휴대폰을 내밀었다. 거기엔 진짜로 어머니의 통화 내역이 연월일과 함께 통화시간, 착발신번호들로 좍 표시되어 있었다. 명재가 스크롤을 올리고 내리는 동안 간혹 익숙한 번호가 보이기도 했다. 뒤의 네 자리 숫자가 똑같거나 비슷한, 형제와 식구들이 사용하는 번호였다. 길거리에서 뜻밖에 가족의 얼굴을 부딪쳤을 때처럼 알알한 아픔이 가슴 깊은 데서 올라왔다. 솟구치는 연민에서 비롯한 것인지, 피하고 싶은 부담감, 아니면 마주치고 싶지 않은 자신의 치부를 보아버린 듯한 당혹감 때문인지는 알 수 없었다.

"명희가 어머니 컬러링 들은 날이 며칠이지?"

"음, 지난 십팔일이에요."

"일월 십팔일, 십팔, 십팔, 여깄다."

명재는 날짜를 발견하고 소리쳤다.

"근데 이건?"

같이 액정화면을 들여다보던 명훈이 어떤 번호를 가리키며 자지러지게 놀랐다. 명희가 컬러링을 들었다는 밤늦은 시각은 아니었지만 바로 그날 오후, 네 시 십일 분의 통화 흔적이 었다.

"이거 부동산 번호 같지 않아요?"

"맞아. 부동산이네."

어느새 혜자와 예나, 도영, 도란이까지 휴대폰으로 머리를 디밀고 있었다. 명훈이 명재 손에서 휴대폰을 빼앗았다.

"며, 몇 번이에요?"

혜자가 말을 더듬었다. 그녀의 손이 부들부들 떨리면서 손바닥 위의 휴대폰도 같이 떨렸다. 예나도 어느새 휴대폰의 다이얼을 열어 놓고 있었다. 명훈이 번호를 불러 나가자 혜자가 다이얼을 누르기 시작했다. 모든 시선이 혜자의 얼굴을 주목했다. 통화 버튼을 누르고 벨이 오래 울렸지만 연결은 되지 않았다. 혜자가 종료를 누르자 예나가 따라 입력해 놓은 번호로 다시 통화를 시도했다. 예나의 것도 마찬가지였다. 이번엔 명재가 직접 번호를 누르기 시작했다.

"오늘부터 설 연휴잖아요? 가게들 다 쉬지."

그제야 이유를 알았다는 듯 혜자가 제동을 걸었다.

"그러네."

"근데 도란아빠, 어머니가 부동산과 무슨 거래가 있긴 있었나 봐. 거기랑 통화한 내용이 있는 거 보면. 그치 않아요?"

혜자가 동의를 구하듯 주위를 둘러보았다.

"십이 분 삼십팔 초씩이나. 진짜 뭐가 있는 거네요. 뭘까요?"

명재는 맥이 빠졌다. 뭔가 허를 찔린 기분에 휴대폰을 들고 있는 손에도 힘이 풀렸다. 갈수록 깊은 수렁으로 빠져드는 기분이었다. 명재는 저도 모르게 벽을 찾아 등을 기댔다. 몸이 벽을 따라 흘러내리듯 주저앉았다. 그래도 정신은 충격을 견딜 만했는지 어느 결에 종이와 펜을 가져오라고 지시했다. 말이 떨어지기 무섭게 도영과 도란이 일어났다. 명재는 아이들의 뒷모습을 바라보며 숨을 골랐다. 그러면서도 수동식 발전기를 돌리듯 기를 쓰고 머리를 회전시켰다. 이제부턴 정신 바짝 차리고 어머니의 자취, 그림자의 숨결도 놓치지 말아야 할 것이다.

"아버지 확정 판결 받은 날이 지난 칠일이지? 차근차근 짚어보자. 자, 언제부터 추적해 나갈까? 폰 줘 봐."

휴대폰이 명재한테로 다시 넘어왔다.

"오늘이 삼십 일, 아예 일월 일일부터 해요."

"아녜요, 어머니가 외할머님 간병하다 올라왔다고 한 때도 이상했어요. 그즈음부터 해봐요. 아마 작년 십이 월 보름쯤 됐을 거예요."

혜자가 자신의 판단이 옳다는 듯 고개까지 끄덕이며 자신했다. 아이들이 노트 한 권과 볼펜을 가져와 명재 앞에 내밀었다. 예나가 얼른 그것을 자기 쪽으로 끌어당겼다. 그녀가 어머니의 통화 기록들을 정리할 생각인가 보았다. 아무도 그녀를 말리지 않았다. 명재도 특별히 반대하지 않았다.

"좋아. 십이월 십오일, 아니 아예 십이월 일일부터 날짜와 번호, 통화 시간을 부를게요."

명재는 예나를 향해서 신호를 주었다. 예나가 펜을 꼭 쥐고 명재의 입을 쳐다보며 기다렸다.

"잠깐! 무조건 날짜 순차로 나갈 게 아니라 번호 중심으로 정리하는 게 어때요?"

"번호 중심? 그래, 명훈이 말대로 그렇게 하는 게 좋겠다. 예나 씨, 일단 난 여기 기록된 그대로를 날짜도 같이 불러 나갈 테니까, 예나씨가 번호를 그룹 별로 구분하면서 따로따로 적어 놓으세요. 해당되는 번호를 찾아 그 아래로 적어 내려가면 날짜는 당연히 차례로 적히게 될 거예요. 이해하셨죠?"

예나가 고개를 끄덕였다.

"자, 시작합니다."

명재는 입을 떼려다 어떤 생각이 섬광처럼 스치는 것 같아 멈칫했다. 뭐였지? 하는데 입에서 말이 벌써 튀어나왔다.

"천만 원!"

"그게 언제였죠?"

명훈이 다급하게 물었다.

"통장 갖고 올게요."

혜자가 거실방으로 뛰어들어갔다.

"예나 씬 그 날짜 통화엔 표시해 두세요."

혜자가 통장을 펼쳐 들고 나오면서 일월 십이일이라고 외쳤다. 예나가 작은 소리로 그 날짜를 여러 번 되뇌었다.

"자, 이제 진짜 시작할게요."

명훈이 바짝 예나 곁으로 붙어 앉았다. 혜자도 명재 옆에 꿇어앉아 착발신번호들을 뚫어져라 주시했다. 통장을 허벅지 위에 펼치고 손끝으로 야물게 누른 자세였다. 누구든 조그만 실수도 용납하지 않겠다는 듯 표정들이 비장했다.

명재는 목소리를 가다듬고 통화 기록들을 읽어 내려갔다.

도저히 다다르지 못할 것 같던 먼 세계의 비밀들이 베일에 싸인 채 하나씩 불려 나왔다. 숫자들 사이로 숨 꼴딱이는 소리가 간간이 잡음처럼 끼어들었다.

15

명희는 차를 주차해 둔 이면 도로로 향하다 달려드는 한기에 몸을 떨었다. 2월인데도 얼굴에 닿는 공기가 몹시 차가웠다. 도근거리는 긴장이 밤새 온몸을 쪼아대더니 기어이 몸살을 부르는가 보았다. 연휴를 어떻게 지냈는지 모르겠다. 어머니의 통화 내역이 확인되었다는 소식을 듣고부터 한 구간의 시간이 뭉텅 잘려나간 듯했다.

낯선 번호로 어머니의 행적을 수소문하는 일은 무척이나 조심스러웠다. 늙은 어미를 거리에 내다 버렸다가 뒤늦게 양심의 가책을 받고 찾아 나선 것 같은 기분이 드는 것도 어쩔 수 없었다. 새로운 번호를 확인하려 시도할 때마다 손끝이 떨렸다. 예나가 통화내역을 번호 별로, 날짜 별로 일목요연하게 잘 정리해 놓아 착발신 번호의 가입자를 확인하는 일은 어렵지 않았다.

천만 원을 인출한 날짜를 즈음해 연결된 통화는 홍제동 아줌마였다. 장미꽃 덩굴이 흐드러진 이층집이 있던 홍제동, 명희네와 이웃해 살던 어머니의 절친이자 명희의 중학 남자동창인 현의 어머니였다. 두 어머니가 인연을 끊고 사는 줄만 알았는데 그간 연락하고 있어 여간 다행이 아니었다. 곗돈은 어떻게 되었는지, 어머니가 앞 번호의 계를 탄 뒤 불입하지 못한 걸로 알고 있었다. 그런 까닭으로 어머니를 찾는 일에 홍제동 아줌마는 일찌감치 제외시켜 놓았다. 천만 원이 그 일과 관련되어 있을 거라 짐작되었지만 전화상으로 그 내용까지 물어보지는 못했다.

홍제동 아줌마 말고 가사도우미로 나가는 집도 한군데 알아냈다. 주급 수고비를 계산하지 않은 게 남아 있었는데 어머니가 갑자기 일을 못하겠대서 은행계좌로 보내줬다고 했다. 날짜를 헤아려보니 외할머니를 간병했다는, 대천에 내려가 머물 때쯤이었다. 주인은 말끝마다 명희에게 못마땅한 투로 대했다. 급작스레 일을 그만둔 어머니에게 아직도 화가 풀리지 않은 듯했다.

그리고 지금도 잘 납득되지 않는 웅천 소재의 부동산, 그 번호가 어머니의 컬러링을 듣고 쇼크에 빠진 날의 한가운데를 버티고 있었다. 부동산에서는 어머니와 통화한 내역이 있다고 하는데도 전혀 모르는 사람이라고 했다. 오히려 상담전화였을 수도 있지 않겠냐며 대수롭지 않게 반문했다. 형제들은 머리를 맞대고 부동산 쪽이 내놓은 의견을 그대로 받아들일 것인가, 말 것인가에 대해 한참 고민했다.

가족들을 흥분시킨 것은 역시나 어머니를 짚어가는 끝자락에 반드시 있을 것이라 추측했던 외할머니의 소재였다. 그런데 모두의 예상을 크게 빗나갔다. 외할머니는 어머니와 같이 있는 게 아니라 바나나와 두유를 구입했던 청소면에 위치한 노인요양원에 있었다. 어머니가 외할머니의 방문차 그 슈퍼마켓에 들렀다고 추정할 수밖에 없었다. 당연히 그 요양원에서는 어머니의 거처를 알지 못했다.

착발신 번호를 하나하나 확인해 가는 중에 상대편에서 요양원이라고 전화를 받아 명재가 당황했다고 했다. 마침 요양보호사가 서울에서 방문하는 어머니의 인상을 기억해 줬다. 그 덕분에 애타게 찾던 외할머니의 존재가 드러났다. 외할머니 보호자의 연락처도 알려줘 외삼촌이라는 어른과도 연결이 되었다. 어머니의 성함을 통해 서로가 인척임을 확인했고 전화선 너머로 통성명을 주고받았다. 겸연쩍게 이산가족 상봉 비슷한 인사까지 치렀다. 그런 복잡한 과정을 거쳤지만 허망하게도 그쪽에선 어머니의 행방은 알지 못한다고 했다.

아무튼 어머니의 근황을 엿볼 수 있어 답답했던 마음이 조금은 풀렸다. 낯선 주소로 겨우겨우 찾아낸 집의 안마당을 살짝 들여다본 느낌이라고나 할까. 하지만 단단히 걸린 빗장 탓에 문틈으로밖에 볼 수 없어 안타까움이 컸다.

아직 석연찮은 번호가 하나 남아 있긴 했다. 그쪽 역시 어머니의 이름을 밝히고 십여 분 통화한 기록이 있다고 했지만 모르는 사람이라고 했다. 명재의 얼굴만 쳐다보고 있던 가족들은 영문을 몰라 어리둥절했다. 명재가 조심스럽게 혹시 보령 쪽에 계시냐고 물었다. 전화를 받은 여인이 대천인데 왜 그러냐고 반문해서 오히려 그가 다음 말을 잇지 못했다. 재차 어머니의 이름을 댔지만 그쪽에서는 전혀 알지 못한다고 했다. 통화를 끝낸 명재의 말에 따르면 어머니 연령보다는 훨씬 나이가 들어 보이는 목소리였다고 했다. 부동산과 대천 아주머니, 두 지점을 연결 추적하는 일이 비밀 통로를 여는 열쇠가 될지, 아니면 또 헛다리짚기 식의 무용한 일이 될지 아무도 알 수 없었다.

오랜만에 명희는 무악재를 넘었다. 본가가 홍제동을 떠난 뒤 처음으로 지나는 것 같았다. 이층집을 가족들의 눈물 안에 가둘 즈음 그녀도 아파트에서 이사를 나왔다. 승용차도 팔았다. 그 후론 거의 지하철로만 움직인 데다 특별히 이쪽으로 와서 처리해야 할 일이 없었다. 아무 일 없었던 듯 마음 가볍게 찾을 수 있는 동네도 아니었다. 아픈 상처를 일부러 후벼 덧내는 사람은 없을 테니까.

홍제동 아줌마가 어머니의 행적을 알 리는 만무했다. 그럼에도 명희는 어머니에 관해서 무엇이든 듣고 싶었다. 한때 친한 친구였던 만큼 지나가는 말의 어조 하나에라도 어떤 흔적을, 어떤 자취를 남기지 않았을까 하는 기대였다. 정말이지 아무라도 붙잡고 도대체 어머니가 무엇 때문에 이러는지 묻고 싶었다. 그런 이유로 오후에는 도우미로 일하던 집도 방문할 작정이었다. 약속도 잡아 놓았다.

명희는 대시보드의 시계를 보았다. 9시 32분. 열 시까지 간다 했으니 시간은 아직 충분했다. 홍제역이 가까워 오자 운전하는 틈틈이 오른쪽으로 시선이 갔다. 아무 데로나 골목을 찾아들면 멀지 않은 곳에 인왕초등학교가 나올 것이다. 거기에서 숨이 턱에 닿을 만큼만 달려가면 문화촌 못미처에 붉은 벽돌 이층집이 나타날 것이다. 눈앞의 골목길로 바로 꺾어 돌까 하다 꾹 참고 내처 지났다. 유진상가 쪽으로 돌아 과일이라도 준비해야겠다고 생각했다.

·

가끔 꿈속에서라도 만나던 이층집은 온데간데없었다. 아줌마가 동네가 많이 바뀌었을 거야, 하더니 온통 다세대주택과

빌라촌으로 변해 있었다. 과연 제대로 찾아왔나 걱정스러울 만큼 도로마저 낯설었다. 내비게이션을 켜고 왔으니 동네를 잘못 찾아왔을 리는 없었다.

다행히 예전의 슈퍼가 삼거리 초입에 그대로 있었다. 양해를 구한 뒤 그 앞에 주차를 하고 그곳을 기점으로 기억들을 더듬어 나갔다. 완만한 언덕길을 가늠해 보니 어렴풋하게 이쪽저쪽 그림이 그려졌다. 동네가 전체적으로 깨끗하게 정돈되었지만 어딘지 모르게 삭막했다. 꼭 지금이 추운 겨울이라 그렇지는 않았다. 봄날이라 해도 이곳에서 푸른 잎이나 꽃들을 만나기는 힘들 듯했다. 담장 위로 넘어오던 라일락이나 장미꽃의 향기를 이제는 공원에나 찾아가야 맡을 수 있지 싶었다. 이웃 마당에 뭉게뭉게 보랏빛 꽃구름을 피워 올리던 오동나무가 있었다는 건 아마 상상도 못할 것이다.

건물 하나하나를 헤아리며 천천히 걸음을 옮기던 명희는 돌연 걸음을 멈췄다. 도로 하수관에 이물질 유입을 방지하는 하수구 덮개가 눈에 띄었다. 그때의 그것이라 단정할 순 없지만 어린 명훈이 그 위에 엎드려 있던 모습이 떠올랐다. 명훈이 일곱 살, 명희가 열두 살 때쯤의 일이었다. 대문 바깥에서 놀던 명훈이 한참이 지나도록 들어오지 않아 명희가 찾아 나섰다. 어머니가 명희에게 명훈을 부탁하고 외출한 날이었다. 너! 뭐해? 놀라 외치는 소리에 일곱 살 명훈이 잠이 덜 깬 눈으로 명희를 올려다보았다. 거기서 자는 거야? 명훈이 우물우물 대답했다. 물 내려가는 거 보는 거야. 거짓말! 너 잤지? 쪼끔. 근데 정말 엄마랑 바다에 갔어. 아무리 어린아이의 호기심에서 출발했다지만 오수가 흐르는 하수관에까지 의지해 어머니를 기다렸던 명훈이 지금의 상황을 어떻게 견디고 있을까. 명희는 쪼그려 앉아 명훈이 그랬던 것처럼 덮개 안을 들여다보았다. 생활하수가 격자무늬 아래 악취를 풍기며 철철 흘러내렸다. 명희를 기억하는, 명희가 기억하는, 과거 시간의 유일한 증표였다.

아줌마의 집은 다가구주택으로 바뀌어 있었다. 명희가 살던 집도 똑같은 형태로 신축되어 있었다. 동일한 업자가 비슷한 시기에 지은 것 같았다. 사람들은 떠났지만 남은 또 다른 사람들이 뭔가를 다시 이루며 살아간다는 것이 새삼 기이하게 느껴졌다. 거기엔 소외당하는 기분도 있었다.

현관문을 열어준 아줌마가 명희를 보자 애도하듯 눈물바람을 했다.

"니네 엄마가 대관절 어떻게 된 거라니? 그 말 듣고 내가 얼마나 놀랐는지."

아줌마는 명희의 손을 놓을 생각을 하지 않았다. 오히려 명희가 아줌마를 거실 소파로 인도해야 했다. 사과 봉지를 들고 있는 손은 여전히 붙잡힌 채였다. 어수선한 와중에도 아줌마의 차림새가 예사롭지 않았다. 이전과는 완전히 다른 느낌이었다. 헤어스타일은 물론 발등을 덮는 홈드레스도 우아하고 어머니보다 칠팔 년은 젊어 보였다. 명희는 눈길을 거두었다.

"저희 엄마 자주 만나셨어요?"

"아니! 곗날에 한번 나오라 그리 달래도 발을 딱 끊었는데, 접때 첨으로 나한테만 다녀간 거야."

"참, 곗돈은…."

"정리 다 끝났지. 오빠가 다시 잘 되고 있다며? 얼마나 다행이야. 너랑 명훈이도 많이 애써줬단 말 들었어. 너희한테도 정말 고마워. 내가 그놈의 계준지 뭔지 했다가 십 년 감수하는 줄 알았어, 얘."

명희는 무슨 말인지 알아들을 수 없었다. 계원들 등쌀에 말라죽는 줄 알았다고, 어머니가 어려운 중에도 계좌로 십 만 원, 이삼십 만원씩 보내긴 했는데 나중엔 아이들이 도와준다며 백만 원을 꼬박꼬박 아귀 맞춰 부쳐줬다고 했다. 그리고 나머지 천만 원을 명재가 해줬다며 얼마 전에 직접 갖고 왔다는 거였다.

"니네 집 팔아 큰아들 뒤로 죄 들어갔단 소문 듣고 네 엄마, 계원들한테 별 모진 소리 많이 들었어. 네 엄마야 백번 믿지. 네 엄마 같은 사람 안 믿으면 세상에 믿을 사람 하나 없게. 근데 사람을 못 믿는 게 아니라 돈을 못 믿겠다는 거라들. 왜 안 그랬겠니? 근데 너희까지 엄말 도와 그 뭉텅이돈을 다 해결했으니. 그렇게 착한 새끼들 놔두고 엄마가 왜 저리하는가 모르겠다. 혹시 아버지랑 무슨 안 좋은 일 있었니? 네 아버지 같은 양반도 드문데, 부부 사인 아무도 모르긴 하지만서두. 난 네 엄마 일 믿겨지지가 않아. 사고는 아닌 거 같다며?"

"네. 어디 잘 계시긴 한 거 같아요."

그제야 아줌마가 손에 들린 사과 봉지를 알아보고는 손님 치레를 하려고 했다. 명희가 얼른 그녀를 말렸다.

"아줌마, 사실 저 아줌마 뵈러 온 이윤요. 그날 우리 엄마한테 뭐 이상한 점 없으셨나 해서요. 아버지 얘기라든가."

명희는 조심스레 아줌마를 쳐다보았다. 아버지라는 단어를 입에 올리자 가슴이 뜨겁게 들뛰었다. 어머니가 집안 사정을 사실대로 말하지 않은 것만은 분명했다. 가슴 아픈 아버지의 사고를 구태여 말할 필요는 없지만, 더욱이 보험금 얘기를 일부러 꺼낼 필요는 없지만, 반대로 곗돈에 관해서 없는 사실을 거짓으로 지어낼 필요도 없었다. 어머니는 왜 그랬을까. 자식에 관한, 또는 자신에 관한, 단순하고 일반적인 자존심이었을까. 아니면 천근만근 옥죄이던 애물단지 곗돈을 해결하고 나니까 하늘이라도 날고 싶을 만큼 저절로 흥이 났고, 저절로 꾸민 말이 입 밖으로 튀어나온 것일까. 그도 아니면 옛 자리에 쌍둥이처럼 나란히 올라간 두 채의 다세대주택을 보는 순간,

저도 모르게 해피엔딩의 가상 시나리오가 머릿속에서 꿈틀거렸을까.

"글쎄, 이상한 점?"

아줌마가 기억을 더듬었다.

"지금 생각해 보니 좀 불안? 아냐, 아냐, 좀 흥분? 아무튼 그 비슷하게 좀 그랬던 것도 같아. 솔직히 네 엄마가 무던하진 않잖아. 예민하고, 나쁘게 말하면 좀 소심한 데가 있는 편이지. 자식인 네가 듣기엔 어떨지 모르겠지만."

"네에, 괜찮아요."

"그날 얼굴이 볼그족족해서 은근히 자식 자랑을 많이 하더라. 원래 니네 엄마 그런 사람 아니야. 되레 내숭 떠는 쪽에 가깝지. 난 곗돈 다 받아서 기분도 좋았고, 또 니들한테 고맙기도 해서 맞장구를 계속 쳐줬어. 그래 니네 애들만 한 자식들도 없다면서. 뭐 사실이기도 하구. 명재는 지난번 다니던 회사 사장이 또 한번 기회 줬다고, 우리 명재가 진짜 똑똑하긴 한가봐, 하며 좋아해. 그래서 명재가 참한 데가 있잖아, 하고 추었지. 명훈이도 곧 학원 크게 차린다고, 취업 못한다고 속상해했는데 자기가 뭘 모른 소리였다며, 그게 직장 다니는 것보다 훨씬 낫다고 흐뭇해했구. 그 일도 정말 잘 됐다 했어."

명희는 아줌마가 눈치 채지 않게 가슴을 지그시 눌렀다.

"명희 너도 아파트 큰 거 장만했다며? 월급 갖고 언제 그렇게 부지런히 모았니? 다들 어렵다 하는데 참 기특들도 하다. 그러면서 아줌마한테 돈 갚는 것까지 보태구. 옛말에 내리사랑은 있어도 치사랑은 없댔는데 그도 다 맞는 말은 아닌 거 같아, 너희 하는 거 보면. 부모가 암만 힘들어 해도 나 몰라라 하는 자식들도 많아. 저들 살기 바쁘다고 고개 탁 틀어버리는 애들 의외로 많거든. 암튼 네 엄마가 그리 대놓고 애들 자랑하는 건 첨 봤어. 또 원래 그리 크게 웃는 사람이 아니야. 그날 저기 식탁에 앉아 커피 마시며 주전부리했어. 근데 말끝마다 손바닥으로 식탁까지 쳐가며 웃어대는 거야. 그러고 보니 나도 네 엄마가 그러는 모습이 맘에 걸리긴 했나 봐. 엄마 가고 괜히 두어 번 전화해 봤던 걸 보면. 근데 통 안 받더라. 나중엔 아주 꺼 놓았고. 그놈의 소심한 성격에 마구 새끼 자랑질하고 나니 민망해 전화기 꺼놓았나 보다 하구 말았어. 정말 이상하다, 얘. 무슨 일로 그랬을까? 네 아버진 뭐라시니? 마음고생이 이만저만 아니시겠네."

등골로 진땀이 흘렀다. 젖가슴 사이로도 더운 기운이 후끈후끈 올라왔다. 서양 속담에 집집마다 장롱 안에 시체 하나씩은 감춰 놓고 산다는 말이 있단 얘기는 들은 적이 있지만, 어머니의 행동을 어떻게 받아들여야 할지 당혹스럽기 그지없었다. 나중에 어머니를 만나면 그때 왜 홍제동 아줌마에게 그랬냐고 차마 묻지를 못하리라. 어떻게 그 아픈 것을 물을 수가 있겠나. 명희는 더 듣고 싶은 내용도, 더 물어보고 싶은 궁금증도 싹 사라져버렸다. 아니 태연하게 아줌마를 쳐다보면서 더 앉아 있을 수가 없었다. 명희는 비칠비칠 일어섰다. 아줌마가 그런 명희를 안쓰러운 듯 붙잡았다.

"뭐 마시고 마음 좀 가라앉히고 가. 엄마 말 들으니까 북받치는가 본데."

현관으로 향하던 명희는 누가 불러세우기라도 한 것처럼 얼른 돌아서 아줌마에게 물었다.

"참, 현이는 잘 지내죠?"

"개야 잘 지내지. 자식 하나 달랑 있는 게 공부를 지지리 안 해 아줌마가 속 많이 끓였잖니. 병신자식이 효도한다고 우리 이젠 현이 땜에 살아. 이 집도 현이가 새로 올린 거고. 월세가 제법 나오거든. 걔 인왕시장에서 건어물가게 하는데 네 엄마 말마따나 어설픈 직장 다니는 거보다 나은 거 같애. 여기 위층에 살아. 너 보면 되게 반가워할 텐데."

아줌마가 검지로 천장을 가리켰다.

"잘 되었네요. 현이한테 안부 전해 주세요."

잘 됐다는 말은 진심이었다. 문득 까까머리 현이, 그녀가 대학에 들어갈 때까지 잊을 만하면 연서를 보냈던 일이 왜 이 시점에서 기억나는지 몰랐다. 명희는 그때 현에게 참으로 주제넘고 방자하게 굴었었다. 어머니가 아줌마한테 왜 그렇게 자식들을 치장해서 앞세웠는지 알 수 있을 것 같기도 했다. 잘했어, 엄마. 명희는 속으로 씁쓸하게 중얼거렸다. 그리고 불현듯 생각했다. 가족애라는 것이 허위의 가면을 양분으로 삼는 속성도 있는 건지 누가 알겠는가. 보호 또는 방어라는 미명하에. 현관에서 신발을 꿰면서 명희는 피식, 실소를 터뜨렸다.

명희는 아파트 출입문에 달린 숫자판에 여자가 가르쳐준 동 호수를 천천히 눌렀다. 잠시 뒤 인터폰에서 들어오라는 음성과 함께 스르르 문이 열렸다.

미로 같은 복도를 지나 현관문 앞에서 마음을 가다듬는데 명희 또래의 여자가 문을 열고 나왔다. 명희보다 큰 키에 오동통하니 귀염성 있게 생긴 여자였다. 명희는 지레 주눅이 들었다. 전화 목소리로는 이렇게 젊을 줄 몰랐다. 짐작했다면 여기에 오지 않았을까. 그건 알 수 없었다.

탁 트인 실내 공간이 눈앞으로 펼쳐졌다. 적어도 50평? 60평? 이렇듯 넓은 아파트를 실제로 보는 건 처음이었다. 위축감과 부러움은 잠시, 어머니가 이곳을 쓸고 닦느라 얼마나 힘들었을까를 생각하니 명치끝이 알알했다.

"아주머니 일 정말 어떻게 되신 거예요? 그잖아도 저도 자제분들 꼭 뵙고 싶었어요."

여자가 샐쭉하니 말했다.

“접때도 말씀드렸지만 아주머니가 전화상으로도 많이 허둥거리고 계시단 걸 느꼈어요. 원래 되게 침착하신 분인데. 가족과는 아예 연락을 끊으신 거예요?”

명희는 꼭 추궁 받는 기분이 들었다. 어머니가 실종하게 된 경위를 설명할 엄두가 나지 않아 고개만 끄덕거렸다. 어떻게 유서며 나일론 끈이며 상세히 털어놓을 수 있단 말인가. 명희는 입을 앙다물었다. 결단코 그 말을 할 수는 없었다.

“그럼 아저씨랑 시골에 계실 거 아녜요? 설마 아저씨 계신데도 모르는 건 아니시죠? 시골에서 농사지은 거라며 가끔 애호박이랑 가지도 갖고 오시곤 했는데.”

아저씨라면, 아버지? 뜬금없는 말에 명희야말로 어찌할 줄 몰라 허둥거렸다. 그런 명희를 여자가 빤히 쳐다보았다. 유난히 긴 속눈썹 때문만은 아닌, 포도알처럼 새카맣고 큰 눈에 정말로 근심이 한가득했다. 순간 명희는 자신의 소중한 부분을 여자에게 빼앗겼다는 걸 느꼈다. 그것이 무엇인지는 구체적으로 떠오르지 않았다.

“아주머닌 도우미 같은 거 하실 분 진짜 아니세요. 뭐, 그럴 분이 따로 있다는 건 아니지만. 암튼 자제분들만 어머니에 대해 잘 모르시고 어머니를 고생시키시는 것 같으세요.”

여자는 이제 드러내놓고 명희를 질타했다.

“아주머니가 얼마나 자식들 때문에 속상해하면서 사셨는지 모르시죠? 제 남편도 사업이란 걸 하지만 여차해서 아니다 싶으면 가족들을 먼저 보호해야 한다고 자주 얘기해요. 자긴 꼭 그러겠다고 절대 걱정 말라고도 다짐하고. 근데 맏아드님은 어떻게 부모님까지 그 지경으로 만드셔야 해요? 막내아드님은 그 와중에 저 혼자 살겠다고 집을 나가버렸다면서요? 따님한테도 화를 많이 냈어요. 반 토막짜리도 안 되는 집을 온채로 자기 건 줄 알고 덥석 껴안았다고. 저가 저질러놓고서 그 화풀이를 부모한테나 해댄다고."

얼굴이 화끈화끈 달아올랐다.

"혼자 힘으로 아저씨 병구완하는 것만 해도 힘드실 텐데."

"아버지요?"

"네, 폐가 안 좋으셔서 시골에서 요양하신다면서요? 그것까지도 모르세요? 정말 너무들 하시네요."

아버지가 아니고 외할머니라고 반론할 기력도 없었다.

"제가 엄마가 안 계셔요. 일찍 돌아가셔서. 아주머닐 친정엄마처럼 여겼댔어요. 제 남편과 아이들이 저보다 아주머닐 더 좋아해서 어떨 땐 질투가 날 정도로 우리완 참 재밌게 잘 지냈는데. 저기 보세요, 베란다 꽃밭! 다 아주머니가 가꾸신 거예요. 물론 경비는 제가 드리지만 오가다 예쁜 꽃만 보이면 사 갖고 와서 당신 꽃밭이라며 꾸미곤 하셨어요. 물론 저희도 좋아했구요. 자, 이리도 와 보세요."

여자가 명희를 부엌으로 안내했다. 명희는 끌려가듯 발을 옮기면서 자꾸 베란다를 돌아보았다. 어머니는 당신이 살고 싶었던 삶을 여기에서 실현시키고 있었던 건 아닐까, 찬 기운이 정수리로부터 흘러내렸다. 여자가 싱크대 찬장과 서랍을 하나하나 열어젖혔다. 여자가 말하지 않아도 거기에는 어머니의 손길이 확연했다.

"아주머닌 비닐봉지 하나도 이렇게 종류별로, 빵 봉지를 묶었던 포장 끈까지 색깔별로 차곡차곡 다 모아 놓는 분이셨어요. 위생장갑까지 기름기 안 묻은 건 헹궈서 재활용하시는 분이시구요. 그리고 저 위칸의 박스들 보세요. 다 용도별로 이름표를 달고 있지요? 얼마나 알뜰살뜰하신지 제가 깜짝깜짝 놀랄 때가 많았어요. 본인 살림이라도 저렇게 정성들여 하기가 쉽지 않잖아요. 물건뿐 아니라 쌀 한 톨, 나물 한 가닥, 김칫국물 하나도 허술하게 다루는 법이 없으셨어요."

명희는 할 말이 없었다. 그게 어머니의 모습이라고, 어머니는 본디 그렇게 살아오셨다고, 자식들도 모르지 않는다고 항변하고 싶었지만 눈앞에 펼쳐진 어머니의 손길을 마주하고 있자니 다 부질없게 생각되었다. 알고 있었으면? 자식들이 어머니에 대해 다 알고 있었다고 해서 능사는 아니지 않는가 말이다.

"저랑 통화라도 하고 지내시면 훨 나을 텐데. 자식들이랑 연결될까 봐 전원까지 꺼놓고 지내야 하시다니, 우리 아주머니 불쌍해서 어떡해요. 저도 뭘 어떻게 해야 할지 모르겠어요. 친정엄마를 잃어버린 거 같아 요즘 손에 일도 안 잡히고 외출도 못해요. 꼭 일을 도와주지 않으셔도 엄마처럼 가깝게 지내고 싶었다구요."

명희는 가슴이 먹먹해서 더 이상 여자네 집에 머물 수가 없었다.

"참, 아저씨가 대천 쪽에 계시다 하셨어요. 가실 만한 데 없나 좀 적극적으로 찾아봐 주세요. 혹시 먼저 연락 닿으시면 제 식구들이 꼭 뵙고 싶어 한다고도 전해주시고요. 아주머니, 정말 기품 있으시고 존경스런 분이신데."

명희는 그리하겠다는 말을 남기고 돌아섰다. 여자가 명희를 향해 쉴 새 없이 뒤에서 좋알거렸다. 명희는 귓속에 비수처럼 꽂히는 말들을 가슴에 쟁이며 뚜벅뚜벅 걸어나갔다.

등 뒤로 여자의 집 현관문이 텅 닫혔다. 순간 명희의 심장을 누군가 세게 콱 쥐었다 놓는 것 같았다. 엘리베이터를 기다리는데 휴대폰이 울렸다. 명재였다. 명재가 별다른 소식 못 들었냐고 물었다. 명희가 대답했다.

"엄만 엄마였는데 우리 엄만 아니었어."

명재가 그건 또 무슨 소리냐며 짜증을 냈다. 명희는 말없이 전화를 끊었다. 어머니는 필사적으로 누구였을까.

16

차가 웅천 읍내로 들어섰다. 명재로서는 두 번째 방문이었다. 겨울답지 않게 화창해서인지 동네가 지난번처럼 을씨년스럽진 않았다. 대신 먼지가 햇살에 도드라져 도로며 다리 난간이며 상가 유리창들이 어수선하고 지저분해 보였다. 바깥에 시선을 둔 마음이 지치고 고단한 탓인지 몰랐다.

어제 명희와 통화 끝에, 부동산 한번만 더 가보자, 혹시 그쪽에서 기억을 못해서 그러는 걸지 모르니까, 어머니 이름으로 계약서라도 있나 찾아보자고 그녀를 설득했다. 잠시 망설이던 명희가 오빠, 하고 한참 뜸을 들였다. 이윽고, 정말 아버지가 살아 계신 건 아닐까? 하고 어처구니없는 말을 꺼냈다. 너까지 왜 그러냐며 명재는 한마디로 일축했다. 보험조사관이라는 작자야 직업상의 대응이었을 뿐일 거고, 도우미 주인이라는 여자는 어머니에 대한 애정이 지나쳐 저 혼자 그런 상상이 혀끝을 지배했을 게 뻔했다.

명희가 홍제동아줌마와 주인여자에게 어머니에 관한 사소한 거라도 물어보고 싶었던 것처럼 기왕 나선 김에 명재는 오늘 외조모와 외숙이란 양반들도 찾아볼 생각이었다. 궁금한 것투성이인 어머니의 말을 그들의 말에 맞대 보는 것, 말과 말이 제자리에 아귀를 맞추고 하나씩 정리될 때, 어머니의 말이나 행적이 훨씬 구체적으로 모양을 잡아가리라 생각했다.

명재는 운전석의 명희를 힐긋 쳐다보았다. 6호선 합정역 앞에서 만나 출발할 때부터 명희는 입을 꾹 다물고 있었다. 아직도 어머니의 인간적인, 너무나 인간적인 진실을 받아들이지 못해 화가 풀리지 않나 보았다. 웅천행을 끝까지 거부하지 않고 따라와 준 것이 그나마 고마웠다.

어제 명희로부터 들은 말은 명재에게도 충격이었다. 명재는 일방적으로 통화를 끝낸 명희를 다그쳐 자초지종을 털어놓게 했다. 집에 들러 자세한 걸 차분하게 말해 보라고 달랬지만 명희는 단칼에 거절했다. 당장 자신의 집으로 돌아갈 거라고, 무엇보다 형제 그 누구도 보고 싶지 않다고 악을 써 댔다. 간간이 클랙슨 소리가 들리는 걸로 보아 마포의 도우미 집을 나와 벌써 가양동으로 방향을 잡은 것 같았다.

홍제동 아줌마의 말은 그럴 수 있다 쳐도 명희가 전해준 젊디젊다는 주인여자의 말은 명재도 선뜻 받아들이기가 쉽지 않았다. 물론 어머니가 그런 말을 할 때는 조금이라도 진심인 부분이 있었을 것이고, 자식들한테 섭섭한 게 많을 줄도 모르진 않았다. 하지만 피 한 방울 섞이지 않은 생판 남한테 자식들의 치부를 노골적으로 털어놓을 어머니는 결코 아니었다. 명희가 엄만 엄마였는데 우리 엄만 아니었다는 말이 어감과 양감 그대로 명재에게도 전달되었다. 더구나 아버지가 요양 중이라는 말은 말도 안 되는 소리라고 단호하게 부인하긴 했지만, 두고두고 도무지 엉뚱했다. 어머니가 상상 속에 당신의 집을 새롭게 지어 놓고 거기에서 아버지까지 보살피고 있다는 얘기밖에 되지 않았다.

"엄만 당신이 잃어버린 것들을 그 집에서 복구시키고 있었는지 몰라. 거기가 엄마 집이고 그 여자가 엄마 딸 같았어. 우리 형제들은 각다귀처럼 달라붙어 뜯어먹는 파렴치들이고."

그 말끝에 명희가 씨발, 운전들을 뭐 이 따위로 하는 거야!, 평소 들어보지 못한 욕설을 내뱉었다. 스피커폰으로 통화하는 것 같은데 악다구니가 귓속으로 들이꽂혔다.

"엄마가 그 여자한테 그랬대. 자식들이 빚쟁이 같다고, 근데 갚아도 갚아도 끝나지 않는 빚쟁이 같대. 나더런 뭐랬는지 알아? 겨우 반토막도 안 되는 집 못 갖게 됐다고 부모한테 화풀이하는 애래. 은행에서 돈만 빌려주지 않았어도 나도 그 집 안 샀어. 사도 좋다고, 어서 사라고, 걔네들이 적극 대출해 줬잖아. 나라에서도 그러면 안 된다고 막기는커녕 오히려 들쑤셨잖아. 내가 투기라도 하려고 비싼 사채 무리하게 끌어왔어? 사지 말라는 걸 어거지로 샀냐고? 아파트 값이라도 팍 떨어뜨려 놓지 말던가. 팔아서 정리도 못하게 똥값을 만들어 놓은 게 누구들인데? 그게 나야? 나냐고? 그리고 또…."

목이 메는지 말을 잇지 못하고 한참 끅끅거렸다.

"자식들도 당신 같은 부모 원치 않았겠지만 당신도 우리 같은 자식들은 원치 않았대. 이놈이나 저놈이나 부모한테 제 것 맡겨 놓은 것처럼 너무도 당연하게들 바라기만 한대."

명희가 이번엔 웃는 건지 우는 건지 모르는 흐흥, 하는 소리를 냈다. 명재는 온몸의 피톨들이 거꾸로 치도는 듯했다.

어젯밤 내내 어머니의 말을 곰곰 정리해 보았다. 결국 어머니의 말은 자식들이 혈연의 뜻하지 않은 인연을 필연적인 것으로 내세워, 권력이라도 쥔 것처럼 부모를 강제하고 있다는 뜻이었다. 어머니가 과연 진실로 그렇게 생각했고 진실로 그 말을 했는지 믿기지 않았다. 명재가 짐작할 수 있는 것은 어머니가 자식들이 미안해하고 있는 것보다 훨씬 더 많이 힘들어

했구나, 그 정도였다. 그것 말고 생각이 진전되지 않았다.

어머니의 말대로 부모한테서 물려받은 뼈와 살과 피가 부모에게 당연하게 요구할 권리의 조건이 될 수는 없었다. 문득 명재는 부모자식의 관계라는 것이 굉장히 대단한 연대로 묶여 있는 것 같지만, 실은 아주 허약한 고리로 연결된 믿음이었지 않을까 하는 생각에 소스라쳤다. 그만큼 명재도 어머니의 말에 배신에 가까운 섭섭함을 느꼈다. 명희가 소리 질렀던 이유를 알 것 같기도 했다. 어머니의 말을 부정하면서도 얼마만큼은 긍정할 수밖에 없는 아이러니가 정답일지 몰랐다. 어머니라고 자식들을 까발리면서 아프지 않았을까. 아팠을 것이다. 심장에서 치솟는 뜨거운 피를 목구멍으로 꿀떡꿀떡 넘기며 무지 아파했을 것이다. 문득, 언젠가 읽었던 소설 장면이 떠올랐다. 여주인공은 가족으로 인해 가슴 찢어지는 고통을 이기지 못하면, 아플 때 병원을 찾아가듯 자기 집과는 멀리 떨어진 동네의 공원이나 놀이터를 찾았다. 거기에서 만난 낯모르는 사람한테 자신의 아픈 얘기를 다 쏟아내고 터덜터덜 집으로 돌아와 다시 고단한 삶을 살아내는 여인. 어쩌면 어머니도 그와 같은 심정이었을 것 같았다.

“그 여자가 그랬어. 자식들은 제 부모가 늙는 걸 모른대. 아니 늙었다는 걸 모르고 있대. 언제까지 그렇게 부모 등에 얹혀 살아갈 생각인지 알 수 없다고. 당신은 늘그막에 자식들이 든

든한 의지처가 될 줄로만 알았대. 아빠랑 친구들이랑 여행도 다니고 싶었대. 늙어빠지도록 자식들 밑구멍만 닦으며 살게 될 줄은 정말로 몰랐대."

수화기 너머로 명희의 우는 소리가 들렸다. 가슴에서 뭔가 툭 내려앉았다. 든든한 의지처? 명재가 그랬다. 불가항력의 위기에 처했을 때, 하늘과 땅이 맞닿을 듯 눈앞이 캄캄해지는 순간, 명재는 늘 아버지 어머니를 떠올렸다. 언제까지고 믿고 의지하고 돌아갈 수 있는, 젖은 마음을 말려 줄 따사로운 양지, 단단한 반석이자 마지막 보루, 세상없는 부모였다. 자식의 그러한 생각들이 부모가 당신의 인생을 전면으로 부정할 만큼의 엄청난 멍에이고, 부담이고, 고통이었을 줄 명재는 꿈에도 생각하지 못했다. 물론 부모의 둥지를 허문 일이, 부모의 노후를 고생되게 만든 일이 죄스럽지 않다는 뜻은 아니었다. 그것과는 다른 의미로 부모는 그에게 무조건의 존재였다. 그런데 어머니가 그건 아니라고, 틀렸다고, 잘못된 일이라고 말하고 있었다.

갑자기 자동차의 속도가 줄었다. 벌써 부동산 앞이었다. 명재는 첫 방문 때의 긴장이 되살아났다. 지금은 통화내역이라는 천금 같은 보물을 지니고 있는데도 감정의 파고는 또 다른 기제로 움직이는가 보았다. 주차를 서두르는 명희에게 먼저 내리겠다고 했다.

명재는 숨을 크게 들이마시고 부동산 문을 밀었다.

"어서 오십시오."

오십 대로 보이는 사장인 듯한 남자가 사무실 안쪽 책상에서 벌떡 일어났다. 목례를 하는데 소파 위에 앉아 있던 노파가 명재를 뚫어지게 쳐다보다가 알은척했다.

"이거 누겨? 엄니 잊어뿐 아들 맞지유?"

"네, 안녕하세요?"

"안직인겨유?"

명재가 머쓱해서 고개를 숙였다.

"워쩐댜유?"

명재는 사장을 향해 돌아섰다.

"저 최정순 씨 아들이라고 일전에 전화를 드렸었는데요."

"거 참! 이상한 분들이네. 그런 사람 모른다고 누누이 말씀을 드렸는디."

"번거로우신 거 압니다. 저희 사정이 워낙 급해서 그러니 너그러이 양해 부탁드립니다. 혹시 사장님께서 착각하시는 건 아닌가, 혹시나 어머니 성함으로 계약서 같은 게 남겨 있진 않을까, 한번 그런 생각이 드니 영 잠이 오질 않아서요."

"딱하긴 한대유. 딸인가도 여러 번 다녀갔시유."

"계약서를 확인한 건 아닌 걸로 알고 있는데, 오늘도 같이 왔습니다. 곧 여기로 올 겁니다."

"알겄슈. 한번 찾아보자구유. 워쩌다가 모친을 그 지경으로 만들어 가지구선, 쯧쯧."

사장이 서류철을 꺼내는데 명희가 들어왔다. 손에는 언제 샀는지 음료수가 한 박스 들려 있었다. 노파를 발견하고 명희가 곧바로 식혜를 한 캔 꺼내 내밀었다. 노파가 이리들 고상혀 어쩐댜, 하면서 얼른 그걸 받아들었다. 사장이 그 모습을 일별하고는 서류철을 넘기기 시작했다.

"날짜를 언제쯤부터 확인해 보면 좋겠시유?"

"육 개월 정도 소급하면 어떨까 싶은데요."

명희가 고개를 저었다.

"사장님, 한 일 년 반쯤 전 것도 있어요?"

명재는 뜨악하게 명희를 쳐다보았다.

"부동산 명함이 봄 자켓에 있었어. 아빠 찾으러 다닐 때도 사 월이었고."

"너 뭔 소릴 하는 거야? 무슨 생각을 하고 있어?"

사장이 옥신각신하는 두 사람을 쳐다보다 손을 들어 제지했다.

"찾아볼게유. 연도 별로 묶어 보관해 놓으니까 걱정 말어유. 이름이 아까 최정순 씨라고 했지유? 하도 들어서 내가 다 외워졌구만."

사장이 어머니 이름을 되뇌며 서류철을 전부 확인하고는 고개를 절레절레 흔들었다.

"깡그리 훑어도 안 보이는디, 절대 우리 손님은 아녀유. 인제 속 시원히 확인이 됐지유?"

명희가 한숨을 폭 쉬었다. 명재는 그런 명희를 쳐다보다 어이가 없어 고개를 돌리고 말았다. 어떻게 아버지가 살아 있을 거라는 생각을 할 수 있는지 오히려 그게 더 궁금했다. 명희가 어머니의 문제로 심하게 불안을 겪고 있음이 분명했다.

명희가 내비게이션을 작동하면서 물었다.

"오빠, 가나안요양원이라 했지?"

명재는 그렇다고 대답했다.

"교회에서 운영하는 덴가?"

명희의 목소리에 간만에 생기가 돌았다. 아버지의 얼토당토않은 생존 가능성이 나름 정리되어 마음이 홀가분한가 보았다. 어머니 때문에도 머리가 터질 지경인데 아버지의 문제가 일단락되어 명재도 한결 마음이 가벼웠다.

자동차는 국도를 따라 여러 마을들을 거치며 구불구불 돌았다. 이윽고 청소면이라는 표지가 나타났다. 곧 면내로 들어섰다. 명희가 가게들이 모여 있는 거리에 잠시 정차했다.

"오빠, 건너편 저 슈퍼 기억나지? 버스정류소 앞이라고 상호도 정류소슈퍼였잖아. 꼭 칠팔십 년대 드라마 세트장에 온 거 같지 않아?"

명희가 여유가 생기는지 객쩍은 소리를 했다. 명재는 이런 저런 생각을 많이 해서 그런지 피로감이 자근자근 몰려들었다. 차 시트가 아스라하게 가라앉는 느낌이었다. 아무런 대꾸도 하지 않자 명희가 내비게이션을 들여다보며 요양원은 오 분 남았다네, 혼자 중얼거렸다. 곧 차를 출발시켜 좁다란 길로 방향을 틀었다. 산자락을 따라 농로가 이어졌다.

명재의 나른해지는 의식 안으로 지난번 왔을 때 본 광경이 떠올랐다. 슈퍼 앞에서 자그락거리던 젊은 동남아 엄마와 어린 아들. 고무슬리퍼에 낡은 트레이닝바지를 입은 엄마를 향해 다섯 살쯤의 아이가 조른다. 이힝, 과자 사줘. 돈 없어. 엄마는 아들의 시선을 돌리기 위해 우리 쩌어기 다녀오자며 아들을 꼬드긴다. 아이는 과자 앞을 떠나기 아쉬운지 우리 그냥 여기서 놀자, 엄마를 만류한다. 쩌어기까지만 걸어갔다 오자. 엄마가 또 아이에게 권한다. 싫어! 여기서 놀아! 아이가 떼를 부린다. 그럼 아빠한테 가서 돈 달라 할까? 그래! 우리 아빠한테 가서 돈 달라고 하자. 의견을 맞춘 모자가 반갑고 호기롭게 어디론가 뛰어간다. 질박한 가족의 무구한 모습. 명재 자신은 무엇을 대단하게 이루려고 여기까지 질주해왔나. 뒤돌아보니 걸어온 길이 허허롭고 가마아득했다.

안내가 종료된다는 전자기계음 멘트에 맞춰 하얀 건물이 눈에 들어왔다. 소규모의 공동생활을 하는 곳인 듯 단층의 단독주택 한 채가 텅 빈 논을 앞에 두고 위치해 있었다. 꽃밭일 것으로 짐작되는 작은 공터가 달린 소박하기보다 단출한 요양원이었다. 자갈 깔린 마당에는 방문객 차량인지 낡은 소형차 한 대가 주차되어 있었다. 명희가 나란히 그 옆으로 차를 세웠다.

차에서 내리자 건물 안에서 초로의 여인이 나왔다. 앞치마를 두르고 고무장갑을 낀 걸로 보아 요양보호사 같았다.

"누구 찾아왔슈?"

"엊그제 서울에서 통화했는데요. 김할머니라고."

"오늘 워짠 일들이래유? 아드님도 시방 와 있는디. 저짝으로 들어가세유."

보호사가 명재와 명희를 안내했다. 아드님이라면 외숙을 이르는 것 같았다. 마침 잘 됐다는 생각이 들었다. 명재는 차 뒤의 트렁크에서 상자를 꺼냈다. 웅천에서 출발하기 전에 귤을 한 상자 구입해 두었다.

거실인 듯한 곳에 노파들이 옹기중기 소파에 기대앉아 텔레비전을 보고 있었다. 그 앞을 지나자 식당이 나왔다. 그곳에서 방문객들을 맞는 듯했다. 창가 쪽 식탁에 한 움큼에 쥐어질 듯한 노파와 늙수그레한 남자가 마주 앉아 얘기를 나누고 있었다.

"할매, 서울서 외손자가 찾아왔는디."

"안녕하세요? 제 어머니 성함이 최자 정자 순자이고 저는 맏이 박명재입니다. 여긴 누이 명희고요. 외할머니하고 외삼촌이시죠? 인사드리겠습니다."

"자네덜이 정순이 아들허고 딸내미라구?"

외숙이 두 사람의 위아래를 번갈아 훑으며 엉거주춤 일어섰다.

"누이를 많이들 닮았구먼. 근디 정말루 물르는 일일셔. 정순이가 읎써졌대는 게 무신 소리여?"

"죄송합니다. 모두 저희 불찰입니다."

"정순이?"

명재의 말에 외조모가 식탁에 의지해 일어섰다. 뼈와 가죽뿐인 데다 허리가 구십 도로 꺾이고 척추가 에스자로 휘어져 등에 동그란 혹이 얹혀 있는 것 같았다. 오금을 펼 수가 없는지 금방이라도 앞으로 고꾸라질 듯 위태한데 목청만은 낭랑했다.

"정순이 갸가 결혼한댜?"

"어이구 참, 엄니두. 좀 가만 계셔유. 할매가 쬐끔 오락가락허신다. 양해혀라."

"갸 혼수라도 지대루 해서 보내줘야 허는디. 장꽝에 장물두

펴서 보내줘야 허구. 요짝 아래 돈두 좀 숨켜논 거 있는디. 내 가심이 뽀사질라 혀!"

외조모가 그 말을 하면서 당신 가슴을 쥐어뜯었다.

"미치겄구만. 어릴 적에나 잘해주지 왜 인저 다 늙어 번진 딸헌테 뭐 해주구 싶어 이 생난리굿이여!"

외숙이 호통 치듯 외조모를 몰아세웠다.

"오빠, 우리가 뭘 물어본다 했지? 갑자기 아무 생각도 안 나네."

명희가 한숨을 쉬었다. 외숙이 먼저 물었다.

"근디 정순이가 전화를 끊어 놓았다구? 니들 전화 받구 전화 해봤더니 진짜 읎는 번호라구 나오던디."

"네?"

명재와 명희가 동시에 비명처럼 물었다. 명재는 허겁지겁 휴대폰을 꺼내 번호를 눌렀다.

"진짜 결번이라 나오네. 이제 어떻게 되는 거지? 너도 몰랐어?"

"응. 내역 확인되면서부턴 안 해봤는데?"

명재도 그때부터 걸어보지 않았다.

"엄마가 뭔 낌새챘나 봐. 우리 이러는 거 어떻게 알 수 있지?"

"아무래도 마트를 찾아본 거 같다. 거기서 그런 메시지 보낸

적 없단 말을 들었을 거야. 더 상상한다면 젊은 직원이 악성코드에 낚인 거 같다고 핸드폰 정보가 빠져 나갈지 모르니 빨리 해지하라 했을 수도 있고. 도영이 사고 어쩌구 한 것도 눌러보고 엉뚱한 화면이 나오니까 이상하게 생각했을 수도 있고. 암튼 어머니가 무슨 조치를 취한 건 분명해. 우리가 어떻게 하고 있다는 걸 알게 된 거 같아."

"엄마! 우리 어떡하라구."

명희가 옆의 의자에 털썩 주저앉아 눈물을 글썽였다.

"어떡허긴 어떡혀? 얼렁 찾어야지."

외숙이 소리를 질렀다.

"불쌍헌 애여, 니들 엄니. 이제사 말인디 니들 외할매가 나헌틴 친엄니가 아니여. 으붓어미지. 내가 어릴 때 우리 집에 개가를 왔어. 그닝께 정순이 친부 죽구 나서 정순일 저 친할매헌테 맡기구 우리 아부지헌테루다 개가를 온 거여. 정순이는 친할매가 죽어 번지니께 갈 데가 읍써서 친엄닐 찾아와 늦게야 합친 거구. 근디 미안허게두 우리 아부지 구박이 이만저만이 아녔어. 이상허게 엄니는 으붓새끼인 나헌텐 끔찍허게 잘혔는디 당신 딸헌텐 참 야박하게 굴더라구. 내가 다 미안헐 정도루다. 왜 그랬는지 지금두 참 이해가 안 가는 일이여. 그랴서 인저야 저리 가심 뽀사진다구 당신 가심 펑펑 두들겨 대는지두 물르겄지만서두. 결국 정순인 고등과 졸업허자마자 서울루 떠나번졌어. 그 후룬 소식을 아예 끊었지. 나도 두 눈으루 본 게 있으니께 갸헌테 야속허다 말헐 수도 읍쎴어. 그냥 잊어번지자, 어디서 잘 살겄지 혔어. 근디 재작년엔가 수소문혀서 날 찾아왔드라구. 그 뒤부터 가끔 할매를 들여다보기두 허구."

"그러신 것 같았어요. 제 아버님이 재작년에 원산도 부근에서 낚시하다 실종되셨거든요. 그때부터 대천 나들이를 자주 하셨어요. 외할머니 찾아보신다기에 마음 둘 데가 없으셔서 그런가 보다 했어요. 다들 형편도 편편치 않고 어머니도 굳이 찾아뵈란 말씀을 안 하셔서 알면서도 저흰 모른 척하고 있었습니다. 죄송합니다. 아, 작년 말쯤에 어머니가 할머니 간병을 하고 오셨다고 한 달 가까이 집을 비우신 적이 있으세요. 할머니가 노환으로 많이 편치 않으셨다고요?"

"무신 말이여? 내가 여기 암만 못 와두 두어 주일에 한번씩은 댕겨가는디 엄니가 아픈 적두 읍구, 아파두 여기 요양사 아주매들이 다 보살펴주는디 그건 말두 안 되는 소리여. 그런 적 읍써."

"네?"

또 명재와 명희가 동시에 외마디소리를 질렀다.

"니네 엄니, 여기 엄니 닮아 치매 오는 거 아니여? 아니믄 정신이 오츠케 돼 가고 있든가. 그렇지 않구서야 엉뚱스런 소릴 헐 리두 없고, 멀쩡헌 사람이 죽으려구 혔단 것두 이상하자녀? 도대체 정신줄 놓구 시방 어딜 돌아댕기고 있는 거여? 엄니가 의지가지없이 니들 아부지만 보믄서 살다 일이 이 지경되니께 충격이 너무 컸던 거 아니여? 암만 혀두 니들 엄니 많이 이상혀. 얼렁얼렁 찾아서 병원에 모시구 가 봐야 헐 거 같어."

"혹시 외삼촌이 일회용 면도기 사다 달라고 우리 엄마한테 부탁한 적은 없으셨어요? 외삼촌댁은 어디세요? 혹시 주산면 아니세요? 할머닌 언제부터 요양원에 계신 거예요?"

명희가 질문을 쏟아냈다.

"셤 깎는 거? 우리 아덜도 면도기로 털 깎어. 맨날맨날. 면도기 많이 사다 놓았남?"

외조모가 끼어들었다.

"아이고, 엄니, 족발집은 인제 안 혀유. 언젯적 얘긴디."

"혹시 할머니, 담배 피셔요?"

"데꼬바리 말여? 피워. 쩌어기 할매두. 사왔남?"

외조모가 식당 너머 거실 쪽을 가리켰다.

"엄닌 안 태우시자녀유. 엄닌 가만 계시라니껜유. 정신 하나 읎네. 너두 하나씩만 물어봐라. 대체 워짠 일이래냐? 내가 차근차근 대답혀 볼께. 난 대천 터미널 옆에 살구, 할매는 여기 들어온 지 한 삼 년쯤 됐구. 내가 왜 걔헌테 면도기를 부탁혀냐? 난 그리 못현다. 솔직히 내가 걔보다 다섯 살이나 많은디 모질게 구는 아부지허고 엄니를 한번두 말려보질 못혔어. 에고, 못현 건지 안 현 건지. 걔가 맥읍시 우리 아부지헌테 매두 많이 맞었는디 그땐 왜 모르는 척 그래졌는지 나두 잘 물르겄다. 근디 그런 것들은 뭐 땜에 물어보는겨?"

명재와 명희야말로 외숙의 말에 뭐라고 대답할 거리가 없었다. 할머니가 흡연가도 아니고 면도기를 부탁한 것도 아니라면?

"아, 그러구 보니 작년 말쯤인가 좀 이상헌 일이 있었네. 밤늦은 시간에 니 엄니가 우리 집으로 달려왔는디 허옇게 질려 있더라. 매부가, 매부가, 허면서 입술을 덜덜거리는디 영 말을 못혀. 실성헌 거맨치루. 일단 안으루 들어오라구 혔는디 부득불 안 들어오겄다는 거라. 그래서 매부가 워찌 됐냐구 꼬치꼬치 물으닝께 대답은 안 허구 고집으루다가 집에 간다믄서 돌아가더라구. 열 시가 넘은 때라 빠스가 떨어지지 않겄나 걱정되는디 막 도망치듯 가버린 적이 있었어. 암만 혀도 니네 엄니 제정신 진짜 아녀. 얼렁 찾아봐야 혀. 참, 글구 보니 얼마 전에 그런 말두 혔네. 시골에 집을 하나 사놓으믄 으쩔까 허기에 뭔 짝에 쓸려구 허냐, 심사숙고혀라, 혔는디. 진짜 니네 엄니 매부 땜에 오츠케 됐나 부네. 도대체가 걔 말을 앞뒤로 이해헐 수가 읍자녀?"

매부라면 아버지였다. 정말 어머니의 정신에 무슨 문제라도 생긴 것인지, 도대체 갈피를 잡을 수 없었다. 명희의 얼굴이 새파랗게 질려갔다. 명희의 얼굴빛이 의미하는 것은? 아버지가 살아 있을지 모른다는 말이 얼마큼 실현 가능할지도 모른다는 뜻인가? 그렇다면 가끔 어머니가 시골에서 갖고 왔다며 풀어놓던 가지며 오이며 고구마며 푸성귀들이? 명재가 어디서 난 거냐고 물으면 어머니는 꼭 남의 것을 훔쳐 온 사람처럼 허둥댔다. 이상해서 재차 물으면 니들 외삼촌이 준 거라며 얼버무렸다. 왜 지금에야 그 일이 석연찮은 느낌으로 또렷하게 기억나는지, 사소한 것 하나라도 분명하게 확인하고 앞으로 나가는 게 나을 터였다.

"혹시 외숙께서 농사지은 것들을 어머니한테 나눠주시기도 하셨나요?"

"그럴 때두 있었지. 나두 손바닥만 헌 텃밭이 있으니께. 워짠 일루 그런 건 물어봐?"

"아니, 아닙니다."

그렇다면 푸성귀 건은 오해일 수도 있다는 얘기였다. 그러면 간병 건은? 작년 말쯤 외숙을 찾아가 아버지를 거론한 건 왜? 머릿속이 뒤얽혀 방향을 종잡지 못하고 있는데 휴대폰이 울렸다. 모르는 번호였다. 명재는 숨을 고른 뒤 전화를 받았다.

"아직도 어머님과 연락이 안 되십니까?"

목소리의 느낌이 좋지 않았다.

"누구시죠?"

"아, 제 소개를 드리지 않았군요. 경황이 없다 보니, 죄송합니다. 말씀은 들으셨으리라 짐작되는데 아버님 박길수 씨의 상해보험금 수령과 관련하여 동생분 박명훈 씨를 만난 적이 있습니다."

"그런데요? 동생의 상해보험금과 저희 어머니가 무슨 상관이 있죠?"

"상관? 글쎄, 있을 수도 있지요."

"뭐라구요?"

"진정하시고요. 박명재 씨, 지방에 내려와 계시네요."

"당신 뭐야? 지금 날 미행하고 있어?"

"미행은요? 무슨 말씀을. 예감이죠. 제가 촉이 좀 좋은 편이거든요. 조만간 만나 뵐 일이 있을 겁니다. 그때 뵙지요. 그럼."

전화가 뚝 끊겼다. 명재는 명희를 쳐다보았다. 명희는 통화 내용을 듣더니 양 손으로 귀를 막고 눈을 감아버렸다. 어떤 말이라도 하고 싶은데 말 대신 엉뚱한 장면이 떠올랐다. 탁한 하천 위로 주둥이를 내밀어 뻐끔거리는 팔뚝만 한 잉어. 명재는 하아하악, 가쁜 숨을 몰아쉬었다.

17

명훈은 검지로 양쪽 귀를 마구 후볐다. 심장이 빠르게 덜컹거리는 것도 부족해 어제부터 호각 소리가 그치질 않았다. 삐익삐익, 날카로운 소리가 달팽이관 속을 파고들 때마다 뭔가를 경계시키고, 제지하고, 독려하며 머릿속을 들쑤셨다. 원장이 그의 신경질적인 손놀림을 어이없는 듯 쳐다보았다. 명훈은 노트북과 자료들을 챙기고 자리에서 일어섰다. 차라리 호젓한 강의실에 나가 있는 게 나을 것 같았다. 원장이고 뭐고 울화통이 터져 견딜 수 없었다. 자리를 박차듯 나가는 명훈을 보면서 원장이 황송하게도 모른 척 고개를 돌려줬다.

어머니가 사라진 지 25일째, 명재와 명희가 부동산과 외숙을 만나고 온 지도 3일째였다. 형제들은 그날 이후로 연락을 끊고 각자의 집에서 꼼짝하지 않았다. 명훈이 볼 때는 적어도 그러는 것처럼 보였다. 이제 어떻게 하라고? 난 더 못해! 더 할 일도 없어! 다들 한걸음 물러나 팔짱을 끼고 노려보는 듯싶었다. 세상을 향해서든, 형제들을 향해서든, 자기 자신을 향해서든.

어머니와 연결될 통로는 이제 아무것도 없었다. 전화번호를 모르니 억만금을 지불해서라도 새로이 통화내역을 알아낼 방법은 찾지 못할 것이다. 이제야말로 영원히 어머니를 잃어버렸다는 느낌이 강하게 들었다. 어머니를 유인했던 악성코드는 잠시 잠깐의 유토피아를 선물한 대신 자식들을 더 깊은 나락으로 처박아버렸다.

명재로부터 조사관의 얘기를 전해 듣기 바로 전, 명훈 또한 그에게서 전화를 받았다.

"박명훈 씨, 드디어 움직이셨네요. 잘하셨습니다."

조사관이 그 말을 할 때만 해도 그이 덕분에 어머니를 찾게 되나 보다 하고 고마운 마음까지 들었다. 통신으로나마 이어진 어머니와의 고리가 완전히 끊겨 있는 줄은 꿈에도 몰랐으니까. 강력계 형사였던 경험과 직감과 판단으로 그이가 여기까지 잘 끌어왔고, 아버지의 존재에까지 연결시킨 점은 높이 살 만했다. 그도 이쯤에서 앞길 툭 끊기는 천 길 낭떠러지를 만나게 될 줄은 예상하지 못했을 것이다. 저 앞에 어머니의 실체가 보인다 해도 이제 어떻게 발을 내딛을 것인가. 명훈은 그이에게 요구하고 싶었다. 지난번처럼 오만하고 당당하게 어머니 쪽으로 안내해 보라고. 벼랑 앞 허공에 구름다리라도 놓아 보라고.

남향인 강의실은 눈이 시릴 정도로 밝았다. 명훈은 서둘러 창문의 블라인드를 내렸다. 강의실이 옅은 빛 안으로 잠겼다. 눈이 편안해지면서 마음도 조금 가라앉았다. 노트북을 열었지만 모니터가 눈에 들어오지 않았다. 존재의 공회전, 문득 떠오른 단어였다. 마음이 중심을 잃고 연신 헛바퀴를 돌리고 있었다.

아버지가 진짜 살아 있을지도 모른다는 쪽으로 생각이 많이 기울었다. 부정할 만한 여지가 없었다. 한 달 이상 외조모를 간병한 사실이 없다는 건 어머니가 아버지와 같이 있다는 걸 입증했다. 어떻게 그런 일이 있을 수 있는지는 차치하고라도 아버지의 실종을 받아들일 수 없었던 만큼의 충격으로 아버지의 생존을 받아들이기도 쉽지 않았다. 어머니와 아버지가 보험금 때문에 은신하고 지낸다는 뜻 말고 어떤 다른 이유를 생각해 볼 수나 있겠는가.

명훈은 간밤도 뜬눈으로 새웠다. 과연 지금의 상황을 어떻게 수용하고 용납하고 해결해야 할지 실마리가 잡히지 않았다. 아마 형제들도 지금쯤 심각한 혼란과 자가당착에 빠져 있을 것이다. 어머니가 도우미 집에서 자식들을 향해 퍼부었다는 원망의 근거가 조금이나마 짐작되었다. 어머니로서는 자식들을 재건시킬 보험금을 포기할 수도, 아버지를 언제까지 숨어 살게 할 수도 없어 애를 태웠을 것이다.

보험금에 관한 결정은 아버지의 뜻이었을 게 분명했다. 그렇다면 아버지의 실족과 아버지의 의지는 어떤 상관관계에 놓여 있는가. 그리고…. 범죄. 그리고…. 공소시효. 그리고…. 자수. …. 누가? 명훈의 머릿속이 의도하지 않은 단어들로 뒤죽박죽되어 갔다. 자신이 왜 그런 단어들을 떠올려야 하는지도 화가 나고 부당하기 그지없었다.

휴대폰을 열어 해커가 깔아준 클라이언트 프로그램을 작동시켜 보았다. 역시 작동되지 않았다. 제아무리 천하제일의 해커가 마련한 프로그램일지라도 존재하지 않는 번호를 추적할 수는 없는 노릇이었다. 명훈은 눈을 감았다. 귀에서는 여전히 삐익삐익, 호각 소리가 요란했지만 정신을 어떻게든 한곳으로 모으고 싶었다. 부동산과의 접점은 확실하게 아무것도 없었다. 외조모와 외숙으로부터는 다른 경로의 점으로 엮어진 사실만 확인되었다. 드러나지 않은 찬란한 금맥을 찾아내듯 사실에 접근할 만한 마지막 하나는 없는가. 홍제동 아줌마네와 마포 도우미네는 캐어볼 가치 없는 쇠돌맥이라는 게 밝혀진 터라 더는 따져볼 일이 없었다. 그렇다면 영롱한 금맥으로 견인할, 아직 명확하게 가위표로 처리되지 않은 번호는? 명훈의 머리에 번쩍 서광이 비쳤다. 대천에 산다는 아주머니, 그녀만이 어머니의 사진을 확인하지 않았다. 오직 하나 남은 가능성이 되리라. 거기에서도 더는 전진할 수 없다면 나머지는 조사관의 몫이고 경찰의 몫이리라. 그들도 밝혀내지 못하는 일이라면 자식들이 부모의 소재를 못 알아내는 건 당연한 일일테고, 아무도 그 책임을 묻지 못하리라. 부모를 찾지 않았다는, 못했다는 죄책감에서도 당연히 벗어나도 되는 일이었다. 불가항력의 일을 누가 왈가왈부할 수 있겠는가. 일단은 아마도 그럴 것이라고 생각했다. 다음의 것은 다음에, 내일의 것은 내일에 맡겨야 하리. 고민도, 생각도, 그때 다시 시작해도 될 것이었다. 보험금은? 명훈은 이를 악물었다. 전화번호를 캡처해 둔 부분에서 의문의 번호를 찾아 천천히 터치 버튼을 눌렀다.

"여보셔유?"

대천 아주머니는 충남 사투리 치고 말투가 빠르고 높아 시원시원 정감이 있었다. 왠지 정보를 손쉽게 풀어 놓을 것 같은 느낌이 들었다.

"안녕하세요. 저는 서울에 사는 박명훈이라고 합니다. 얼마 전에도 이런 전화를 받으셨을 줄로 아는데요. 최정순 씨라고 제 어머니신데 행적을 몰라 자식들이 찾고 있습니다."

저쪽에서 미처 삼키지 못한 음식물을 물고 있는 것처럼 잠시 우물거렸다. 연륜에서 비롯한 본능적인 경계심 같았다.

"십 분쯤 제 어머니와 통화한 흔적이 있어서요."

"아, 아!"

그제야 기억났는지 그녀가 감탄사를 내뱉었다.

"귀찮으시더라도 한번 찾아뵐 테니 정말로 모르시는 분인지 사진을 한번 확인해 주십사 해서요. 부탁드리겠습니다."

"그런 거야 얼마든지 해줄 수 있지유. 있구 말구유. 오세유. 내가 대천 일동에 사는디 찾아올 수 있겄슈? 경찰서까지만 오믄 내가 얼렁 나갈게유. 서울이라믄 거기가 수월찮이 먼 덴디."

예상대로 호의적인 반응이었다.

"당장 출발하겠습니다. 도착하는 대로 전화 드리겠습니다."

명훈은 전화를 끊고 부리나케 메시지 그룹을 불러내 수강생들에게 피치 못할 사정으로 오늘 휴강하겠다고 알렸다. 언제 편한 시간을 정해 보충을 하겠다는 말도 빼놓지 않았다. 원장에게는 나가면서 통보할 생각이었다. 원장의 주름 세운 이마가 떠올랐으나 곧 묵살했다. 마음이 바빴다. 명훈의 이마로 피가 확 몰리며 귓속의 호각 소리가 더 날카로워졌다. 명훈은 시각을 확인했다. 열 시가 막 지나고 있었다. 적어도 오후 한두 시면 끝이든 시작이든 어떤 길을 가야 할지 행로가 정해질 것이다. 이번 작업이 어머니의 실종 사건을 푸는 마지막 열쇠가 되리라는 것만은 확실했다. 삶의 노정에서 이 모퉁이만 돌면 뭐가 나올지 미리 짐작할 수만 있다면 얼마나 좋을까, 잠시 엉뚱한 생각을 했다.

산등성이를 넘어온 겨울 햇살이 쨍쨍했다. 아직 오전이어서 그런지 코끝의 공기는 쌀쌀했다. 명재는 삼일 째 주산면의 마트 앞을 지키고 있었다. 어머니가 진짜 이쪽에 둥지를 틀고 있는 것이라면 한번이라도 나타날 것이라는 기대와 오기가 발동했다. 아내 혜자에게도 뜻을 밝혔다. 어머니를 만나기 전까지는 돌아오지 않겠다는 말에 아내가 어처구니없어했지만 말리지도 않았다. 아버지가 살아 있을지 모른다는 설명엔 경악이 스쳤지만 얼굴을 굳힌 채 일언반구 대꾸하지 않았다. 차마 어떤 사실을 인정하고 싶어 하지 않는 눈치였다. 그렇다고 함부로 속내를 비칠 수도 없는 사안이라는 걸 똑똑한 여자니까 금세 파악해 모르쇠로 일관했다. 차라리 아내가 그렇게 나와주는 게 명재로서는 편했다. 가장한 호들갑도, 적나라한 실망감도 둘 다 마주하고 싶지 않았다.

명재는 외숙을 방문했던 다음날로 웅천에 여관방을 잡았다. 면소재지인 주산에는 숙소로 삼을 만한 데가 없었다. 버스로 오 분 거리여서 웅천이어도 상관은 없었다. 형제들에게는 아무 언질도 주지 않았다. 그런데 명희도 작정한 게 있었는지 그 날로 마트 앞에 나타나 명재를 놀라게 했다. 두 사람은 눈인사만 나누고 말을 입속에 가뒀다. 이젠 전단지를 나누지도 않았다. 오로지 잠복근무하는 형사들처럼 몸을 숨기고 마트 앞에만 시선을 집중했다. 명희가 답답했는지 가끔 어딘가를 다녀오긴 했다. 웅천 쪽을 돌아보고 있는 건지, 아니면 주산 면내를 훑다가 오는 건지는 알 수 없었다. 끼니때가 되면 잊지 않고 김밥이라든가 만두, 물, 음료수 등을 사서 나르기도 했다. 어디서 구했는지 핫백을 호주머니에 찔러 줄 때도 있었다. 약속이라도 한 것처럼 두 사람은 계속 입을 다물었다. 할 말이 없었다. 하고 싶은 말도 없었다. 궁금한 것도 없었다. 명재는 명희가 어미제비처럼 물어오는 먹을거리들을 받아들 때마다 혈연이라는 게 끔찍하게도 끈적이는 피로 연결되었음을 실감했다. 돌아서는 뒷모습을 볼 때면 참 낯설면서도 가슴이 저릿했다. 알 수 없는 존재가 바로 피를 나눈 형제였다. 멀어지는 명희의 등을 돌려 세워 너는 누구니? 하고 묻고 싶을 때도 있었다. 가끔은 아버지한테도 묻고 싶었다. 당신은 누구세요? 어머니한테도 마찬가지였다. 당신은 누구십니까? 그리고 꼭 진심으로 묻고 싶은 말이 있었다. 나는 누구이지?

아버지는 분명 살아 있을 터였다. 어머니는 아버지를 두고 왜 죽으려고 했는가. 자식들을 위해 벌인 깜냥의 알리바이?

이리도 광명하고 드넓은 세상을 그 속절없이 자그마한 몸뚱이로 가리겠다고? 다리에서의 해프닝 건은 순전히 어머니 혼자만의 발상이었을까? 아니면 아버지의 계획 하에? 그도 아니면 두 양반의 합작품? 무슨 말이 필요하겠는가. 무슨 말을 할 수나 있겠는가. 명희도 그럴 것이었다. 명훈은 연락을 끊고 있었고 명재 역시 참혹했던 그날 이후 누구에게 소식을 전하지도, 묻지도 않고 있었다. 형제들은 할 말이 없다는 것에 무언으로 일체감을 보이며 스스로의 시간들을 견디고 있는지 몰랐다. 어쩌면 드러나는 말들이 사무치게 두려워 아예 말문을 걸어 잠그고 있는지도 모를 일이었다.

어머니보다 열 살쯤은 더 들어 보이는 대천 아주머니는 통통한 몸매에 여장부 같은 타입이었다. 겉으로 드러난 생김새처럼 성격도 화통할 것 같아 명훈은 마음이 놓였다. 깐깐하고 소심한 노인네를 상대해야 한다면 생각만으로도 피곤했다. 그네는 객지에 나갔다 돌아온 아들을 대하듯 명훈을 맞아주었다.

"오는 길이 대근허진 않었시유? 추분 날 이 먼 길을 엄니 찾어 돌아당기는 거 생각허니 짠혀유. 글씨, 오딜 가셨기에."

"이렇게 협조해 주셔서 정말 고맙습니다."

"아녀유. 별 말씀을. 집에 가서 따뜻헌 거라두 마시믄 좋겄는디. 그러겄슈? 바로 요 가차븐 텐디."

"괜찮습니다."

"그럼 어디 사진인가 뭔가 좀 봐봐유."

명훈은 휴대폰 앨범의 사진과 전단지에 인쇄된 사진을 보여주었다. 휴대폰의 사진은 작아서인지 잠깐 쳐다보다 밀어내버리고 전단지의 것을 한참 들여다보았다. 이윽고 어머니의 사진을 검지로 톡톡 찍으며 놀란 눈으로 명훈을 쳐다보았다.

"이 사람 내가 아는 사람이여유. 알구 말구유. 분명혀유. 내 집에 사는 사람을 내가 왜 물러보겄시유?"

"아시는 분이시라구요?"

명훈이 귀를 의심했다. 달그락, 하고 커다란 귀지가 움직인 것도 같았다.

"그려유. 내 시골집에 사는 양반인디. 얼마 전에두 여기서 만났시유."

"자, 잠깐만요. 아주머니, 잠깐만요. 제가 정신 좀 차리고요."

명훈은 숨을 크게 들이마셨다. 정신없이 내달리던 시간이 과속방지턱에 걸린 것처럼 덜컹 튀어 올랐다.

"시골집이라면?"

"주산에 있시유. 텃밭도 크게 딸린 산 밑에 있는 집이여유. 동네허구 뚝 떨어져 혼자 죽어 번져도 아무도 물른다구, 자석덜이 성화 바쳐 여기루 온 거여유. 근디 무지 깝깝혀네유. 엄니가 월세를 통장으루다 잘 부쳐줬는디, 이번엔 워짠 일루다 두 달 치를 거르더니 손수 갖구 왔시유. 전화를 눌러보까 고민혀는 참에."

"혹시 사십 만원 아닙니까?"

"알구 있네유? 예, 맞어유. 사십 만원."

"통장에서 인출한 걸 확인했습니다."

"그랬구먼유. 근디 그날, 집을 내놓았단 말을 들었는디 사실이냐구 묻지 않겄슈? 그랴서 사실이라구, 하두 팔리지 않아 텃밭뙈기랑 같이 쓰라구 세놓았던 거라구, 생각 있으믄 아주매헌텐 좀 헐허게 넘길 수 있다 혔지유. 내 손에 일 억만 쥐어 달라구 허니께 생각혀 보겄댜 그랬시유. 근디 그 아주매 이름 최 뭐인가 그거 아녀유. 박 뭐인디? 박, 박, 아, 박명순이여유. 그 이름으로 돈이 들어왔으니께."

박명순! 고작해야 박명희와 최정순의 언저리였다. 어머니는 더 멀리 갈 수도 없었나 보았다. 최가 아니고 박이라는 게 그나마 쓸쓸하게 위로가 되었다. 자식들을 아주 내던져버리고 싶은 건 아니었다는 작은 위안이었다.

"계약서 집에 있으니께 찾아보믄 확실허게 알아볼 수 있시유. 그닝께 이름만으룬 알 턱이 읎었지. 이름을 바꿨나부네유. 주민증 못 챙겨 왔다 혀드니."

명훈은 마른침을 삼켰다. 아직 아버지 얘기는 나오지 않고 있었다.

"집은 언제쯤 임대하셨나요?"

"글씨, 재작년 봄에겐가? 이 년 계약혔으니께 맞어유, 계약일두 가차바지구 혀서 왔다구 접때 그랬시유. 계약을 연장허까 아니믄 그냥 집을 사까 혔는지두 물르지유. 내가 그냥 사라구 좀 권허긴 혔지만유. 아부지가 촌에 와서 많이 건강혀졌자녀유."

"네?"

명훈은 뒷덜미가 와락 뜨거워지는 걸 느꼈다.

"아부지유. 폐가 안 좋아서 요양허러 촌에 내려왔자녀. 물렀시유?"

"아, 네."

"내가 강아지 새끼두 줬시유. 우리 아덜네 개가 작년에 새끼를 열 마리나 낳았는디 똘똘헌 놈으로 한 마리 보냈시유. 마눌님이 서울 가불믄 영감 혼자 적적혀자녀유. 손자덜이랑 살림을 봐줘야 혀서 내려와 살 수가 읎다구, 시골에서 영감이랑 같이 있으믄 좋겄는디 자석덜 뒤봐주느라 헐 수가 읎다구 아주 매가 많이 속상혀혔시유. 내가 자석네 온 지 한 삼 년 됐는디 막상 여기 오니께 얼매나 밭이 그리운지, 꽂씨허구 푸성귀 씨앗덜 생기는 족족이 모아뒀다 주기두 했구유."

명훈은 어머니의 가방에서 나온 씨앗봉지들을 떠올렸다. 이제야 비밀의 문을 제대로 찾았구나 싶었다. 가슴 깊은 곳에서 안도와 허망함과 실망감이 소름으로 돋아났다.

"근디 무신 사정으루다 이름두 속이구 영감을 숨킨 거맨치루 허구 살었는지 궁금혀네. 혹시 자석덜이 아부지 요양가는 거 반대혔남유?"

명훈은 고개를 끄덕였다. 달리 둘러댈 말이 없었다.

"아주머니, 그 시골집 좀 안내해 주실 수 없을까요? 아니면 주소라도."

그네가 나두 간만에 한번 가보구 싶긴 헌디, 하고 잠깐 머무적거리다가 가보자며 명훈을 잡아끌었다.

"며느리더러 시방 살고 있는 사람 아덜이 그 집 살지두 물른다구 허믄 얼른 차에 태워 데려갈 거여유. 요새 그 집 팔아먹지 못해 안달이 나 있으니께. 가는 길에 부동산에두 들러보구. 그래야 믿구 좋아라 허지. 또 댁의 엄니가 진짜루 그 집을 살지두 물르자녀유. 양친이 거기 사는 거 되우 좋아허는디 자석덜이 도와줘두 좋겄네."

"네, 긍정적으로 생각해 보겠습니다."

"그랴유. 서로덜 긍정으로 하믄 좋지."

명훈은 그네의 뒤를 따르면서 명재한테로 전화를 걸었다. 서로 소식을 전한 지 몇 달은 된 것처럼 기분이 묘했다. 벨이 한번 울리자 명재가 바로 받았다.

"응, 왜?"

"어머니 있는 데 알아냈어요."

"뭐?…. 어떻게?"

"대천 아주머니라 했던 분, 지금 만났어요. 내려와요. 누나랑 같이."

"우리 와 있어. 여기 주산 마트 앞이야."

"그랬어요? 그랬네요. 그럼 웅천 부동산으로 넘어와요. 어머니가 이름을 바꿔서 계약했나 봐요. 그리고…. 형!"

한참 대답이 없던 명재가 이번엔 그쪽에서 명훈아, 하고 나직이 그를 불렀다. 명훈은 그냥 전화를 끊었다. 물어올 말도 대답할 말도 아득하게만 느껴졌다. 팽팽하게 당겨 있던 가느다란 신경 줄 하나가 머릿속 어딘가에서 툭 끊겼다. 그것으로 딱딱하게 굳었던 발바닥이 허허롭게 들렸다. 명훈은 가볍게 발을 몇 번 굴렀다. 먼 길 떠날 차비를 단단히 해야 할 것 같았다.

18

며느리는 차를 출발시키자마자 야산으로 둘러싸여 있다는 시골집을 소개하는 데 열을 올렸다. 목소리에 당찬 심지가 느껴졌다. 딸이라 해도 믿길 만큼 체구나 생김새가 시모와 많이 닮은 사십 대 초반의 여자였다. 젊어서 그런지 사투리를 쓰지는 않았다. 명훈은 집에 관심이 많은 것처럼 그녀의 말에 귀를 기울였다. 고마움과 미안함의 표시였다.

지방 소도시라 해도 시내는 차량들로 복잡했다. 며느리는 안마당 오가듯 운전을 능숙하게 잘했다. 명훈 쪽으로 고개를 돌려 말을 건네면서 언제 시야를 확보하는지 신기할 정도였다. 옆 차선의 버스가 끼어들겠다고 깜빡이등을 켰다. 앞머리도 슬그머니 들이밀었다. 그녀는 경적 한 방으로 버스를 제압

하고 부모님이 계신 집을 보고 나면 즉시 마음에 들 거라고 장담했다. 버스가 멈칫, 하더니 틀었던 핸들을 제자리로 돌렸다.

집은 야트막한 언덕에 위치해 전망이 그만이라고 했다. 계획관리지역에 대지가 몇 평이고 전이 몇 평이며, 농림지역에 또 대지와 전이 몇 평씩이며, 외우기도 어려울 것 같은 정보들이 그녀의 입에서 흘러나왔다. 난방이 기름보일러라 양친이 사는 덴 별 불편할 게 없다고, 부모님들이 저리 원하시니 투자 겸 구입해 둬도 나쁘지 않다며 대놓고 성화했다. 급전이 필요한가? 그렇지 않고서야 시모의 집을 팔아보려고 이렇게 기를 쓸까 싶었다. 핸들을 쥔 그녀의 손아귀가 의지로 강단졌다. 명훈은 전체 평수가 오백여 평이라는 것과 큰 방 두 개에 마루가 있고 욕실과 주방을 리모델링했다는 것만 기억에 남았다. 그나마 정신을 집중하려고 애쓴 덕분이었다.

아버지에 관한 예기치 않은 낭보가 며느리의 말을 휘저으며 끊임없이 귓속을 자극했다. 처음보다 많이 진정되긴 했지만 아직도 아버지의 생존 사실을 생생한 실체로 받아들이지 못하고 있었다. 어떤 생각들이 꿈을 꾸는 것처럼 어지러웠고, 그중 하나를 붙잡았다 싶으면 어느새 저만치 빠져나가 생경한 눈으로 그것을 바라보았다. 생각은 하고 있지만 생각을 하고 있지 않는 기이한 상태가 며느리의 말과 뒤섞여 혼란스러웠다.

다행스럽게도 부동산은 차로 이십여 분밖에 걸리지 않았다. 명재와 명희가 먼저 와서 기다리고 있었다. 터줏대감처럼 부동산을 지킨다는 노파가 명훈과 들어서는 며느리의 시모를 보고는 지인이라도 만난 듯 반가워했다.

"아, 인저 생각났시유. 저 할매 보니 생각나네유. 할매네랑 계약현 아주매, 그날 색안경 썼시유. 그라믄 그렇지, 내가 사람 기억혀는 건 반 구이신인디. 사진허구 달븐 게 안경 때문인 줄 물러서 이 사달이 난 게유. 어유, 안타까버라. 진즉에 찾어줬을 턴디."

노파가 자신의 머리에 꿀밤을 먹이며 탄식했다. 형제들은 표정 없이 노파를 쳐다보았다. 긴 여행에서 방금 돌아온 것처럼 지친 얼굴들이었다. 명훈 자신 또한 명재와 명희의 모습과 다르지 않을 거였다. 이제 짊어지고 다니던 배낭을 풀어 세탁할 건 세탁하고 챙겨둘 건 챙겨두고, 하나하나 구분 지어 정리할 일만 남았다.

"낫살이나 먹은 쪼끄만 아주매가 잠자리 눈만치 크다랗고 시커먼 안경을 쓴 게 뵈기 싫어 내가 거듭거듭 쳐다봤시유. 본인두 민망혔는지 자기가 눈이 부셔 자꾸만 눈물이 난다구 배시시 웃었시유."

"어머니가 선글라스 꼈었어?"

명재가 의아한 얼굴로 명희를 돌아보며 물었다.

"엄마가 백내장 수술했잖아. 오빠네가 이사 들어오기 바로 얼마 전에. 기억 안 나? 의사가 꼭 끼고 다니라 했는데 좀 끼다 말았을 거야. 아빠 일 때쯤은 어땠는지 모르겠어."

명훈은 어머니가 눈부심 때문이 아니라 쏟아지는 눈물을 감당하지 못해 선글라스로 감추었던 건 아닐까, 문득 그런 생각을 했다. 그때의 상황이라면 충분히 그랬을 것 같았다. 자식들에게 차마 사정을 밝힐 수도, 아버지를 길거리에 방치해 둘 수도 없었을 테니까. 가명을 박명순이라 취했듯, 자식들과의 연대가 절실히 필요한 어머니가 홀로 고향 구석을 찾아들어 외딴집을 구하는 심정이 오죽했을까 싶었다.

"근데 아줌마가 왜 이름을 바꿔 썼을까요?"

며느리가 주위를 둘러보며 물었다.

"요양허러 오는 걸 자석덜이 반대혀서 그란 거 같댜."

"왜 그걸 반대해요? 부러라도 마련해 드리는 거 아닌가?"

며느리가 대답을 구하겠다는 듯 명재부터 차례로 훑었다. 명재는 고개를 떨어뜨렸고 명희는 외면했다. 명훈은 부동산 사장 너머 허공을 바라보았다.

"참, 그건 그렇구, 최정순 씨 찾는 사람이 또 있었시유."

사장은 명훈이 자기를 쳐다보는 줄 알았는지 느닷없이 황당한 말을 꺼냈다. 또 새로운 일이 터질 게 남아 있기나 한가?

울컥 짜증이 일었다.

“어떤 남자 하나가 왔었슈. 양복을 빼입은 젊은 남자였는디.”

명훈은 순간적으로 명재를 쳐다보았다. 시선에 답하듯 명재의 눈빛이 허둥거렸다. 위기를 느낀 명훈이 눈길을 피했다. 혹시 경찰에서 추적? 범죄와 관련이 있다고 판단해 그쪽에서도 통화내역을 신청했는가. 그렇다면 보험금에 대해 본격적으로 수사하고 있다는 뜻이었다. 하지만 명훈은 고개를 갸웃했다. 대한민국 경찰이 이미 실종선고 판결을 받은 사람의 보험금에 의심을 품고 이렇듯 움직인다고? 믿기지 않았다. 보호자에게는 여태 전화 한번으로 종무소식인 그들이었다. 설마, 혹시, 보험조사관? 등골이 오싹했다. 이 자리에 그 작자가 나타나면 절대로 안 되는 일이었다. 명훈은 자신이 어느새 부모와 공모하고 있다는 걸 깨달았다. 아버지가 진짜로 살아 있다면 이미 그들과 한 배를 탄 셈이었다. 청맹과니처럼 배에 올라탄 줄도, 소용돌이치는 격랑에 휘말려 있는 줄도 이제껏 모르고 있었지만.

“물론 물른다구 혔지유. 그땐 진짜루 최정순이 누군지를 물른 때였으니께. 근디 워짠 일루다가 일이 이같이 복잡허게 굴러가구 있대유? 자꾸만 이상헌 생각이 들어가네유.”

“저희 어머니에 대해 뭘 물어보시던가요?”

명재가 신음을 토하듯 고통스럽게 물었다. 다른 사람은 짐작 못하겠지만 적어도 형제들은 명재가 지금 공중 외줄에 올라타 묘기를 벌이는 심정일 거라는 걸 알았다. 아슬아슬 극한의 시간 위를 걷는 광대. 명훈, 명희 역시 같은 외줄의 시간 위에서 그와 동행하고 있었다.

"최정순 씨란 사람을 아냐구유."

"그래서요?"

"자석들이 찾아와서 그 아주매가 우리 부동산허구 통화헌 기록이 있는디 기억나냐구 묻더란 말은 했시유. 사실이자녀유."

며느리가 사장의 말에 끼어들었다.

"정말 이상하네. 누구 다른 자제분 또 있으세요? 부모님을 찾으실 만한 다른 분 말예요. 아이! 우리 여기서 이러지 말구 얼른 댁들 부모님한테 가 봐요. 만나서 상세한 얘기 듣고, 거취도 분명히 의논해야 뭐가 정리돼도 되지, 여기서 이러쿵저러쿵하고 있을 게 아닌 거 같아요. 자, 얼른 가요."

며느리가 경쾌하게 일어섰다.

며느리가 시모를 태워 앞서 달리고 명희가 형제들을 태워 그 뒤를 따랐다. 십 분도 걸리지 않을 거라는 며느리의 말과 달리 농로를 따라 좁은 길이 오랫동안 이어졌다. 영원히 닿지 않을 것 같은 꿈길이 이토록 지루하고 초조할까. 이 길의 끝에서 정말 아버지를, 어머니를 만날 수나 있기는 한가? 차창으로 내리쬐는 햇볕에 차 안이 몹시 더웠다.

"누나, 히터 꺼."

"안 켰어."

명희가 돌아보는데 그녀의 얼굴도 후끈 상기되어 있었다. 명훈은 고개를 젖혀 차창 밖의 하늘을 올려다보았다. 태양이 하염없이 이글거렸다. 아직은 겨울인데, 한가롭게 그런 생각이 스쳤다.

완만한 오르막을 오르는가 싶었는데 앞차가 길가 쪽 공터로 핸들을 꺾었다. 시야가 트이자 눈앞에 농가주택 한 채가 울타리도 없이 드러났다. 심장이 목구멍으로 튀어나올 듯 세차게 뛰기 시작했다. 명희가 차를 세우자마자 명훈은 차문을 열고 튀어나갔다.

일자로 달려 있는 한쪽 문이 드르륵 열리면서 거기에 어머니가, 어머니가 거짓말처럼 우뚝이 바깥을 내다보았다. 아버지의 것으로 보이는 커다란 오리털 파카를 모자까지 뒤집어쓰고 눈만 빠끔히 내놓은 채였다. 처음엔 그 모습이 어머니라는 생각이 들지 않을 만큼 괴이했다. 하지만 어머니가 분명했다. 어느 자식이 어머니를 눈앞에 두고 알아보지 못하겠는가. 바지도 몇 겹이나 끼어 입었는지 어머니의 몸피가 평소보다 두 배는 되어 보였다. 동글 평퍼짐한 항아리처럼 굴리면 아무데로나 저항 없이 굴러갈 것 같았다. 찰나의 탐색 시간, 하얀 강아지가 어머니의 다리 사이로 고개를 내밀어 깡깡 짖어 댔다. 그제야 어머니가 정신이 드는지 양팔을 벌리고 마당으로 뛰어내려왔다. 반가워서가 아니었다. 그들을 가까이 접근하지 못하도록 강력하게 제지하는 태도였다. 언제까지고 짱짱할 것 같던 어머니의 결기가 금세 휘청했다. 어머니는 쓰러지듯 마당 가운데에 주저앉았다.

"어머니!"

"엄마!"

세 자식이 동시에 외쳤다. 하늘에서 떨어진 운석처럼 들이닥친 자식들을 어머니가 멀거니 올려다보았다.

"대체 어떻게 된 거예요? 아버지는요?"

어머니가 입가를 씰룩이며 부들부들 떨었다.

"엄마! 정신 차려! 아빠는? 아빠 진짜 여기 계셔?"

어머니의 눈에서 소리 없는 눈물이 철철 흘렀다.

"아빠, 여기 있냐구?"

어머니의 입술이 잠시 달싹이는 듯했지만 역시나 충격이 컸는지 쉽게 입을 열지 못했다. 대신 눈짓으로 천천히 마루 왼편의 방을 가리켰다. 형제들은 쏜살같이 그 방으로 뛰어들었다. 아버지가, 거기에 정말로 아버지가 등을 꼿꼿이 세운 채

앉아 있었다. 바깥 기척에 이미 마음을 다잡고 준비한 자세였다.

“아버지!”

“아빠!”

명재가 나동그라지듯 그 앞에 주저앉았다. 명훈과 명희는 제자리에 털썩 무릎을 꿇었다. 방 안은 냉기로 싸늘했다. 아버지는 미동도 않고 두 눈을 꾹 감았다. 눈언저리가 퀭하고 얼굴이 많이 홀쭉해졌지만 벌어진 어깨는 여전히 단단했다. 감은 눈도 완강했다. 아무도 자신을 허물지 못하리라는 의지가 근육마다 뼛골마다 속속들이 견고했다. 그러고 보니 조카 도영의 말이 떠올랐다. 할머니가 할아버진 꼭 돌아올 거라 그랬다고, 죽고 싶지 않은 사람은 안 죽을 수 있다고, 아니 못 죽는 거라 그랬다고. 당시 어머니는 손자한테 진실을 말하고 있었다. 도영은 그 진실을 그에게 분명하게 전했다. 시간과 말이, 삶과 진실이, 뫼비우스의 띠처럼 한 면에 하나의 인과로 놓여 있다는 걸 미리 깨달을 수 있다면 얼마나 좋았을까. ‘난 할머니 말 믿을 거예요. 그래서 할머니도 할아버지도 꼭 돌아와요.’ 확성기를 통과한 듯 도영의 말이 명훈의 귓전에 왕왕 메아리쳤다. 명훈은 저도 모르게 떨리기 시작했다. 온몸의 진동을 느끼며 어쩌면 자신이 떨고 있는 게 아니라 지구 맨틀이 통째로 요동을 치고 있는지 모른다고 생각했다. 그곳에서 내리고 싶었다. 그곳이 어딘지, 내릴 곳이 어딘지는 몰랐다.

"아버지, 어떻게 된 겁니까?"

명재가 그의 것이 아닌 것 같은 탁한 목소리로 물었다. 아버지는 그 말이 신호이기라도 하듯 벌떡 일어나 방을 성큼성큼 나갔다. 아무것도 보지 못한 듯, 아무것도 듣지 못한 듯 얼굴에 표정이 없었다. 강아지 짖는 소리 사이사이로 어머니의 통곡 소리가 들렸다. 명재가 얼빠진 얼굴로 아버지의 뒷모습을 돌아보았다. 명희가 후다닥 일어나 어머니한테로 달려갔다. 어머니의 울음이 더 높아졌다. 어머니의 통곡이 끌어당기는 듯 명재도 힘겹게 일어서 그쪽으로 향했다. 명훈도 비틀비틀 일어섰다.

"엄마, 진정하고 자세한 걸 말해 봐. 아빠, 어떻게 된 거야?"

명희가 어머니의 팔을 붙잡고 흔들었다. 아버지는 어디로 갔는지 마당에 보이지 않았다.

"니 아버지가…."

"그래요, 아빠가?"

명희가 재차 흔들어 댔다. 어머니는 말을 꺼내지 못해 한참을 흐느꼈다. 이윽고 결심을 했는지 코를 마당으로 팽 풀었다.

"니 아버진 애초부터 죽을라구 맘을 먹었대. 나도 전연 눈치 못 챈 일이야."

어머니를 뒤에서 보듬고 있던 명재가 흡, 하고 숨을 멈췄다.

곧 얼굴이 잿빛으로 질려갔다.

"그날 낚시하다 술들을 좀 했나 봐. 다들 얼근해지는 거 같자 그 틈에 니네 대단한 아버지가 소변보는 척하고 선미에서 뛰어내렸대…. 정신 차려 보니 어이없게 수영을 하고 있더래. 언제 벗겨졌는지 구명조끼도 없이 맨몸으로. 문득 안 들키고 잘만 숨어 지내면 자식들도 살리고 당신도 안 죽어도 되지 않을까, 그런 나쁜 마음이 들었댄다. 아버지가 바닷가 출신이잖니. 원래 수영을 잘해. 마침 효자도로 흐르는 조류를 만났대. 옳다구나, 하고 밀물을 타고 섬으로 들어가셨나 봐. 그러라는 팔자였는지 누구 본 사람 하나 없었고. 야산에 몸을 숨기고 있다가 몰래 태안 영목항 쪽으로 빠져나왔다 했어."

어머니가 기력이 빠지는지 잠시 말을 끊고 햇살이 쏟아지는 마당을 바라보았다.

"엄만 언제 그걸 알았어?"

"일 벌어지고 사흘 뒤, 한밤중에 공중전화라면서…."

"그래서 아버지랑 짜짜꿍했어요?"

명훈이 소리를 질렀다.

"니들이 잘 살았으면 엄마가 그랬겠니. 나라고 이런저런 생각을 안 했겠어? 아빠가 막무가내로 버티면서 애원하고 또 애원하는데 내가 어떡해. 일단 얼굴이라도 봐야 할 거 같아 내려왔더니 무릎까지 꿇고 사정하더라. 너희한테 보험금 남길 생각하면 죽어도 여한이 없다고….”

“암만 돈이 중요해도.”

명희가 말을 다 잇지 못하고 입을 다물었다.

“너, 돈 필요하다고 했잖아. 자식 어려운데 부모가 몰라라 한다고 마구 원망하며 퍼부었잖아.”

“그거야 그냥 하소연인 거지. 자식이 부모한테 넋두리도 못 하고 살아요?”

“그래, 자식은 신세타령으로 하고 부모는 원망으로 듣고. 이제 와서 옳다 그르다 따지면 무슨 소용에나 닿겠니. 니 아빠가 새끼들 살리겠다고 목숨 걸고 매달리는 일을 꺾을 재주가 없었어. 자식들은 태평한 건지 느긋한 건지 천둥벌거숭이들처럼 아버지가 사라졌는데도 하하 호호할 적도 있더라.”

명재가 가만히 어머니의 손을 붙잡았다.

“난 니네 아버지도 야속하고 니들도 야속해.”

명희가 양손으로 얼굴을 가리며 자동차 쪽으로 뛰어갔다. 겨울 햇살이 그녀의 발뒤꿈치에서 통통 튀었다.

“무슨 사정인진 모르지만 우리 계속 여기에 세워 놓을 거예요? 더 기다려요, 어떻게 해요?”

며느리가 마당가에서 퉁명스레 내뱉었다. 시모가 옆에서 그녀의 옆구리를 쿡 찔렀다.

“어머닌 왜 그러셨어요? 어머니까지 그러실 필욘 없으셨잖아요?"

명재가 어머니 앞으로 옮겨 앉으며 침울하게 물었다. 얼굴에 핏기가 싹 가셔 있었다.

"막상 보험금 타니까 잠도 못 자고 막 헛것이 보여. 심장이 터질 것처럼 뛰고. 꼭 경찰이 내 옆에 붙어만 있는 거 같고 숨을 쉴 수가 없어. 죽을 거 같더라. 이래 죽으나 저래 죽으나 아버지처럼 니들한테 더 넉넉하게 해주면 좋지 했어. 지쳐서 더 살고 싶지도 않고."

어머니가 한숨을 몰아쉬더니 파카를 벗어 마당 한쪽으로 집어던졌다. 짓눌렀던 짐을 떨쳐버린 듯 표정이 후련해 보였다. 한 줌밖에 되지 않을 것 같은 어머니가 다시 말을 이어 나갔다.

"끈을 난간에 묶고 잡아당기다 정신이 번쩍 들었어. 니네 아버지 모습이 떠오르면서. 그 걸음에 허위허위 지하철역으로 내달리는데 지갑이 만져지는 거야. 한쪽 주머니엔 핸드폰도 있고. 그런 것들을 챙긴 걸 보면 죽고 싶지도 않았나 보네…. 전철을 기다리면서 그냥 아버지랑 숨어 살면 어떨까 하는 생각이 들었어."

"언제까지요? 그게 가당키나 한 얘기예요?"

"집만 내주지 않으면 되지 않겠나 했지. 아니면 명훈이 것 다 해결되고, 그 뒤로 시간이 더 많이 흐르고 나면 너희한테 연락할 수도 있고."

명훈은 곧 바스라질 것 같은 어머니를 쳐다보지 못해 고개를 돌리고 말았다. 그때 어머니가 발작처럼 웃음을 터뜨렸다. 놀란 명훈이 어머니를 돌아보았다. 어머니의 정수리로 폭포 같은 햇발이 쏟아지고 있었다. 일순 어머니가 잘린 통나무처럼 푹 고꾸라졌다.

"엄마!"

명희가 발악하듯 울부짖었다. 그녀의 바르르 떨리는 입술 위로 햇빛이 날카로웠다. 어머니가 시린 빛 안으로 사라지려는가. 어머니를 에워싼 주변이 뿌옇게 어룽지며 부풀어 올랐다. 명재가 어머니를 새되게 불러 세웠다. 눈부신 빛살이 그를 투과할 듯 강렬했다. 명훈은 애걸하듯 꺽꺽 어머니를 불렀다. 빛다발이 폭발하듯 그 앞으로 달려들었다. 곧 암전, 주위가 순식간에 어두워졌다.

19

대낮에 천변에서 올려다보는 아치교는 투박하고 황량하다. 그녀는 끈을 걸었던 난간을 시선으로 더듬는다. 한곳에 이르자 그녀가 시무룩해진다. 가만히 눈길을 거두는데 이번엔 교각에 매어 놓은 현수막이 그녀를 사로잡는다. 유독 그녀의 눈길을 끄는 것은 '도박'과 '금지'라는 글자이다. 그녀는 그것을 뚫어져라 응시한다. 뭔가를 말하는 것 같은데 그녀의 머릿속이 먹물로 채워진 듯 캄캄하다. 마음이 답답해져 그녀는 주먹으로 가슴을 콩콩 두드린다. 도박이 뭐였더라, 무엇을 하지 말라고 경고하는 것 같긴 한데 그것이 무엇인지 알아들을 수 없다. 그녀는 다리 난간을 또 올려다본다. 아무래도 흉악한 저곳과 관계있는 것만 같아 슬그머니 기가 꺾인다.

그녀는 '도박'과 '금지'를 입속으로 중얼거리며 교각 쪽으로 다가간다. 늙수그레한 사내 대여섯이 교각의 그림자 안 은박 돗자리에서 뭔가를 하고 있다. 그들 앞에 알록달록 깔린 화투장을 보면서 그녀는 고개를 갸웃한다. 많이 본 물건인데, 분명하게 자신이 알고 있는 거라고 여겨지는데, 도대체 그 용도도 이름도 생각나지 않는다. 그래도 그들 옆에 놓인 막걸리 병과 종이컵은 무엇인지 확실히 알겠다. 경계심으로 목덜미가 움츠러든다.

"저 아줌씨, 또 왔네."

"오늘은 한 판 껴봐요. 막걸리도 한 잔 자시고."

시커먼 사내들이 그녀를 쳐다보며 키들거린다. 놀란 그녀가 얼른 걸음을 돌린다.

남편이 구속되고 나서 그녀는 시도 때도 없이 이상한 망상에 시달린다. 생시인 듯 꿈인 듯 달려드는 악몽의 배경은 언제나 천변. 무성한 억새풀을 헤집고 몸을 누이면 그녀는 자신의 몸뚱이를 위에서 내려다보고 있다. 누워 있는 그녀와 바라보는 그녀. 바람이 그녀의 블라우스 자락을 살짝 건드리고 지난다. 그녀는 콧등에 바람결을 생생하게 느낀다. 검은 쥐 몇 마리가 그녀의 얼굴을 타고 넘는다. 내려다보는 그녀가 비명을 지른다. 누워 있는 그녀는 반응이 없다. 다리 난간에 대롱거리는 그녀. 그녀가 종이인형처럼 가볍게 흔들리고 그녀는 허공에서 그녀를 바라보고 있다. 까마귀들이 그녀 옆을 스치며 알은체를 한다. 그녀는 검지로 매달려 있는 그녀를 가리킨다. 놈들이 그쪽으로 날아가 그녀의 얼굴을 부리로 쪼아 댄다. 바라보는 그녀가 비명을 지른다.

망상 속의 비명이 그녀의 발길을 재촉한다. 내딛는 걸음마다 덩굴이 발목과 종아리를 휘감는다. 그녀는 아래를 굽어본다. 하천변을 가시박 덩굴이 어마어마하게 덮고 있다. 꼭 살아 움직이는 촉수처럼 기세가 등등하다. 억새 몇 줄기가 가까스로 덩굴수풀을 뚫고 있다. 그녀는 목구멍이 답답해진다. 누군가 숨통을 조이는 것만 같다. 그녀는 발에 거치적거리는 덩굴을 맨손으로 잡아뜯기 시작한다. 그녀는 덩굴이 버드나무를 타고 올라 우거진 쪽으로 나아간다. 그녀 뒤로 뜯겨나간 가시박이 무더기로 쌓인다.

숨이 턱에 찰 즈음 그녀 앞에 나타난 건 커다란 개의 사체이다. 덩굴 아래 몸을 숨기고 있다가 사나운 이빨을 드러내 으르렁거린다. 눈은 뻥 뚫려 있고 뱃구레는 거멓게 비어 있다. 그녀는 거친 숨을 몰아쉬며 놈을 오래 들여다본다. 놈은 고요하다. 그 한없는 고요함이 편안하다. 그녀의 숨소리도 따라서 고요해진다. 그녀는 그제야 땀으로 범벅된 얼굴을 훔치며 일어선다. 눈앞에는 덩굴바다가 드넓게 펼쳐 있다. 그녀는 제자리에서 한 바퀴 돌아본다. 넘실거리는 초록이 그녀를 압도한다. 그녀는 쫓기듯 그곳을 빠져나온다.

지류가 하천으로 꺾어드는 곳에 가까워지자 시궁창 냄새가 코를 찌른다. 그녀는 저도 모르게 숨을 참는다. 하지만 곧 마른기침을 쏟아낸다. 징검다리를 빠져나온 지류는 썩은 물풀과 검은 앙금으로 덩어리 덩어리 엉겨 있다. 그녀는 악취를 잊은 채 징검돌 하나에 쪼그린다. 기름띠와 거품이 부글거리는 주변에 치어 떼가 바글바글하다. 그녀의 눈이 반짝 빛난다. 그녀는 허겁지겁 어린 물고기들을 양손으로 길어올린다. 펼쳐본 손바닥에는 아무것도 없다. 그녀는 그 동작을 멈추지 못한다. 지루한 시간이 길게 이어진다. 마침내 그녀의 입가에 하품이 깨물린다. 몸을 일으키는데 저만치 잉어 한 마리가 크게 뒤척이고 사라진다. 수면 위로 동그란 파문이 넓게 퍼진다. 시선을 잡아끌 듯 놈이 이번엔 하천 한가운데서 펄떡 튀어오른다. 그녀의 입가가 벙싯 열린다. 어느새 그녀의 발은 하천으로 내려서고 있다. 그때 바지주머니에서 휴대폰이 울린다. 그녀는 그 소리를 오래 듣지 못한다. 청량한 멜로디가 무심하게 그녀를 떠난다.

20

디너세트가 대충 신문쪼가리에 싸여 큰 대야에 던져졌다. 아내가 애지중지하는 웨지우드 영국산 브랜드였다. 달그락 그릇 부딪는 소리에 명재가 오히려 움찔했다. 이사는 빠를수록 좋았다. 아버지가 집으로 돌아오기 전에 나가고 싶었다. 아내 역시 그 부분에 대해서는 같은 생각인가 보았다. 특별한 이유는 없었다. 왠지 그래야 할 것 같았고 그렇게 하고 싶었다. 아버지를 대면할 일이 고역이었다. 적어도 아버지의 귀환을 환영할 기분이 아니라는 데에 부부는 심정적으로 동의하고 있었다. 그래서 무리가 되어도 이사를 서둘렀다. 급하게 처가 동네로 달려가 부동산을 훑고 다녔다. 간신히 이사 날짜가 빠른 두 칸짜리 방을 구할 수 있었다. 50만원의 월세가 엄두 나지 않았지만 이것저것 따질 경황이 없었다. 이사할 동네로 아내가 친정 가까운 곳을 선택한 일은 탁월한 판단이었다. 아이들 전학 문제로 그냥 이 동네에 눌러앉자고 할까 봐 내심 조마했다. 명재는 이곳을 떠나고 싶었다. 이곳만 아니라면 어디든 상관없었다. 본래 이럴 생각은 아니었다. 생돈을 얻어 변제금을 내놓는 순간 더는 아버지를 보지 못하겠다는 거부감이 일었다. 신용불량을 회복하는 일 역시 당연히 물 건너갔고 보험금을 받기 이전보다도 상황은 더 나빠졌다.

아버지는 자식들이 대천 농가를 찾은 날 구속되었다. 어머니가 쓰러져 우왕좌왕하는 사이 경관을 동반한 보험조사관이 아버지를 앞세워 나타났다. 다시 도주를 시도하고 있었는지 아버지는 농로를 빠져나가는 부근에서 연행되었다고 했다. 조사관이 용의자 가족의 뒤를 밟아온 게 틀림없었다. 경관은 곧 가족들에 대한 조사가 있게 될 것이라고 통보하고 아버지만 연행한 채 돌아갔다. 며칠 뒤 참고인으로 출두해 직접 심문을 받으며 자신이 속속들이 까발려진 일은, 명재가 살면서 치른 그 어떤 것과도 비교할 수 없을 만큼 치욕적이었다. 불행 중 다행이라면 아버지의 범죄를 방조한 어머니가 불구속된 일이었다. 걱정했던 것과 달리 법 인정상 그렇게 처리되는 게 관례라고 했다.

변호사 선임 문제를 놓고 형제들이 한바탕 크게 붙었다. 어머니는 부엌 구석에 앉아 그들의 언쟁을 지켜보았다. 웃는 건지 우는 건지 모호한 표정이 몹시 거북했다. 분명히 울음은 아니었으므로 명재는 웃음이라 생각하기로 했다. 손자들은 넋이 나간 듯 변해버린 할머니를 슬슬 피했다.

"국선도 있는데 구태여 그럴 필요 있나. 선임은 돈 많이 들지 않아?"

명희의 말에 명훈이 대꾸했다.

"많이 들겠지. 세상에 공짜가 어딨어? 지금 우리가 온몸으로 학습하는 중 아닌가? 아버지가 너무 세게 나와 힘들긴 하지만 우리만큼 제대로 공부하고 있는 자식들도 아마 없을걸."

"누가 돈 드는 거 몰라서 그래? 넌 이 지경에 농담이 나오니? 부담스럽단 얘기지."

"우리 모두 아버지가 살아오기만을 바랐던 거 아니었어?"

"그렇다고 아버지더러 감방에 가라고 한 건 아니었잖아."

"정확히 말해. 우리가 돈을 챙겼으니까 아버지가 거길 가신 거지. 기왕 가셨으니 할 수 없고, 이젠 우리가 빼내와 봐야 할 거 아냐."

"우리가 받은 돈은?"

"그니까 변호사를 구해서 도움 받잔 얘기야."

"내 돈은 안 돼."

"누구 돈은 되고?"

"혹시 보험금 다 게워내야 하는 거 아니냐?"

명재 또한 그 부분에 망연해하고 있었다. 3억은 이미 금융기관의 채무를 변제한 뒤라 그는 1억밖에 갖고 있지 않았다. 아내는 그 돈으로 개인부채도 다 갚은 줄 알고 있었다. 도대체 아버지가 무슨 짓을 저지른 것인지 명재는 아버지에게 농락을 당한 것만 같았다. 그 역시 그 1억을 쉽게 내놓지 못할 터였다. 어머니의 행방만 찾고 나면 사업 종잣돈으로 활용해 재기할 계획을 갖고 있었다. 남편이 이젠 사업 쪽으로는 눈도 돌리지 않고 샐러리맨으로 새 출발할 것이라 믿는 아내를 배반하는 일이었다.

"안 돼. 못 내놔."

명희가 고개를 강하게 흔들었다.

"아버지한테 도로 바다로 들어가 나오지 말라고 해보든가."

명훈이 비아냥거렸다. 명희가 잠시 명훈을 노려보다 단호히 말했다.

"아빠 죽으려고도 했어. 그냥 선고 내려지는 대로 형을 치르고 나오게 하자. 실은 내가 좀 알아봤는데 보험사기 형량은 생각보다 낮대. 자식들 위해 얼마든지 그래 주실 거야. 오히려 그걸 더 바랄지도 몰라."

"돈독이 제대로 올랐구나."

그 말에 명희가 명훈의 뺨따귀를 사정없이 올려붙였다. 명재가 어떻게 해볼 사이 없이 일어난 일이었다. 명훈이 한쪽 뺨을 감싸고 실실 웃었다. 명희가 미친 새끼, 하더니 아이들 방에서 조은을 불러내 가방을 챙기고 현관문을 박찼다. 문이 큰 소리로 닫히자 어머니가 그제야 아무 일 없는 듯 잘 가라, 하고 인사를 보냈다. 어머니의 표정이 웬일로 말갰다. 명재는 명희의 뒤를 쫓아나갈까 하다 그만두었다. 명희의 마음이 백번 이해되었다. 그렇게 해서 해결될 일이라면 그가 먼저 나서서 아버지에게 호소하고 싶었다. 명훈이 말대로 변호사를 선임해야 맞을 것이다. 그런데 가슴이 방망이질하면서 화가 치밀었다.

"넌 안 가냐?"

"여기서 자요."

명훈이 건성으로 대답했다.

"니가 왜 여기서 자? 너도 빨리 니 집에 가."

"내 집이 어딨어요?"

"거, 예나한테 가라고!"

명재는 그 말을 하면서 문득 깨달았다. 뭔가 가족들의 근간이 사라지고 있었다.

"에미야, 이것도 갖고 가."

어머니가 손 안에 꼭 쥐고 있다가 아내에게 내민 것은 또 꾸깃꾸깃해진 꽃씨 봉지였다. 가슴에서 천불이 올랐다. 아니나 다를까 아내가 눈살을 찌푸리며 어머니의 손을 야멸차게 뿌리쳤다. 그 기세에 종일 껴안고 사는 봉지들이 부엌 바닥으로 흩어졌다. 어머니가 날계란이라도 떨어뜨린 듯 허겁지겁 두 손으로 쓸어 모았다. 명재는 그런 아내를 나무라지 않았다. 나무라기는커녕 부추기고 싶은 심정에 오히려 속이 시원하기까지 했다. 아내가 구걸하듯 직장 동료들에게서 2천만 원을 빌려오고 월세 보증금 1천만 원을 친정식구들에게서 얻어온 일에 비하면 어머니의 집착이 멸시당하는 일은 너무나 사소했다. 아버지는 희망이란 놈이 그 안에 꼭꼭 감춰둔 절망을 어떻게 작동시키는지 제대로 보여줬다.

아버지가 경찰차에 올라 떠난 뒤 형제들은 아버지의 살림을 대강 명희 차에 꾸려 넣고 집으로 향했다. 돌아오는 길은 오래도록 침묵이 계속되었다. 한숨 소리만 들릴 뿐 차 안은 얼어붙은 듯 냉랭했다. 트렁크에 다 들어가지 못한 짐이 꾸역꾸역 뒷좌석에 실려 형제들의 기분을 더 가라앉혔다. 슬쩍 돌아볼 때마다 맨 위에 얹힌 커다란 이불보따리 하나가 자꾸만 어머니 쪽으로 기울었다. 저걸 어찌해야 하나 하는 생각이 얼핏 스쳤지만 명재는 무시했다. 어머니는 결사의 특명을 받은 것처럼 목을 꼿꼿이 세우고 머리로 그것을 받친 채 꼼짝하지 않았다. 눈은 동그랗게 뜨고 시선을 고정시켜 보따리와 함께 무거운 침묵을 고스란히 받아냈다. 그때만 해도 어머니에게서 특별한 징후를 느끼지는 못했다.

"엄마 진짜 미친 거 아냐?"

변제금을 마련하는 일로 진흙탕 싸움을 한 다음날 전화를 받자마자 명희가 내지른 첫마디였다.

"왜 또 그래?"

"엄마 일하던 집 마포 여자한테서 방금 전화 왔어. 글쎄 엄마가 그 집에 엄청 큰 화분을 열 개나 사들였대. 지네 애들한테 돈도 백만 원씩 이백만원이나 주었대고. 돈은 돌려주겠다는데 화분 놓을 데 없다고 당장 치워 가래. 엄마 이상하니까 이따 통장 뺏어 놔. 대천 보증금 돌려받았나 본데."

"돌아버리겠네."

"정말 어떻게 됐나 봐. 그나저나 화분 어떻게 해? 지금 현관 앞에 난리라고 저 야단하는데."

"차 있는 니가 가서 해결해야지 내가 어쩌랴?"

"제발 그 잘난 차, 차, 좀 하지 마. 다 오빠 땜에 시작된 일이야. 난 모르겠으니까 오빠가 알아서 해!"

그럼 명훈이 시켜, 하려는데 명희가 일방적으로 전화를 끊어버렸다. 명재는 그 집을 찾아가 어머니의 얼굴을 봐야 할 일이 끔찍했다. 무조건 마음을 접기로 했다. 돈은 돌려준다 했으니 약속을 지키겠지, 명희가 끝끝내 안 나타나면 목마른 사람이 우물을 파겠지, 했다. 그와는 관계없는 일로 그곳에 어머니가 있다는 사실조차 먼 나라의 이야기처럼 들렸다.

어머니가 기어이 꽃씨 봉지 하나를 그릇더미 사이에 또 찔러 넣었다. 벌써 몇 번째였다. 명재는 보란 듯이 어머니 눈앞에서 그것을 빼어 쓰레기통으로 던져버렸다. 아내가 그 장면을 보면서 아랫입술을 삐죽 내밀었다. 어찌됐든 오락가락하는 어머니는 이제 아버지의 책임이었다.

삼십 분 뒤에 이삿짐 트럭이 오기로 되어 있었다. 달랑 운전기사만 있는 용달차였다. 짐을 미리 집 앞에 내놓아야 했다. 명재는 그릇들이 담긴 스테인리스 큰 대야를 번쩍 들어 안았다. 아이들을 어제 외가댁으로 보낸 건 잘했다는 생각이 들었다.

21

명희는 조은을 등교시키고 화장대 위의 자명종에서 눈을 떼지 못했다. 가늘고 기다란 초침이 시간을 새기며 또각또각 잘도 걸었다. 내일은 출근하자마자 무단결근 시말서를 써야 할 것이다. 아까 회사에서 걸려온 전화를 받았을 걸 하고 잠시 후회했다. 자체 브랜드로 국내 유통만 전담하는 쇼핑몰 오픈 마켓이라 소규모 회사였다. 그만큼 명희가 결근하면 업무에 지장이 컸다. 보나마나 신상품 등록과 수정 건이 밀려 있을 거고 고객들의 상품 문의와 배송 문의도 빗발치고 있을 거였다. 용만은 요즘 지방에서 지냈다. 물류창고 일보다 일용직이 낫겠다며 선배를 쫓아 지방의 건설현장에서 일하고 있었다. 남편 역시 상실의 시간을 그런 방법으로 견디고 있는지 몰랐다.

명훈이 들이닥치지만 않았으면 지금쯤 회사에서 정신없이 일하고 있을 시간이었다.

명훈이 아침 일찍 집으로 찾아왔다. 보자마자 왜 통화가 안 되냐며 성질을 부렸다. 조은의 등교를 도우며 출근을 서두르던 참이었다. 명희가 형제들의 전화를 받지 않은 지는 꽤 되었다. 오랜만에 보는 명훈의 얼굴이 서먹했다. 조은이도 고개만 까딱하고 제 방으로 피해버렸다. 아이는 아파트로의 이사가 무산되면서 풀이 푹 죽었다. 걸핏하면 제 방에 틀어박혀 꼼짝하지 않았다. 명훈이 현관에 선 채로 말했다.

"오늘 재판인 거 알지?"

"그래서?"

"안 가볼 거야?"

"가서 영접이라도 하라고? 감옥에서 빼내줬으면 됐지 난 더 할 일 없어."

"형도 하필 오늘 이사한다고 나자빠지고, 아버지 혼자 외롭게 돌아오게 하긴 좀 그렇지 않아?"

"외롭게 혼자서 바다에도 들어간 양반이야."

"빨간 차 한번 태워드려야지. 기념으로."

"금의환향해? 그만 가! 아무도 보고 싶지 않아."

"아버지가 진짜로 무슨 일 저지르면?"

"제발 제대로나 저질러줬음 좋겠다. 자식들 등골 빼는 일 같은 거 하지 말고."

명훈이 체념한 듯 돌아서 현관문을 열었다. 별 기대 없이 한번 들러봤다는 투로 더 권하지도 않았다. 형제들을 만나는 일이 죽도록 싫었던 명희는 그가 빨리 돌아가 줘서 고마울 뿐이었다. 변호사를 선임하자던 때부터 명훈이 이상했다. 시니컬해졌다고나 할까, 분명히 이전과는 달랐다. 대천에서 돌아오는 길에서는 부모형제를 향한 원망이 하늘을 찌르던 그였다. 엄마 아버지가 형만 위해 살아왔지 자기한테 해준 게 뭐 있느냐, 앞으론 자기 찾지도 말고 막내아들은 아예 없는 셈 치라, 형만 아니었다면 집안이 이 꼴도 안 됐을 거다, 송충이가 송로버섯을 욕심내다 뒈지는 꼴 아니냐, 험한 말도 서슴지 않았다. 엄마가 하천 다리에서 그 짓만 안 했어도 아버지가 들통날 일은 없었다고 어머니를 몰아세우기도 했다. 순간순간 감정 기복이 심해지는 건 명희 또한 마찬가지라 이해 못할 건 없었다. 하지만 오늘따라 명훈이 더 낯설어 보였다. 문득 효자 흉내라도 내보겠다면 모를까 구태여 구치소까지 마중 갈 필요는 정말 없었다. 아버지의 죗값은 쉽게 치러질 게 아니었다. 어느 자식이 보험사기를 쳐 달라고 부탁한 것도 아닌 마당에 아버지가 살아 돌아온 일은 크나큰 죄였다. 어머니를 저토록 실성하게 만든 사람도 당연히 아버지였다. 아버지는 결단코 돌아오지 말았어야 했다.

변호사 선임을 끝까지 반대할 수 없었다. 어느 시점부터는 도리어 변호사가 한 가닥 희망으로 다가왔다. 명희로서는 어떻게든 보험금을 덜 토해 낼 방법을 찾아봐야 했다. 명희가 아파트로 들어가지 못하면 이사 나가기로 한 세입자의 계약금과 중도금이 날아갈 판이었다. 살고 있는 연립주택도 이사 날짜에 맞춰 비워줘야 했다. 그러지 못하면 그 계약금은 두 배로 물어줘야 했다. 명훈의 말대로 어머니가 죽으려고 연극만 하지 않았어도, 그냥 아버지를 잘만 숨어 살게 했어도 아무 문제가 없었을 것이다. 죽지도 못할 거면서, 명희는 생각할수록 어머니가 한심하고 괘씸했다.

변호사를 선임한 자리에 명희도 참석했다. 다른 형제들도 마찬가지겠지만 명희의 최대 관심은 어떻게 하면 받은 보험금을 덜 돌려줄 수 있을까 하는 문제였다. 기대와 달리 변호사는 청천벽력 같은 소리를 했다. 보험사기방지 특별법이 국회를 통과해 몇 개월 뒤에 시행될 예정이라는 거였다. 유죄판결을 받게 되면 보험금을 반환하도록 법이 강화되었다며 판결 즉시 보험사가 부당이득 반환소송을 걸어올 것이라고 했다. 이젠 부당하게 수령한 보험금에 대한 책임을 피하기가 어렵게 되었음을 그는 몇 번이나 강조했다.

"보험사기 이득액이 구억이고 미수액이 이억이면 모르긴 해도 오년 넘게 구형받을 겁니다. 다른 방법 없어요. 어차피 변제해야 된다면 최대한 변제해 아버님이 집행유예로 떨어지도록 하는 게 최선이에요. 자제분들 어떠세요? 변제 능력 좀 되시나요?"

짧은 시간 침묵이 흘렀다.

"다 쓰셨다 해도 보험사측에선 민사로라도 받아내려 할 거예요. 개네들이 얼마나 악착같은 애들인데요."

"형은 아직이죠?"

명재가 고개를 가로저었다.

"벌써 정리했어요?"

"변호사님, 피할 방법은 영 없는 겁니까?"

명재가 물었다. 명희도 바싹 다가앉았다. 변호사가 알겠다는 듯 고개를 끄덕였다.

"본인 이름으론 경제활동이 곤란하겠지요? 다른 명의로 세탁들을 해놓긴 하던데 그 일도 쉽기만 하겠어요?"

변호사가 의미 있는 웃음을 흘렸다.

"뭐야? 형은 뒤로 빠질려구요? 뭐 이딴 게 다 있어!"

명재와 나란히 앉아 있던 명훈이 벌떡 일어나며 명재를 밀쳤다. 명재의 머리통이 소파 팔걸이에 부딪쳤다. 명재도 이 새끼가, 하면서 같이 일어섰다. 명훈이 명재의 멱살을 잡았다.

명재가 명훈의 손을 잡아뜯으며 한 손으론 명훈을 힘껏 밀어붙였다. 명훈이 멱살을 풀고 탁자 위에 있던 유리 재떨이를 집어들었다.

"왜 칠려고?"

"못할 것 같아? 죽여버릴 수도 있어."

"그래, 차라리 죽여 줘라. 내가 죽으면 돈은 살겠지. 단 일억이라도."

명재가 자리에 털썩 주저앉았다.

"다 형, 너 때문에 벌어진 일이야! 제일 많이 받아놓고도 이 지경에 그런 생각이 들고 그런 말이 입에서 나와?"

명훈이 붉게 충혈된 눈을 명희 쪽으로 돌렸다.

"누나도 그냥 먹을 생각하지 마!"

"안 내놓으면 어떡할 건데?"

"다 죽여버릴 거야!"

"너만 받은 거 적어 약 올라 환장하겠니?"

"말 다했어?"

명훈이 재떨이를 바닥에 내동댕이쳤다. 재떨이가 책상 다리에 맞으면서 박살이 났다.

"자, 자, 여기서 그만들 하시고."

변호사가 인상을 쓰며 말렸다.

"가족들이 집행유예 쪽을 원하시면 최소한 오억까지는 만

들어 내야 합니다. 그 정돈 돼야 검사 판사들을 움직일 수 있으니까. 자, 돌아가셔서 잘들 의논해 보시고 연락주세요."

명희는 정신을 차렸다. 지금이라도 출근하는 게 나을 것이다. 시말서를 쓰는 건 하나도 부담스럽지 않았다. 보험회사에서 압류가 들어올 때까지는 하루라도 더 벌어 둬야 했다. 그녀의 몫에서 1억4천만 변제하고 나머지 1억1천만 원은 갚지 못했다. 머지않아 보험사가 따라붙을 것이고, 제대로 직장을 갖는 일은 곧 포기해야 할 것이다. 지금 같아서는 차라리 부모가 없는 고아였으면 좋겠다, 하는 마음이 들었다. 적어도 부모 때문에 쫓기며 살지는 않아도 될 것이었다. 하루하루 버는 돈을 빼앗아 가려고 누군가 자신의 월급날만 기다린다는 건 소름 끼치는 일이었다.

물어낸 계약금과 중도금만 해도 억대에 가까웠다. 그것 말고 중고차 구입과 조은의 사교육비로 과용한 부분도 컸다. 사실 큰돈이 생기고 나서 기분을 낸 부분도 없지 않았다. 어머니를 찾아다니느라 밥을 하지 못한다는 핑계로 툭하면 맛집도 찾았다. 잠이 오지 않을 때마다 모바일 쇼핑도 꽤 저질렀다. 카드청구서를 받아들고 예상치 않은 결제금액에 미쳤나 보다고 후회를 했다. 혹시 용만이 그 청구서를 볼까 봐 몰래 찢어버릴 정도였다. 돌이켜보면 정말 꿈같은, 귀신에라도 홀린 것 같은 시간이었다. 용만이 말대로 승용차는 당장 없애야 했다. 조은의 충격을 달래느라 차일피일 미루고 있었다. 사실 조은의 과외비도 당장 힘들었다. 하루바삐 정리해야 될 것들이라는 걸 모르지 않았다. 명희는 숄더백을 찾아 어깨에 멨다. 언제가 될지 모르지만 꿈의 아파트로 돌아가려면 조금이라도 더 부지런히 움직여야 했다.

22

명훈은 변호사에게 수고했다는 말을 전하고 재판정을 나왔다. 변호사의 장담대로 아버지는 집행유예를 선고 받았다. 변제금과 변호사 비용을 맞추느라 형제들이 이를 갈았다. 명재가 1억2천을 변제했다. 명희가 1억4천을 내놓으며 뭉텅이 돈을 받은 사람이 겨우 고까짓 거냐고 입에 거품을 물었다. 동생들의 닦달에도 명재에게서 더는 받아낼 수 없었다. 명훈이 그의 몫인 5천에 결혼자금으로 모아 둔 3천을 털었다. 그 모든 것에 어머니의 1억9천이 합쳐졌다.

판결이 내려지는 순간 아버지의 뒷모습에서는 아무것도 읽을 수 없었다. 얼굴을 볼 수 없는 게 차라리 다행스러웠다. 어떠한 표정을 지었을지 상상하는 것만으로도 마음이 편치 않왔다. 변호사 선임도, 보험금 변제도 반대한 아버지였다. 죽을 때까지 교도소에서 몸으로 때우겠다고 고집했다. 수령한 보험금을 안 내놓으면 보험사가 반환소송을 한다는 말에 아버지는 입을 닫았다. 면회도 거절했다. 그 때문은 아니었겠지만 형제들은 구치소에 발길도 하지 않는 눈치였다. 그 일에 대해서 명훈이 물어보거나 추궁하지 않았다. 당시만 해도 그 역시 걷잡을 수 없는 갈등을 겪고 있었다. 변호사를 선임하자고 앞장서긴 했지만 한쪽 마음이 명훈을 집요하게 붙잡아 내렸다. 한쪽 마음은 바로 예나였다. 반대쪽 끄트머리에는 어머니 아버지가 구부정한 어깨로 존재했다. 심란한 마음을 이겨내기 힘든 시간이었다.

대천에서 올라오는 날 명훈이 어머니와 뒷좌석에 나란히 앉았다. 어머니는 창가의 이불보따리에 파묻히다시피 해 앞도 보이지 않는 것 같았다. 그런 어머니가 오랜 침묵을 깨고 속사포처럼 쏘아대는 자식들의 울분 사이사이 혼잣말을 하고 있었다. 명훈도 형제들에 질세라 울화를 터뜨리는 중이라 처음에는 어머니가 중얼거리고 있는 줄도 몰랐다. 미쳐 날뛰는 말들을 뚫고 용케 어머니의 말이 명훈의 귓속으로 들어왔다.

"니네 아버지가 좀체 감기 같은 건 잘 안 걸리는 양반인데 한번은 독감이 걸렸는지 기침을 심하게 하고 있더라. 열도 펄

펄 끓고. 기름값이 너무 비싸다고 보일러를 잘 안 때더니 몸을 그 지경으로 만들어 놨어. 혼자서 지내니 먹는 것도 부실했을 거야. 뭣보다 당신 속이 속이 아니었겠지."

어머니의 입에서 나직이 한숨이 새어나왔다.

"죄 짓고 사는 일이 보통으로 배짱이 필요한 일이니? 그놈의 반갑지 않은 담배까지 배웠을 정도니. 무슨 맛인진 모르지만 연기만 펵펵 나는 게 난 그 냄새가 참 싫었어."

명훈이 바락 소리를 질렀다.

"왜 엄만 죽은 아버질 살려내 가지고 일을 복잡하게 만들어요! 한번 죽으면 영원히 죽은 거 아냐? 이제 어떻게 할 건데?"

"엄마가 안 살렸어. 아버지가 살아난 거야."

앞좌석에서는 명재와 명희가 사건의 시발점을 향해 피를 토하듯 치달았다. 뒤에서 어머니가 무슨 말을 하는지 관심을 가질 틈조차 없었다.

"엄마가 곗돈 땜에 죽을 거 같아 아버지한테 보험 헐어 정리하자고 계속 졸랐거든. 니 아버지, 바윗덩이처럼 꿈적도 안 해. 대신 그 곗돈 채워주려고 경비 말고 가외로 식당 주차 일을 하더라, 쉬는 날도 없이. 지독한 양반. 경비도 수당 더 받으려 꼭 야근을 자원해서 하고. 아침에 잠깐 눈 붙였다 오후엔 주차 알바 나가는데 잠자는 얼굴이 꼭 죽은 사람 같았어. 얼마나 피곤하면 그런 얼굴이 될까?"

"그딴 말을 왜 지금 하는데? 동정이라도 하라고?"

"그렇단 말이지. 웃기는 게 아버지가 독감으로 고생할 때 당신이 죽어질 줄 알고 유언처럼 신신부탁한 게 뭐였는지 아니? 자기 죽으면 바다에서 나온 거 아무한테도 말하지 말래. 막내 학원 꼭 내게 해야 한다고. 암만 병원에 가자고 다그쳐도 말을 듣지 않았어. 자기가 병원 가면 모든 게 수포로 돌아간다고. 절대로 안 가겠다 버티더니 어떻게 어떻게 용케 살아나더라. 정말 독한 양반이야. 아버지가 진짜로 어떻게 되는 줄 알고 내가 얼마나 놀랬는지…. 차라리 그때 아버지가 죽었으면 좋았을걸. 너도 그렇게 생각하는 거지? 나도 그렇게 생각해."

어머니가 그 말을 끝으로 고개를 푹 숙였다. 기다렸다는 듯 이불보따리가 어머니를 타고 넘어 명훈의 허벅지 위에 처박혔다. 명훈이 얼결에 그것을 받아 안고 은폐물을 발견한 도피자처럼 거기에 얼굴을 묻었다. 더 이상 어떤 소리도, 어떤 풍경도 다 피하고 싶었다. 완벽하게 바깥세계로부터 자신을 감추고 아무도 찾지 못할 곳으로 깊숙이 숨어버리고 싶었다. 보따리를 양손으로 껴안고 얼굴을 파묻는데 말로 표현할 수 없는 수치감이 뜨겁게 몰려들었다. 지금껏 경험해 보지 못한 적나라한 감정이었다. 저도 모르게 신음이 터져 나왔다. 일순 창자라도 쏟아버리고 싶을 만큼 모멸감이 격하게 굽이쳤다.

아버지는 오전 재판이 다 끝날 때까지 기다렸다가 호송차량으로 다른 수감자들과 구치소로 복귀할 것이라고 했다. 그 뒤 영치품과 영치금을 수령하고 수의를 반납하고 나면 비로소 석방이었다. 수령할 물품이 있을 것 같진 않았다. 영치금은 명훈이 몇 번 넣긴 했는데 찾아 쓰기나 했는지 모르겠다. 점심은 어떻게 해야 하나, 엉뚱하게 아버지의 식사에 마음이 쓰였다. 소심해지고 있거나 대범해지고 있거나 둘 중 하나였다. 아무래도 좋았다. 마음이 가는 대로 편안하게 따라가면 될 것이었다.

법원 정문을 나서자 이마 위로 쏟아지는 햇살이 따가웠다. 벌써 계절은 여름 한가운데를 지나고 있었다. 예나는 봄이 파릇파릇할 때 떠났다. 그가 보냈는지 예나가 떠났는지는 확실하지 않았다. 그것도 아무래도 좋았다. 분명한 것은 명훈도 예나도 이제 가슴이 눅눅하고 스산해졌다는 사실이다. 얼마 동안 두 사람을 지배하게 될 정서였다. 축축한 마음이 뽀송뽀송해지고 스산한 마음이 담백해지려면 얼마나 많은 시간이 걸릴지는 알 수 없었다. 그것 역시 아무래도 좋았다. 그물을 빠져나가는 바람처럼 언제가 되든지 그들을 통과해 갈 것이었다.

아버지의 생존 소식을 들었을 때까지만 해도 예나가 헤어지자는 말을 꺼내지는 않았다. 받은 보험금을 내놓고 싶다는 말에, 아버지를 저대로 형을 치르게 놔둘 수 없다는 말에, 변호사 비용을 혼자만이라도 감당할 생각이라는 말에, 미안하다는 말에, 예나가 말했다.

"미안하단 말은 필요 없어. 그만 우리 여기서 헤어지자. 오빠, 집으로 들어가. 화나서 이러는 거 아냐. 정말 나 화 안 났어. 오빠가 이런 말 꺼내기 전부터 생각했는데 이젠 다 내려놓고 싶어. 제대로 살아보겠다는 마음 말야. 제대로 사는 게 뭔지도 잘 모르겠어. 결혼 같은 거 포기할래. 다 피곤하고 다 귀찮고 구차스러워. 혼자 사는 게 편할 것 같아. 되는 대로 알바나 하면서…."

명훈이 하고 싶은 말을 예나가 먼저 한 셈이었다. 지금까지 기대어 왔던 진실이 어느 순간 엄정하게 질책하고 있었다. 명훈에게는 돈이 그랬다. 돈만 있으면 모든 걸 다 이룰 수 있다고 믿었다. 돈은 그에게 절대 희망이고 절대 힘이고 무엇보다 보장받는 미래였다. 아버지 역시 그렇게 믿어 의심치 않았을 것이다.

예나가 시키는 대로 집으로 돌아가고 싶은 생각은 없었다. 이제 와서 부모로부터의 독립을 번복하고 싶진 않았다. 결혼에 대한 이성적인 계획도, 여자에 대한 감미로운 욕망도, 원장이 되고 싶다는 속물적인 기대도 다 접었다. 가볍게 먹고, 가볍게 자고, 가볍게 입자고 체념하니 본가를 떠나올 때보다 마음이 더 단출했다. 느린 시간 안에서 얕은 물처럼 천천히 흘러가면 될 것이었다. 주먹 안에 쥐어질 만큼의 당장의 필요들로만 꾸려지는 삶, 그렇게 사는 것도 나쁘지 않을 것 같았다. 자발적인 결여가 가져올 삶이 어떤 것일지 궁금해지기까지 했다.

아버지가 명훈이 준비해 간 바지와 체크무늬 남방으로 갈아입고 구치소 건물을 나왔다. 구속될 때 입었던 겨울옷은 여름옷을 넣어 간 종이가방에 차곡차곡 담겨 있었다. 명훈이 그 가방을 받아들었다. 두 사람은 말없이 구치소 마당을 나섰다. 버스를 타야 한다는 말에 아버지가 조금 걷고 싶다고 했다. 그 기분이 충분히 이해되었다. 몸도 마음도 예비의 시간이 필요할 것이다. 전철역까지야 도보로 30분밖에 걸리지 않았다. 명훈도 복잡한 머릿속을 정리하고 싶을 때 몇 번 걸어 다녀봤다. 가로수의 녹음이 짙어 그 아래로 슬슬 걸으면 나쁘지 않을 것이다.

"두부 드셔야죠?

아버지가 허허롭게 웃었다.

"순두부 드실래요?"

"그러자."

아스팔트 도로에 눈이 부셨다.

"명훈아!"

아버지가 그를 불렀다. 명훈이 예, 하고 대답했다.

"너희 손해 본 거 어떡하든 채워 줄게."

"그러세요."

명훈이 순순하게 아버지의 말을 받았다. 아버지의 마음이 그렇다면 그렇게 하면 될 것이었다. 명훈은 아버지와 상관없이 그의 길을 걸으면 되었다. 그 길에서 몇 번 더 아버지와 식사를 같이하게 될지는 알 수 없었다.

어머니에게만큼은 아버지의 출소 소식을 알려야 했다. 그러잖아도 아버지가 오늘 나오게 될 것이라고 미리 전하려 했는데 어제 휴대폰을 받지 않아 그만두었다. 어머니는 아버지의 구속 과정과 경찰의 참고인 심문을 치러내면서 정신적인 충격이 컸나 보았다. 뇌가 오작동을 일으키는지 맥락이 맞지 않는 말을 하거나 가끔 짧은 문장마저 구사하지 못해 버벅거렸다. 명재의 말에 의하면 이유 없이 악을 쓰고 울부짖을 때도 있다고 했다. 이제 아버지가 곁에 있으니 안정을 되찾을 것이라 믿고 싶었다. 명훈은 휴대폰을 꺼내 '울 어마니'로 저장된 단축키를 눌렀다. 오늘도 통화 연결음만 오래 이어졌다.

작가의 말

| 작가의 말 |

이번 책처럼 제목을 놓고 갈등해 본 적이 없다. -〈햇살의 검은 시간〉〈검은 하천〉〈필사적으로 누구였을까〉-

원래의 제목은 〈햇살의 검은 시간〉이었다. 어렵고 외워지지 않는다는 의견에 〈검은 하천〉으로 명패를 바꿔 달았지만 또 어딘가 아쉽고 무겁다는 지적이 있었다. 고민 끝에 동료들의 SNS 채팅방에서 투표를 치르는 해프닝을 벌였다. 재미를 위장한 답답함이었다. 〈검은 하천〉과 〈필사적으로 누구였을까〉 쪽으로 공평하게 의견이 모아졌다. 어느 쪽을 택하든 썩 좋은 제목이 되지 못하리라는 걸 보여주는 결과였다. 그렇다면! 애초의 〈검은 하천〉으로 가기로 했다. 어차피 우리 앞에 놓인 생을 짐작하지 못하듯 책의 운명도 마찬가지일 것이라는 판단에서였다. 그런데! 이번엔 편집부의 문턱에서 발이 툭, 걸렸다. … 지금의 제목을 얻기까지 먼먼 길을 돌아왔지만 공들여 만들어 놓은 세계에 대한 애정, 각 제목을 지을 당시 그 세계와 나눴던 교감, 독자들에게 전하고 싶었던 아픔과 슬픔의 진실만은 사뭇 온전하다.

지난가을과 겨울 내내 광화문 광장과 시청 앞을 촛불과 태극기가 대치했다. 거리의 시선들에 날이 서고 입들은 탄식으로 거칠었다. 국가의 근간이 요동치는 동안 국민은 알량한 독서 따위의 사치보다 매일 쏟아져 나오는 이슈들을 감당하기에도 벅찼다. 설상가상 출판시장 또한 대형 도매서적상 부도가 더해지며 깊은 수렁으로 빠져들었다. 모두가 숨죽여야 하는 시간들이었다. 하지만 역사는 계속 되고 새로이 쓰이기 마련! 가슴 들뛰는 봄을 맞았고, 향기 좋은 장미의 계절을 지나, 지금 햇살 뜨거운 여름의 한복판을 통과하고 있다. 새 역사에 기대어 새 시대를 꿈꾸는 건 당연지사!

풀이 죽어 있을 때 등 떠밀어준 동료들에게 감사하다. 그들이 있어서 이 자리에 내가 있다. 이 책 역시 분명 그들에게 고마워할 것이다. 아직 힘들고 어렵겠지만 독자들도 함께해 줬으면 좋겠다.

2017년 여름

홍 양 순